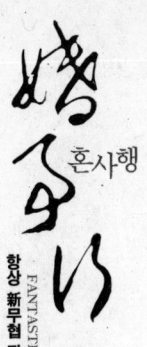

혼사행 4

항상 新무협 판타지 소설

초판 1쇄 찍은 날 § 2011년 6월 24일
초판 1쇄 펴낸 날 § 2011년 6월 29일

지은이 § 항상
펴낸이 § 서경석

총괄팀장 § 유경화
편집책임 § 어정원

펴낸곳 § 도서출판 청어람
등록번호 § 제1081-1-89호
등록일자 § 1999. 5. 31
어람번호 § 제2-2112호

주소 § 경기도 부천시 원미구 심곡2동 163-2 서경B/D 3F (우) 420-822
전화 § 032-656-4452 팩스 § 032-656-4453
http://www.chungeoram.com
E-mail § chungeoram@chungeoram.com

ⓒ 항상, 2010

ISBN 978-89-251-2549-7 04810
ISBN 978-89-251-2195-6 (세트)

※ 파본은 구입하신 서점에서 교환하여 드립니다.
※ 저자와 협의하여 인지를 붙이지 않습니다.
※ 이 책은 도서출판 청어람과 저작자의 계약에 의해 출판된 것이므로,
  무단 전재 및 유포·공유를 금합니다.

婚事行
혼사행

④
[완결]

항상 新무협 판타지 소설

FANTASTIC ORIENTAL HEROES

第一章	선택	7
第二章	그들만의 대결	37
第三章	승자는 누구? 패자는 누구?	67
第四章	여인보다 아름다운 사내	97
第五章	불편한 동행	129
第六章	숙적에서 동지로?	163
第七章	누구를 위한 동행인가	191
第八章	마인	215
第九章	북방문	245
第十章	애증의 끝	277
第十一章	비독문	311

第一章
선택

냉철검(冷徹劍) 원앙.

그는 사리 판단이 분명한 사람이었다. 어떤 일이든 자신의 감정을 최대한 배제하고 이성적으로 일 처리를 했다. 이러한 그의 능력을 황조령은 신뢰했다. 하여 그에게 많은 임무를 맡겼으며 원앙은 큰 성공으로 이에 보답했다. 황조령의 백전백승의 신화에 그가 공헌한 부분은 결코 적지 않았다. 하지만 이제는 대립 관계에서 황조령을 대해야 했다. 원앙으로서는 인생 최대의 적수를 만난 셈이었다.

수행원을 이끌고 황조령에게 다가가던 원앙은 부복하며 최대의 예를 취했다.

"냉철검 원앙, 무적신검 황 대장님을 뵙습니다."

이제는 무림맹의 떠난 존재이지만 오랜 시간 그의 상관이었고 무림맹 최고의 위치까지 오른 인물이다. 경포 또한 서둘러 예를 올렸다.

"사검도(死劍道) 경포, 무적신검 황 대장님께 인사 올립니다."

경포는 여주승의 측근이었다. 황조령과의 만남이 그리 달갑지는 않았지만 이를 대놓고 표현할 수는 없는 노릇이었다.

"그동안 잘 지냈는가?"

"예."

경포는 짧게 대답했고 원앙은 이보다 좀 길었다.

"잘 지냈다고 볼 수 있겠지요. 황 대장님은 어떠십니까?"

"보는 바와 같네. 이런 몸이 되었지만 잘 지내고 있다네."

잠시 침묵이 흘렀다. 경포와 원앙은 그다음 어떤 말을 해야 할지 난감했던 것이다. 입을 열 듯 말 듯 망설이던 경포가 물었다.

"여기는 어인 일이십니까?"

"치료를 받으러 왔다네."

"치료요?"

"보다시피 이런 몸 아닌가? 무림신녀가 뛰어난 의술을 베푼다고 하여 왔다네. 다리는 어쩔 수 없지만 다행히 얼굴은 고칠 수 있다고 하더군."

"다, 다행이군요."

경포는 진심이었다. 존재만으로 여주승에 위협이 되는 황조령이다. 불편한 다리가 낫는다면 더더욱 위협적인 존재가 될 수 있었던 것이다.

"나도 다행이라고 생각하네. 모용관과의 처절한 사투 이후 나에게 남은 것은 뜻을 같이 했던 동지들의 죽음, 그리고 엉망이 된 얼굴과 다리의 상처뿐이었네. 얼굴이라도 고칠 수 있는 희망을 찾았으니 정말 다행 아닌가? 한데… 자네들은 무슨 이유로 이곳에 있는 것인가?"

 경포는 난감했다. 웃는 낯에 침 뱉지 못한다고, 얼굴이 낫는다는 희망에 부풀어 있는 황조령 앞에서 무림신녀를 잡으러 왔다고 차마 말할 수는 없는 노릇이었다.

 경포는 원앙을 곁눈질했다. 대신 대답 좀 하라는 의미였지만 원앙은 고개를 가로저었다. 그도 황조령에게 부담스러운 말을 하기는 싫었던 것이다.

 "왜 대답을 못하는가? 이제 무림맹의 일원도 아니니 신경 끊으라는 것인가?"

 "그, 그게 아니라… 저희는 무림 공적의 후손인 무림신녀를 추살하라는 명을 받았습니다."

 "뭐라? 누가 그런 명을 내렸더냐?"

 황조령은 극히 심기가 불편한 표정으로 물었다. 강호를 은퇴했다 한들 태산 같은 위압감은 여전했다. 당혹한 경포는 사실대로 말할 수밖에 없었다.

 "이는 맹주님의 하명이옵니다."

 "그러면 돌아가서 맹주님께 전하라. 무적신검 황 대장이 이번 명령을 거두어주시기를 간절히 청한다고 말이다. 이에도 맹주님의 뜻이 확고하다면 나는 더 이상 관여치 않을 것이다."

 "……."

경포는 난감했다. 그럴 경우 결과는 불을 보듯 훤했기 때문이다. 자경 부인은 황조령이 무림맹을 떠난 이후 늘 입버릇처럼 말했다. 황 대장에게는 항상 빚을 지고 있는 심정이며 그에 대한 예우에 각별히 신경 쓰라는 당부였다. 더욱이 모용관과 사투를 벌이다 망가진 얼굴을 고칠 수 있다 하지 않은가. 자경부인은 아무것도 묻지도 따지지도 않고 황조령의 부탁을 들어줄 것이 분명했다.

"자네의 침묵, 내 말대로 하겠다는 뜻으로 받아들여도 되겠는가?"

"죄, 죄송합니다, 황 대장님. 이는 맹주님께서 독단적으로 물릴 수 있는 사안이 아닙니다. 십팔 장로님과 원로회 등이 참석한 무림맹 총회의를 통해 결정된 사항입니다."

"나는 이해할 수 없다."

황조령은 단호한 어조로 말을 이었다.

"그동안 뭐하고 있다가 내가 치료를 받는 순간 기다렸다는 듯이 쳐들어온 것인가. 이는 내 몸이 낫기를 막겠다는 수작 아닌가!"

"겨, 결코 아닙니다."

"하면, 이 절묘한 상황을 설명해 보라. 우연으로 이것이 가능하다 보는가? 대체 내가 얼마나 더 비참해져야 속이 시원해지겠는가! 진양교를 타도하기 위해 모든 것을 희생한 나다. 무림맹이 양편으로 갈라질까 사심없이 총대장이란 직위를 버린 나다! 다른 상처도 아니고, 모용관과 사투를 벌이다 생긴 이 얼굴의 상처마저 평생 가지고 살란 말이더냐!"

부욱!

황조령은 얼굴을 가린 붕대를 뜯어냈다. 순간, 징그럽기 그지없는 상처가 적나라하게 드러났다. 무림맹도들은 그 참혹함에 할 말을 잃었고 울분을 느낀 곽현은 눈물까지 뚝뚝 흘렸다.

"화, 황 대장님……."

"눈물을 거둬라. 내가 보고 싶었던 것은 슬픔의 눈물이 아니다."

곽현을 진정시킨 황조령이 경포를 노려보았다.

"내 의지는 확고하다. 내 치료를 방해하는 무리는 결코 용납지 않을 것이며, 이는 내가 몸담고 있던 무림맹이라 하여도 예외는 없다. 그리고 무림신녀를 제거하는 것은 표면적인 이유일 뿐, 나를 제거하는 것이 그대들의 진정한 목적이라도 기꺼이 상대해 주겠다."

"오, 오해십니다. 저희는 결코 그런 의도가……."

"나는 이미 내 뜻을 전했다. 이후 벌어질 사태의 책임은 온전히 그대들에게 달려 있다."

"아까도 말씀드렸지만 이는 제가 어찌할 수 있는 사안이 아닙니다. 노여움을 푸시고……."

"반 시진의 여유를 주겠다. 포위를 풀고 물러나지 않으면… 그대들과 나는 적이 되는 것이다."

"……!"

경포는 식겁한 마음을 주체할 수 없었다. 황조령의 숙적이었던 진양교가 어떻게 멸망했는지 똑똑히 지켜본 그다. 같은 편일 때는 한없이 믿음이 가던 황조령과 적이 된다고 생각하니 머릿속이 텅 비는 느낌이었다.
 "화, 황 대장님, 제발 노여움을 푸시고······."
 경포가 할 수 있는 일은 최악의 사태로 치닫지 않도록 사정하는 수밖에 없었다. 그러나 황조령의 뜻은 너무도 완고했다.
 "결정은 반 시진까지다. 가자, 수검아."
 "예."
 황조령이 수검과 함께 돌아서는 그때였다. 침묵으로만 일관하던 원앙이 오랜만에 입을 열었다.
 "너는 어디 가는 것이냐?"
 다른 무림맹도들은 자리를 지키고 있는데, 곽현이 황조령의 뒤를 따라가는 것이 아닌가. 잠시 멈춰 선 곽현이 정중히 고개를 숙이며 대답했다.
 "그동안 돌봐주셔서 감사합니다. 이제는 떠나야 할 때가 온 것 같습니다."
 "정녕 나를 실망시킬 셈인가. 황 대장님이 떠났을 때 너를 거둔 이가 누구더냐?"
 "진작 무림맹을 떠났어야 하는 몸입니다. 한때 제 상관이었던 원앙 대장님과의 정 때문에 떠나지 못한 것뿐입니다. 이제 그 인연마저도 정리해야 할 때가 된 것 같습니다. 몸 건강하십시오."
 "······."
 원앙은 매정하게 떠나는 곽현의 뒷모습을 바라봐야 했다. 이제는 완전히 포기한 듯 고개를 가로젓는 그때, 곽현이 잠시 걸음을 멈추고 뒤돌아보았다.

"부디 황 대장님과 맞서는 결정은 피해주십시오. 제가 원앙 대장님의 목에 칼을 겨누는 사태가 일어나지 않기를 바랍니다."

은혜를 원수로 갚는, 극히 도발적인 발언이었지만 원앙은 화를 내지 않았다. 외려 소탈한 미소를 지어 보이며 곽현을 떠나보냈다. 곽현에 대해 남아 있는 마지막 미련마저도 떨칠 수 있게 된 것이다.

목이 바싹바싹 타들어가는 긴장감에서 한숨 돌린 무림신녀 진영. 일단 무림맹의 공세를 저지하기는 했지만 아직 위험이 끝난 것은 아니었다.

황조령은 호위무사들의 천막에서 조이함과 함께 앞으로의 일을 논의했다.

"순순히 물러나지는 않겠지요?"

"물러날 마음이 있었다면 벌써 철군했겠지. 그들은 떠나고 싶어도 떠날 수 없는 처지다."

"무림맹의 실세인 여주승의 명을 거부할 수는 없겠지요. 그렇다고 황 대장님과 적으로 맞설 수도 없는 노릇이고……. 진퇴양난에 사면초가가 이런 경우라 할 수 있겠군요. 경포와 원앙이 불쌍하다는 생각까지 들 정도입니다."

"그들에게 그런 감정을 느낄 여유가 없다. 그들의 망설임은 오래가지 않을 것이며, 결국엔 적으로 맞설 수밖에 없는 상황이 되고 말 것이다."

"황 대장님은 경포와 원앙이 계속 명을 수행할 것이라 생각하십니까?"
 황조령은 뻔한 결과라는 듯 대답했다.
 "당연하지 않으냐? 그들이 충성해야 할 사람은 내가 아니라 여주승이다. 경포의 망설임은 전혀 예상치 못한 변수에 정신이 혼란스러운 것이고, 원앙의 망설임은 나와 맞서기 위한 준비가 필요했기 때문이다. 그 두 가지가 해결되면 곧바로 본색을 드러낼 것이다."
 "하면 왜 반 시진이라는 시간을 제시한 겁니까? 그들의 결정을 재촉하는 결과가 되지 않겠습니까?"
 "그 반대라 할 수 있다. 원앙은 어떤 일이든 심사숙고하여 결정하는 인물이다. 시간에 쫓겨 성급한 결정을 내릴 인물이 아니다. 시간을 촉박하게 한 것은 그의 결정을 더디게 하려는 고육지책일 뿐이다. 너도 알다시피 이번 일전은 시간과의 싸움이다. 우리가 바라는 것이 이루어질 때까지 최대한 시간을 벌어야 한다."
 "알겠습니다, 황 대장님."
 "하여 몇 가지 당부할 것이 있는데……."
 황조령이 조이함에게 귓속말을 전하는 사이, 수검은 말없이 앉아 있는 곽현과 대화를 시도했다.
 "저기… 광풍검(狂風劍) 곽현 대협 맞으시죠?"
 "맞다."
 곽현은 짧게 대답했다. 그러나 수검은 성의없다 생각지 않았다. 그의 무뚝뚝한 성격을 익히 들어 알고 있기 때문이다. 평소에는 있는지 없는지도 모를 정도로 조용한 성격이지만 전장에 들어서는 광풍을 몰고 다닌다고 해도 과언이 아니라 했다. 광풍검 곽현 역시 황조령과 함께 백전백승의 신화를 일궈낸 전설적인 인물 중 일인이었다.

"차라도 한 잔 만들어 올릴깝쇼?"

황조령의 예전 수하만 만나면 유독 공손해지는 수검이었다. 그도 그럴 것이, 수검이 무림맹에 있던 시절, 그들은 감히 쳐다보기도 힘든 존재였다.

"됐다."

"아, 예……."

수검이 무안한 표정으로 뒤돌아서는 그때였다.

"네가 그때 황 대장님을 간병했던 건통전의 일꾼인가?"

그때라 하면 황조령이 산 것도 죽은 것도 아닌 상태로 누워 있던 시기일 것이다.

"예, 그렇습니다."

"고맙다."

"예?"

갑작스런 말에 수검은 당혹한 표정이 역력했다. 대체 무엇이 고마운 것인지 감을 잡을 수 없었던 것이다.

"목숨 바쳐 황 대장님을 지켜주었던 일화를 들었다. 처형당하려 끌려가는 상황에서도 황 대장님의 쾌차를 바랐다며……."

"아, 예……."

"그때 우리들은 싸움질만 하고 있었지. 전횡을 휘두르는 여주승 군사를 막기 위해 봉기해야 한다. 그래서는 안 된다. 이는 황 대장님의 뜻이 아닐 것이다. 황 대장님이 깨어나실 때까지

선택 17

기다려야 한다. 한때는 무엇을 주어도 아깝지 않을 동지들이었지만 정나미가 뚝 떨어지더군. 어렵게 깨어나신 황 대장님이 왜 무림맹을 떠나야 했는지 충분히 이해가 갔다."

수검이 이해한다는 듯 고개를 끄덕이는 그때였다.

"무림맹에서 전령을 보내왔습니다."

천막 입구를 지키던 호위무사의 음성이 들려왔다. 수검과 곽현은 물론 조이함과 긴밀한 이야기를 나누던 황조령도 잠시 말을 멈췄다. 자세를 바로잡아 앉은 황조령이 말했다.

"들어오라 해라."

곧이어 무림맹의 전령이 천막 안으로 들어섰다. 황조령도 안면이 있는 인물이었다.

"무림맹 제일 돌격대 부조장 부율천(附聿泉), 총대장이셨던 황 대장님을 뵙습니다."

황조령은 착잡한 미소를 지어 보였다. 그는 두치의 심복이었던 인물이다. 하여 누구보다도 충실히 황조령을 따랐지만 이는 두치가 살아 있을 때의 이야기다. 두치가 억울한 죽임을 당한 뒤에는 황조령에 대한 적대감을 여과없이 드러냈다. 두치를 처형한 여주승보다 아무것도 하지 못하던 황조령에 대한 실망감이 컸던 탓이다. 그를 전령으로 선택한 인물은 원앙일 것이 분명했다.

"앉게."

"괜찮습니다."

부율천은 황조령의 호의를 거절했다. 황조령을 바라보는 시선에는 여전히 원망의 빛이 엿보였다.

"그래, 내가 바라는 소식을 가져왔는가?"

"아닙니다."

부율천은 짧게 고개를 가로저으며 대답했다.

"하면 경포와 원앙이 나와 맞서기로 한 것인가?"

"그 또한 아닙니다. 생각할 시간이 조금 더 필요합니다."

"아직 결론을 내리지 못하고 시간이 더 필요하니 양해해 달라고 온 것인가?"

부율천은 아무 대답 없이 황조령을 바라보았다. 아니, 노려보는 것에 가깝다 할 수 있었다.

"좋다. 그리하도록 하지."

황조령은 흔쾌히 승낙했다. 그리고는 순간적으로 당혹한 모습을 보이는 부율천에게 물었다.

"자네의 임무를 완수했으니 그냥 돌아갈 것인가, 아니면 다음 전령이 올 때까지 기다릴 것인가?"

"……."

부율천은 곧바로 대답하지 못했다. 황조령이 이처럼 빨리 승낙할 줄은 예상 못했기 때문이다.

"자네도 결정할 시간이 더 필요한가?"

"아, 아닙니다. 다음 전령이 올 때까지 남겠습니다."

부율천은 황조령이 있는 천막에 남기로 했다. 이는 그를 전령으로 보낸 원앙의 또 다른 임무이기도 했다. 부율천을 부담스럽게 여기는 황조령에게 압박을 주려는 생각이었다.

부율천은 충실히 그 임무를 이행했다. 수검이 가져온 의자에 앉은 그는 살벌한 눈빛으로 황조령을 노려보았다. 이에 황조령은 별다른 반응을 보이지 않았다. 무심한 표정의 황조령은 옆에 있던 조이함에게 말을 건넸다.

"이리 모인 것도 참 오랜만이군."

"그렇습니다. 그러고 보니 옛날 두치 형님 구출 작전의 딱 그 인원이군요."

"후후후, 그러고 보니 그렇군. 그때는 나도 정말 식겁했지. 선봉을 맡은 두치에게 적 진영을 유린하다 적당한 시기에 빠지라고 했는데……."

천소산 인근에서 벌어진 전투였다. 황조령의 명을 받은 두치는 돌격대를 끌고 진양교의 본대로 쳐들어갔다.

"모두 나를 따르라!"

"우와아아~!"

두치의 외침과 함께 돌격대가 뛰어들었다. 그들을 혼란에 빠뜨리는 것이 목적이었다. 적당히 적 진영을 헤집어놓고 적당한 시기에 빠져야 하는데, 한껏 기세가 오른 두치는 이를 깜박했다. 그대로 진양교의 진영을 양분하여 고립되고 말았던 것이다.

"염병!"

그제야 무엇이 잘못되었는지 깨달은 두치는 난감함을 감출 수 없었다. 다시 회군하여 천소산 본채로 돌아갈 수도 없는 노릇이었다. 혼비백산하는 모습을 보이던 진양교도들은 어느새 완벽한 방어 태세를 갖추고 있었다. 혼란에 빠진 척하며 일부러 길을 열어줬던 것이 분명했다.

"젠장! 바람의 협곡으로 피신한다!"

두치는 수하들과 함께 몸을 피할 수 있는 장소로 도망쳤다.

바람의 협곡, 그 지형이 매우 험준하고 복잡하여 바람만이 통과할 수 있다고 알려진 곳이다.

두치와 수하들은 큰 피해 없이 바람의 협곡으로 들어갔지만 그다음이 문제였다. 진양교는 협곡 입구를 봉쇄하고 두치 일행을 수색했다. 워낙 험한 지형이라 쉽게 들킬 염려는 없었지만 물과 식량이 문제였다. 황량한 흙과 바위로 이루어진 곳인지라 먹고 마실 것을 구할 수가 없었다.

시간이 지날수록 황조령의 고심은 깊어졌다. 마음 같아서는 당장 진양교와 일전을 벌여 두치를 구하고 싶었다. 그러나 이는 진양교가 원하는 바였다. 정면 승부를 벌이면 승산은 거의 없다고 봐도 무방했다.

차선의 선택은 물과 식량, 그리고 바람의 계곡 지리에 밝은 안내자가 포함된 구호대를 보내는 것이었다. 그러면 진양교의 위협이 없는 계곡 반대편으로 빠져나올 수 있었다. 불행 중 다행으로 바람의 협곡을 몇 번이나 횡단했다는 안내자를 찾을 수 있었다.

가장 큰 문제점이 해결되었지만 구출 작전의 위험성은 여전히 높았다. 바람의 계곡 입구를 철저히 봉쇄하고 있는 진양교를 뚫는 것은 차치하고, 바람의 계곡 어딘가에 꽁꽁 숨어 있을 두치 일행을 어찌 찾는단 말인가? 워낙 광범위한 지역이었고 진양교가 수색을 하고 있어서 소리나 불빛을 이용한 신호도 보낼 수 없었다. 천운이 따르지 않는다면 돌격대와 똑같은 상황이 될 수밖에 없었다.

그중에서도 가장 불안한 것은 두치의 직선적인 성격이었다.

희망없는 나날이 계속되면 힘이 남아 있을 때 진양교도들을 한 놈이라도 더 처리하겠다며 극단의 선택을 할지도 모를 일이었다. 황조령이 불안감에 휩싸인 나날을 보내는 어느 날이었다.

"황 대장님, 바람의 계곡으로 피신했던 돌격대원 중 한 명이 돌아왔습니다."

"누구더냐!"

"화, 황 대장님……."

상처 입은 몸으로 황조령을 향해 다가오는 이가 있었다.

"그, 그대는……!"

"선봉돌격대 제일조장 부율천입니다."

"몸은 어떤 것이냐?"

황조령은 부복한 부율천의 어깨를 감싸 쥐며 물었다. 몸을 가누지 못할 정도로 심한 상처를 입은 것이다.

"소, 소인은 괜찮습니다. 그, 그보다… 두치 대장님과 동료들을 구해주십시오."

"내 그럴 것이다. 분명 그럴 것이다. 그러니 어서 치료부터 받아라. 그래야 두치 일행이 운신해 있은 곳으로 우리를 안내해 줄 것 아니더냐."

"고맙습니다, 황 대장님."

황조령은 곧바로 구출 작전을 실행에 옮겼다. 인원수는 적을수록 좋았다. 그리고 어떠한 돌발 상황에서도 대처할 수는 있는 실력자라야 했다. 특별히 뽑은 열 명의 인원과 조이함, 그리고 핵심 간부들의 반대를 무릅쓰고 황조령이 직접 구출 작전을 이끌었다.

결과적으로 말하면 대성공이었다. 황조령이 이끄는 구출대는 바람의 계곡을 지키고 있던 진양교 진영을 은밀히 통과하여 계곡 깊숙이 운신해 있던 두치 일행과 무사히 만날 수 있었다. 기진맥진해 있던 돌격대의 상태가 호전되자 바람의 계곡 반대편으로 빠져나왔다. 그리고는 바람의 계곡으로 피신한 돌격대가 아사했다고 판단한 진양교가 천소산 본채를 노리는 기회를 노려 그들의 후방을 공격했다.
"모두 모두 물럿거라! 무적신검 황 대장님이 나가신다!"
"우와아~!"
진양교의 고수들은 천소산 본채를 함락하기 위해 혈안이 되어 있었다. 후방에 남아 있던 인원은 상대적으로 실력이 떨어졌다. 그들은 황조령의 등장만으로도 혼비백산했다. 바람의 계곡 반대편으로 빠져나온 인원으로도 그들을 충분히 제압할 수 있었다.
진양교에 유리했던 상황은 한순간에 바뀌었다. 파상적으로 천소산 본채를 공격했던 진양교도들은 전방과 후방에서 협공당하는 꼴이 되고 말았던 것이다. 혼란에 빠진 진양교는 급속도로 무너졌다. 황조령은 위기를 기회로 만들어 엄청난 대승을 거두었던 것이다.
황조령은 그 당시를 회상하며 잔잔한 미소를 짓고 있었지만 그 과정은 그리 녹록치 않았었다. 조아함이 고개를 설레설레 저으며 대답했다.
"바람의 계곡의 반대편으로 빠져나오는 게 엄청 힘들었지요. 가져갔던 물과 식량도 다 떨어지고… 특히나 몇 차례나 바람의 계곡을 횡단했다는 안내인이 길을 잘못 들었다고 말했을 때는 정말 때려죽이고 싶었습니다."

피식.

부율천은 자신도 모르고 웃음 짓고 말았다. 그 당시 그도 똑같은 심정이었다. 몸만 멀쩡했다면 정말 뭔 짓을 저질렀을지도 몰랐다.

"뭐니 뭐니 해도 두치가 가장 힘들었을 것이다."

"그러게 말입니다. 우리는 혼자 몸도 건사하기 힘든 상황이었는데, 두치 형님은 수하까지 업고 그 험한 길을 횡단했으니 말입니다."

그 수하가 바로 부율천이었다. 그는 바람의 계곡을 넘어오면서 입었던 상처가 악화되어 제대로 걷지도 못하는 신세가 되었다. 두치는 그런 부율천을 끝까지 업고 바람의 계곡을 빠져나왔던 것이다.

"두치는 내 인생에 있어 축복이었다. 무림사에서 그처럼 의를 실천하는 인물은 없었으며 앞으로도 없을 것이다."

"맞습니다. 한마디로 두치 형님은 의리 빼면 시체 아닙니까. 그 무모할 정도로 우직함에는 저도 두 손 두 발 다 들었습니다. 예전에 또 어떤 일이 있었느냐 하면요……."

조이함은 두치와 관련된 황당한 일화를 꺼냈고, 황조령은 박장대소하며 맞장구를 쳤다. 부율천은 고개를 숙이고 그들의 대화를 들었다. 황조령과 조이함의 대화에 끼어들고 싶은 마음을 꾹 참고 있는 모습이었다.

한편, 답답함만이 가득한 무림맹 진영.

예정된 시간이 지났지만 경포와 원앙은 합의에 이르지 못했다. 의견이 달라 격론을 펼치는 것이 아니었다. 여주승의 명은 하늘이 두 쪽 나도 반드시 이행해야 했다. 예상치 못한 복병으로 등장한 황조령을 어찌해야 할지 막막했던 것이다.

"이보게, 원앙. 그리 팔짱만 끼고 있지 말고 무슨 말이라도 해보게. 군사님 앞에서는 내가 무슨 말만 꺼내면 항상 토를 달던 자네 아니었나?"

뒷짐을 지고 천막 안을 돌아다니던 경포가 원앙에게 물었다. 신경질적인 기색이 다분한 음성이었다. 이에 원앙은 천천히 그의 얼굴을 쳐다보며 대꾸했다.

"내가 무슨 말을 하든 자네 또한 토를 달 것 아닌가?"

"절대 그럴 일 없을 것이니 말이나 해보게나."

"우리가 할 일은 명백하지 않은가. 황 대장과 일전을 벌이는 수밖에 없지."

"그걸 누가 모른단 말인가? 그러나 황 대장을 치라는 명령을 내렸을 때 이에 순순히 따를 수하가 몇이나 되겠는가? 그러지 못하겠다며 거부하면 다행이지. 황 대장을 돕겠다며 상대 진영으로 투항할지도 모르지 않는가?"

"자네는 황 대장의 존재감이 그 정도나 된다고 판단하나?"

경포는 바싹 얼굴을 들이밀며 대답했다.

"당연하지 않는가? 자네도 황 대장이 무림맹을 떠날 때를 기억하겠지. 어딘가에서부터 시작된 울림이 점점 더 크게 퍼져 갔어. 당황한 수뇌진이 만류하려 했지만 소용없었지. 사방에서는 울려 퍼지는 소리에 내 심장도 덩달아 쿵쾅쿵쾅 뛰기 시작했다고. 그 벅차오르는 느낌은 뭐라고 할까……. 존중과 환희, 그리고 슬픔이 배어 있는 비장함, 까딱했으면 나도 눈물을 흘릴 뻔했지. 그런 황 대장과 어찌 맞서야 한단 말인가. 그때의 느낌은 여기 있는 수하 모두가 가지고 있을 거란 말이지. 게다가 자네 수하 중에 가장 먼저 그 꼴이 나지 않았는가 말이네."

"그리 생각하고 있다면 내가 토를 달 거리가 없겠군. 자네의 말이 맞아. 황 대장과 정면으로 맞서는 것은 미친 짓이지. 황 대장은 결코 지는 싸움을 걸어오지 않아."

"그러니 말해보라고. 어찌하면 이 엿 같은 상황을 해결할 수 있는 거지? 자네는 황 대장의 측근이었으니 방법이 있을 거 아니야!"

경포는 거의 윽박지르는 수준이었다. 황조령 때문에 생긴 압박감이 폭발 직전에 이른 것이다. 그와 달리 원앙은 침착함을 잃지 않았다.

"황 대장과 맞서려면 마음부터 비우게나. 불안과 초조, 다급함을 느끼는 마음. 그게 다 황 대장의 노림수라네. 이기면 이기고 지면 지는 것이란 마음가짐을 가져야만 견뎌낼 수 있지."

"기가 막히는군. 그리 흐리멍덩한 마음가짐이 황 대장을 이길 수 있는 비책이라고?"

"비책이라고 하지 않았네. 까놓고 말하면 고육지책이라는 표현이 더 어울리겠지."

"어찌 됐든 자네는 황 대장과 맞서는 방법을 알고 있다는 뜻인가?"

경포는 의심장한 표정으로 원앙을 바라보았고, 원앙은 그런 그의 눈을 쳐다보며 대답했다.
"자네보다는 나을 것이네."
"좋아!"
경포는 한결 밝아진 표정으로 물러섰다. 그리고는 엄청난 선심이라도 쓰는 것처럼 말했다.
"원앙, 자네가 이번 임무의 총책임을 맡게. 나는 한발 물러나서 자네를 돕는 것으로 만족하지."
"……."
원앙의 표정엔 변화가 없었다. 이에 경포는 당혹스런 반응을 보이며 말했다.
"뭐, 뭔가? 감당할 수 없는 고민거리를 자네에게 떠맡긴다고 생각하는가?"
원앙은 천천히 고개를 가로저으며 대답했다.
"아닐세. 자네가 포기하는 것이 늦어서 말이야. 황 대장이 제시한 시한이 지나기 전에 포기할 거라 예상했거든. 어쨌든 지금이라도 결정권을 일임해 줘서 고맙네."
말을 마치고 자리에서 일어서는 원앙에게 경포가 물었다.
"한데 지금 어디 가는 것인가? 황 대장을 어떻게 상대할지 대강이라도 말을 해줘야지."
"그럴 시간이 없네. 이리 결정이 늦어진 것 또한 황 대장의 노림수였을 것이네. 무슨 의도인지 모르지만 황 대장은 최대한 시간을 벌어보려는 것 같네."
"그러며 진작 말했어야지. 그랬다면 내 결정이 더 빨랐을 것 아닌가?"

"나도 지금에서야 깨달았네. 무슨 이유로 황 대장이 시한을 제시한 것인가……. 그걸 고심하다가 깜박하고 말았지."

"……!"

"이게 바로 황 대장이 무서운 점이라네. 어떤 의도인지 지난 다음에야 '아, 그렇구나!' 하고 깨닫게 되지. 당하는 입장에서는 정말 환장할 노릇 아닌가? 이에 판단력이 흐려지고 무리수를 띄워 무너지는 적들을 나는 많이 보아왔다네. 그러니 마음을 비워야 한다는 것일세."

"……"

"뭐하고 있나? 가세나. 그래야 한시라도 빨리 황 대장을 처리할 것 아닌가?"

"그, 그러지……."

정신을 차린 경포는 천막을 나서는 원앙의 뒤를 따랐다. 그에게 결정권을 일임한 것은 무척이나 자존심이 상한 일이었지만, 그 판단이 옳았음을 새삼 깨달았다.

천막 밖에는 완전무장한 무림맹도들이 대기하고 있었다. 명령이 떨어지면 곧바로 움직일 수 있는 준비를 마친 상태였다.

원앙은 그들의 면면을 살피며 걸었다. 현 무림에서는 적수를 찾아볼 수 없는 그들이다. 두려움은 있을 수 없으며 어떠한 임무가 주어지든 반드시 이를 이루고 만다. 천소산 시절부터 이어진 백전백승의 신화는 계속 이어지고 있었다.

그러나 무적을 자랑하는 그들의 표정 뒤에 숨겨진 긴장감을 원앙은 느낄 수 있었다. 백전백승의 신화를 창조하던 황조령이 그들이 상대였기 때문이다.

원위치로 돌아온 원앙이 입을 열었다.

"지금부터 우리는 무림 공적의 후손인 무림신녀와 그녀를 도울 것이라 선포한 황 대장님과 결전을 치를 것이다."

순간, 무림맹도들은 동요했다. 드디어 올 것이 왔구나 하고 조용히 눈을 감는 이도 있었고, 천천히 고개를 흔들며 부정적인 반응을 보는 이도 있었고, 말도 안 되는 일이라며 원앙을 향해 경멸의 눈초리까지 보내는 이도 있었다.

"무적신검 황 대장님이 무림맹에 어떤 존재인지 나도 잘 알고 있다. 아무리 맹의 명이라 해도 무림의 영웅이며 본 맹을 위해 모든 것을 희생하신 황 대장님께 칼을 겨누는 것은 죽기보다도 더 어려운 일일 것이다. 하여 이번에는 지원을 받을 것이다. 황 대장님의 심장에 칼을 꽂을 수 있는 이는 앞으로 나오너라. 그들에게는 임무의 성공과 실패에 상관없이 큰 상을 내릴 것이다."

흠칫 놀란 경포가 원앙을 바라보았다.

그런 수하가 있겠는가!

경포의 예상은 당연히 적중했다. 그렇게 하겠다며 나서는 이는 한 명도 없었다. 누가 먼저 나서면 조용히 따를 것같이 눈치를 살피는 인물조차 없었던 것이다. 한참을 기다린 끝에 원앙이 다시 입을 열었다.

"역시 그렇군. 나는 너희들을 비난하지 않을 것이다. 의를 숭상하는 무림인이기에 당연한 결정일 것이다. 또한 상관으로서 너무도 어려운 결정을 하라 종용했던 것을 사과하는 바다. 진정

수하들을 아끼는 상관이라면 가장 껄끄러운 일에 솔선수범을 보여야겠지. 황 대장님을 직접 상대하는 것은 나와 경포 대장이 맡을 것이다. 너희들의 임무는 황 대장님을 제외한 나머지를 맡는 것이다. 이 정도는 해줄 것이라 믿어 의심치 않겠다."
 원앙은 어수선한 수하들의 분위기엔 개의치 않고 곧바로 명령을 내렸다.
 "모두 나를 따르라! 지엄하신 무림맹주님의 명에 따라 무림공적의 후손인 무림신녀를 처벌할 것이다!"
 원앙은 솔선수범을 보이듯 앞장서서 걸었다. 몇 명의 수하가 따르는지 상관치 않는 모습이었다. 그러나 속마음까지 그런 것은 아니다. 경포가 따라붙자 원앙이 물었다.
 "몇이나 따르는가?"
 "반 정도 되는 인원이군."
 "후후, 절반의 성공인 셈인가."
 나름 흡족한 모습을 보이는 원앙에게 경포가 말했다. 불안감이 느껴지는 음성이었다.
 "황 대장을 상대하기에는 부족해 보이지 않나? 조금 더 설득하면 충분한 인원이 따를 것도 같은데 말이야."
 "나머지 인원은 방해만 될 수도 있네. 자네의 말대로 황 대장이 위기에 처하면 그를 돕겠다고 뛰어들지도 모르니 말이야. 차라리 남겨두는 것이 속 편한 일이지. 그리고 이 정도 인원이면 황 대장을 추종하는 무리를 처리하는 데는 부족함이 없을 것이야."
 "……!"

깜짝 놀란 경포가 눈이 동그래진 상태에서 물었다.

"자, 자네 정말로 나와 단둘이 황 대장과 맞설 셈인가? 정말 그런 것인가?"

황조령의 무위는 경포도 잘 알고 있었다. 누구나 다 알고 있듯 모용관을 꺾은 신화적인 인물이다. 아무리 한쪽 다리가 불편하다 한들 자신과 원앙 둘이서 이길 수 있는 상대가 아니었던 것이다. 그러나 원앙은 냉철검이란 별호답게 침착함을 잃지 않았다.

"당연하지 않은가. 수하들 앞에서 공언한 것이니 반드시 지켜야지."

"자, 자네는 우리 둘이서 황 대장과 싸워 이길 수 있다고 생각하나?"

원앙은 고개를 가로저으며 대답했다.

"절대…우리에 버금가는 고수 다섯은 더 있어야 호각을 이룰 수 있겠지."

"하면 왜 질 것이 뻔한 싸움을 하는 것인가? 군사님의 불호령이 두려우니 싸우는 흉내라도 내고 지자는 계략인가?"

"그럴 마음이었다면 내가 왜 자네에게 전권을 위임 받았겠나? 더욱이 내가 꼼수를 쓴다고 통할 군사님이신가 말이네."

경포는 동의한다는 듯 고개를 끄덕였다. 그 또한 그런 고육책을 생각해 봤지만 여주승을 속일 자신이 없었던 것이다. 모든 방법이 다 막혔기에 원앙에게 전권을 위임한 것이다.

"그러면 왜지?"

"황 대장이 우리를 적으로 생각할까?"

"그건 또 무슨 소리지?"

"황 대장은 직위와 명예는 버릴지언정 사람은 버리지 못하는 인물이지. 서둘러야 하니까 일단은 그 정도만 말해두겠네."

"그러지."

경포와 원앙은 대화를 중단했다. 출정 준비를 마친 수하들이 마지막 명을 기다리고 있기 때문이었다.

"그동안의 출정과는 다르게 착잡한 마음일 것이다. 담담히 나를 따르라."

원앙이 움직임과 동시에 경직된 표정의 무림맹도들이 그를 따랐다. 그 어느 때보다 힘든 결전이 될 것이라 각오하고 있는 모습이다.

무림맹이 움직이면서 무림신녀의 진영도 분주해졌다.

화악.

급히 천막 안으로 들어온 호위무사가 소리쳤다.

"무림맹이 다가오고 있습니다!"

매우 위급한 상황임을 알렸지만 당황하는 사람은 없었다. 박장대소하던 대화를 멈추고 황조령에게 시선이 집중되는 정도였다.

"원앙이 결심을 한 모양이군. 부율천?"

황조령의 부름에 부율천은 고개만 돌렸다.

"이제 돌아가도 좋다. 네 임무는 끝난 듯싶다."

"제가 황 대장님의 목에 칼을 겨눌 수도 있는데… 상관없겠습니까?"

"상관없다. 너는 맹의 명을 수행하는 것뿐이며, 나는 내 신념대로 행동할 뿐이다. 이후 어떤 일이 벌어지든 누구의 잘못도 아니다."

"그 말… 후회하시게 될 겁니다."

떨리는 음성으로 대답한 부율천이 천막을 나섰다. 곧이어 황조령도 진심장을 의지하며 몸을 일으켰다.

"우리도 손님맞이를 해야겠지?"

황조령이 예전 수하들과 함께 천막을 나서려는 찰나였다.

화악!

황조령이 잡으려던 천막 입구를 열어젖히며 무림신녀가 안으로 들어섰다.

"무슨 일이십니까?"

황조령의 물음에 그녀는 잠시 주변 분위기를 살피며 대답했다.

"할 이야기가 있어요."

"저하고 말입니까?"

무림신녀는 다시 주변을 살피며 고개를 끄덕였다. 단둘이 이야기하고 싶다는 의미가 분명했다.

"죄송하지만 나중에 하는 것이 어떻겠습니까? 신녀님도 알다시피 지금은 시급을 다투는 상황이라……."

"저 또한 시급을 다투는 사안이에요."

황조령은 무림신녀의 고집을 잘 알고 있었다. 목숨이 위태로운 상황에서도 절대 도망치지 않겠다고 선언한 그녀가 아니던가. 최대한 빨리 이야기를 끝내고 무림맹을 상대하는 것이 상책이었다.

"먼저 나가 있어라."

"예, 황 대장님."

조이함은 천막 안에 있던 인원을 데리고 밖으로 나갔다. 시간에 쫓기는 황조령은 단도직입적으로 물었다.

"무슨 일인지 말씀하시지요?"

"황 대장님의 얼굴 상처 말이에요. 몇 시진 내로 치료하지 않으면 영영 기회를 잃게 돼요."

"……."

황조령은 어이없다 못해 황당한 표정이 되었다.

"그 일 때문에 저를 붙잡고 계신 겁니까?"

"황 대장님은 기가 막힐 수도 있겠지만 저에게는 매우 심각한 일이에요. 일이 이렇게 꼬인 것에는 황 대장님의 몸을 제대로 살피지 못한 제 불찰도 커요. 생명을 다루는 의원으로서 큰 실수를 범한 것이지요."

"제 얼굴이 어찌 되던 생명에는 지장없지 않습니까. 제가 지금 얼굴을 고치고자 내공을 포기하면 수많은 사람이 죽게 됩니다. 설령 이 때문에 영원히 얼굴을 고치지 못하다 해도 신녀님의 책임이 아닙니다."

"그리 말씀해 주시니 제 마음이 조금은 가벼워졌습니다."

"이젠 나가봐도 되겠습니까?"

"잠깐만요."

황조령은 깊은 한숨을 내쉬며 뒤돌아보았다. 또 무슨 일이냐는 불만의 표현이었다.

"제가 약을 만들어 왔어요. 이것을 바르면 독기가 퍼지는 시간을 조금은 늦출 수 있을 거예요. 잠깐이면 돼요. 아주 잠깐……."

무림신녀가 귀여움까지 떨며 말하는데 어찌할 것인가. 황조령은 재빨리 얼굴에 감긴 붕대를 풀었다. 무림신녀는 꼼꼼히 연고를 발라주고 다시 붕대를 감았다.

황조령은 지체없이 천막 밖으로 나갔다. 그리고는 마을 입구에서 전투태세를 갖추고 있는 무림맹을 향해 걸어갔다. 조이함과 수검, 곽현이 합세했고, 호위무사들이 그 뒤를 따랐다. 무림신녀를 추종하는 무리까지 행렬에 가세하자 그 수가 꽤 되었다.

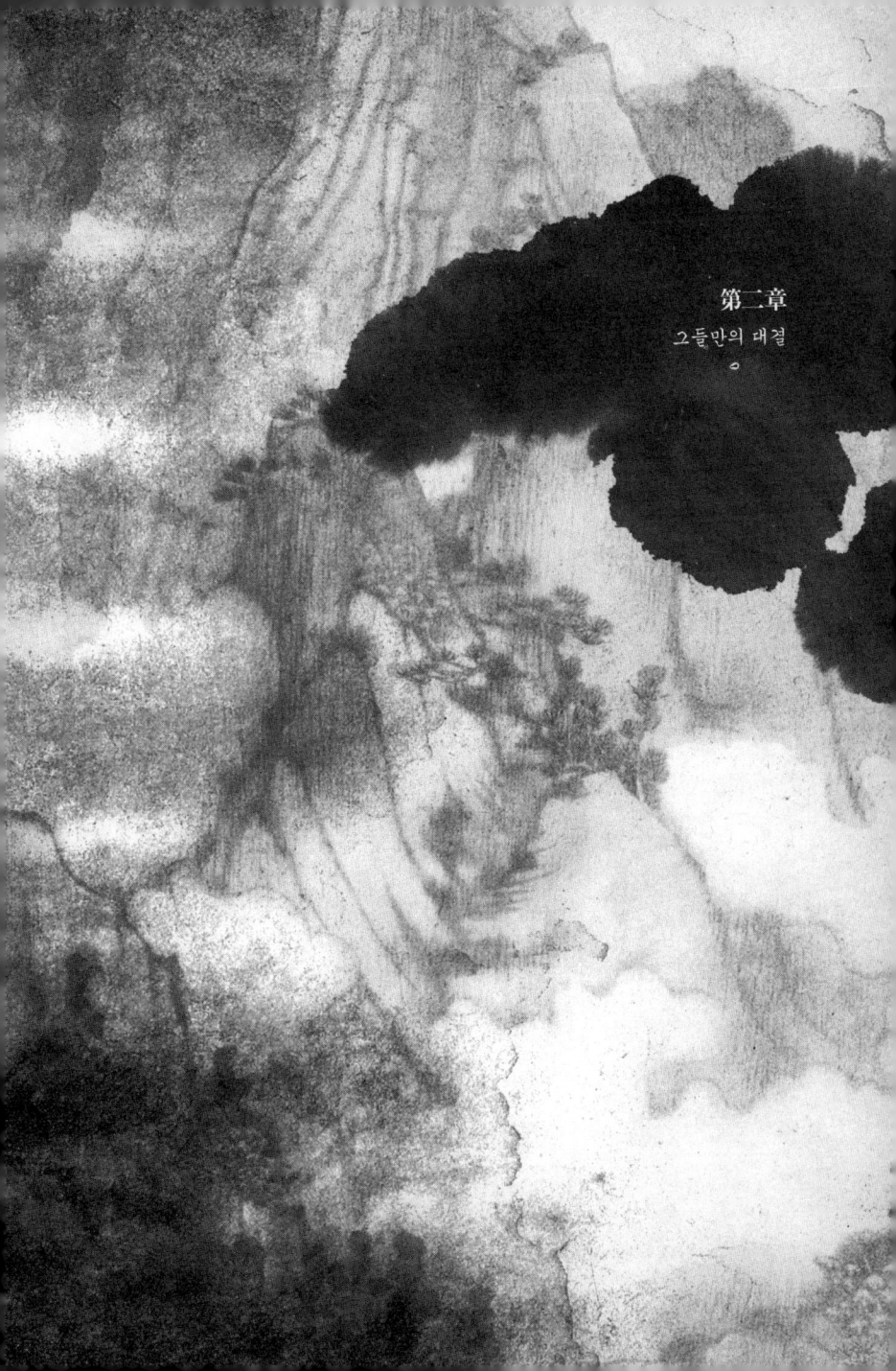

第二章
그들만의 대결

황조령은 원앙을 바라보며 멈춰 섰다. 그리고는 찬찬히 무림맹 진영을 살펴보고 물었다.
"수가 많이 줄었군."
토벌대로 투입된 인원의 반도 안 되는 숫자였다.
"황 대장님과 맞서려는 자가 몇이나 되겠습니까. 이 정도도 성공한 것이라 생각합니다."
황조령은 수긍한다는 듯 고개를 끄덕였다. 그가 예상한 인원보다 많은 수였다.
"결국 이렇게 될 수밖에 없는 것이군."
"저희 처지를 이해해 주시기 바랍니다. 맹주님의 명은 절대적인 것입니다."
"그렇다면 어쩔 수 없지. 한데 나와 싸워서 이길 수 있다고 판단했는가?"

"승패는 상관치 않습니다. 저는 맹주님의 명을 수행하는 데 최선을 다할 뿐입니다."

황조령은 굳은 표정을 풀면서 말했다.

"자네는 뛰어난 무인이자 지략가였다."

"과찬이십니다."

"절대 과찬이 아니야. 자네만큼 나와 전략적인 생각이 잘 맞는 사람도 없었지. 그래서 묻겠는데, 자네는 진정한 승리가 어떤 것이라 생각하나?"

잠시 망설이던 원앙은 엷은 미소를 띠며 대답했다.

"아군의 피해가 적을수록 값진 승리라 생각합니다."

"역시나 나와 똑같은 생각을 갖고 있지 않은가? 보게나, 나에게는 이 정도 규모의 병사들이 있네. 승패를 떠나 양쪽 모두 큰 피해를 입을 것이네."

황조령 뒤에는 수많은 인원이 도열해 있었다. 머리수만 따지자면 무림맹의 배에 해당하는 숫자였다.

"그리 큰 전력은 아닌 듯싶습니다. 대부분이 칼도 쥐어본 적이 없는 오합지졸 아닙니까?"

원앙의 지적은 정확했다. 팔 할에 가까운 인원이 무림과는 거리가 멀었다. 무림신녀에게 은혜를 입었던 평범한 사람들이었고, 개중에는 치료를 받기 위해 찾아온 환자도 상당수였다.

"저들이라면 하급무사 한 개 조만으로도 충분히 쓸어버릴 수 있습니다."

무림맹은 열 명 단위로 조 편성을 했다. 그것도 가장 실력이 뒤처진 하급무사들이 백 명이 훨씬 넘는 인원을 섬멸할 수 있다는 것이다. 무림신녀 진영에서는 상당히 모욕적인 말이었지만 황조령은 흔쾌히 동의했다.

"그렇겠지. 아무리 머리수가 많다고 해도 무기도 쥐어본 적이 없는 이들이 무림맹의 제자들을 상대할 수는 없는 노릇이지."

이어 황조령은 뒤쪽을 향해 소리쳤다.

"들었는가? 자네들은 모두 죽었다네. 무기를 내려놓고 한쪽으로 비켜서게나."

"……?"

무림신녀를 위해 봉기한 이들은 멍한 표정이 되었다. 원앙의 일방적인 주장일 뿐이지 실제로는 붙어보지도 않았기 때문이다. 그들이 망설이자 조이함이 목청을 높였다.

"귓구멍이 막혔나? 네놈들은 죽었단 말이다! 어서 어서 비켜서라! 호위무사들은 뭐하나? 서둘러 죽은 놈들을 치우란 말이다!"

호위무사들이 나서서 우왕좌왕하는 이들을 모두 몰아냈다. 팔 할에 해당하는 인원이 빠져나가나 황조령의 뒤는 썰렁하기 그지없었다. 그러나 황조령은 매우 흡족한 표정으로 원앙에게 말했다.

"이제 자네 차례일세."

"그러지요."

원앙이 도열해 있는 수하들을 향해 명령했다.

"백호군(白虎軍) 일조는 뒤로 빠져라. 너희들은 이번 전투에 절대 가담할 수 없다."

 무림신녀 진영과 달리 무림맹도들은 신속하게 움직였다. 우편에 있던 일개 조가 일사불란하게 뒤로 물러났다.

 "이제 됐습니까?"

 "……."

 황조령은 아무런 대답도 하지 않았다. 약간은 능글맞은 웃음을 머금고 원앙을 바라보았다.

 "부족하다는 뜻입니까?"

 "옛정을 봐서 조금만 더 쓰지 그러나. 물론 이들이 검조차 쥐어본 적이 없는 전투에 문외한이기는 하네. 그러나 무림신녀님을 지키겠다는 일념으로 목숨을 건 이들일세. 그 사생결단의 자세가 얼마나 중요한지 자네도 알지 않는가?"

 "좋습니다. 하급무사에서 다섯을 더 빼기로 하지요."

 황조령은 만족한 듯 고개를 끄덕였다. 곧바로 무림맹 하급무사 다섯 명이 뒤로 빠졌다.

 "호위무사는 어쩔 텐가? 이들은 실전 경험이 풍부하고 그 수도 오십에 달한다네. 참고로 이들을 훈련시킨 이가 바로 여기에 있네. 누군지 알겠지?"

 황조령은 옆에 있던 조이함의 어깨에 손을 올렸다. 원앙이 그를 모를 리 만무했다. 수많은 작전을 함께하여 상당히 가까운 사이라 할 수 있었다.

 "중급무사 두 개 조면 되겠습니까?"

 "이함이가 훈련을 시켰다네. 그 강도가 어떠할지 자네도 알지 않는가? 개인보다는 조직적인 전술에 능한 이들이라네."

"하급무사 다섯을 더 빼드리지요."

"좋네."

피가 난무하는 싸움이 아니라 흥정이었다. 그러나 이에 대해서 불만을 갖는 이는 없었다. 아무도 다치지 않아도 되는 싸움이었다. 물론 이는 원앙과 황조령의 생각하는 바가 일치하기에 가능한 일이었다.

호위무사까지 빠져나가자 황조령의 주위는 너무도 썰렁했다. 조이함과 수검, 곽현밖에 남지 않았다. 반면 무림맹의 희생(?)은 크지 않았다. 절반이 넘은 인원이 남았고 실력이 떨어지는 순으로 빠졌기에 거의 온전한 전력이라 할 수 있었다.

황조령은 곽현을 앞에 내세웠다. 남은 패가 얼마 되지 않았기에 더욱 신중을 기해야 했다.

"광풍검 곽현의 실력은 말을 하지 않아도 되겠지? 혼자서 진양교의 선봉대와 맞섰던 솜씨는 여전할 것이네."

원앙도 신중해졌다. 어느 정도의 희생을 감수해야 곽현을 제거할 수 있을까. 원앙의 입장에서는 그 수가 적을수록 좋았다. 그러나 황조령 역시 곽현과 무림맹도들의 실력을 잘 알고 있었다. 터무니없는 숫자를 제시했다가는 핀잔만 들을 것이 분명했다. 고심 끝에 원앙이 입을 열었다.

"고수 한 명, 상급무사 다섯 명에 더하여 중급과 하급무사들을 모두 덜어내지요."

무림맹의 현재 남아 있는 상태에서 절반이 넘는 숫자다. 원앙은 큰 선심을 쓰는 것처럼 말했지만 황조령은 턱도 없다는 반응을 보였다.

"곽현은 무림맹 내에서도 알아주는 고수라네. 상대가 강할수록 더욱 그 진가를 발하는 인물이지. 자네 같으면 그 전력에 곽현을 넘기겠는가?"

잠시 생각에 잠긴 원앙이 말했다.

"상급무사의 수를 더 늘려드리지요."

황조령은 여전히 불만스런 음성으로 대꾸했다.

"이왕이면 고수의 수를 더 늘였으면 하는데?"

"그건 곤란한데요. 곽현의 실력은 인정합니다. 그러나 황 대장님도 아시다시피 제멋대로 구는 성격이 있지 않습니까? 전략적인 운용에서 한계가 있는 인물입니다."

"내 앞에서는 그런 적이 한 번도 없다네. 그러니 전력의 누수는 있을 수 없다네."

"하지만 제가 거느리고 있는 고수들의 실력 또한 만만치 않습니다. 곽현이 셋 이상을 상대할 수 있다고는 장담할 수 없습니다."

"나는 장담할 수 있다네. 어떤 임무를 맡기던 그 이상을 해낼 수 있는 인물이 바로 곽현이라네."

황조령과 원앙의 흥정은 계속 이어졌다. 고수들의 목숨(?)이 달린 일이라 한 치의 양보도 없는 설전이었다. 그리고 마침내 합의에 이르렀는데, 흥정의 대상이었던 곽현은 불만이 가득한 표정이었다.

"황 대장님, 고수 세 명에 저를 넘기다니요? 제 실력이 고작 그것밖에 안 된다고 생각하십니까?"

"그래도 엄청난 인원과 함께 전사하지 않았느냐?"

덤으로 상급무사 아홉과 중급과 하급무사 모두를 털어낼 수 있었다. 우르르 그들이 빠져나가자 무림맹 진영도 상당히 단출해졌다.

"아무리 그래도 이것은 말이 안 됩니다. 제가 정말 마음만 먹으면……."

여전히 불만인 곽현을 조이함이 툭 밀쳐 냈다.

"죽은 놈이 말이 많다."

곽현은 마지못해 사망자가 우글거리는 곳으로 향했다. 이제 황조령의 패는 조이함과 수검밖에 남지 않았다. 가장 가치있고 아끼는 패일 것이 분명했다. 황조령은 조이함을 먼저 앞세웠다. 이에 원앙은 의아함을 감추지 못했다.

명성이나 실력 모든 면에서 조이함이 수검보다 뛰어나다 할 수 있었다. 원앙이 수검에 대해 알고 있는 것은 황조령을 극진히 간병했던 건통전의 허드레 일꾼이라는 사항밖에 없었다. 그동안 조이함을 뛰어넘을 만큼의 절정고수로 환골탈태했다는 것인가? 무슨 꿍꿍인지 의심스러운 원앙은 더욱 신중해질 수밖에 없었다. 이에 조이함은 자신감이 가득한 목소리로 말했다.

"너무 엄청난 물건이라 값을 매기기 힘든 모양이군."

"전혀……."

원앙은 심드렁히 대답했다. 그리고는 흥정의 당사자인 황조령에 시선을 돌리며 말했다.

"고수 다섯 정도면 되겠습니까?"

"뭣이라!"

조이함이 발끈하며 대답했다.

"내 무공이 그 정도밖에 안 된다고? 내 손에 죽어간 진양교의 고수가 몇이나 되는 줄 알고 있는가! 일당백의 전력이라는 절정 고수만 상대했던 나일세!"

"그야 양팔이 멀쩡했을 때의 얘기 아니겠나? 쌍검을 구사할 수 없는 지금은 이도 꽤나 선심 쓴 것이라 생각하는데?"

"이런 말도 안 되는……."

조이함은 심히 억울한 표정으로 황조령을 바라보았다. 이리 터무니없는 가격이 어디 있냐는 의미였지만 황조령은 그리 생각지 않는 모양이었다.

"고수 한 명을 더 얹어준다면 긍정적으로 고려해 보겠네."

"흠, 조이함과의 옛정도 있으니 그러도록 하지요."

"좋네."

"헐……."

조이함은 어이없는 표정을 감추지 못했다. 그러나 황조령은 결정을 바꿀 의도가 없어 보였다. 고개를 푹 떨어뜨린 조이함은 실실 웃음 짓는 곽헌이 기다리는 곳으로 향했다.

이제 황조령의 패는 수검밖에 없었다. 원앙은 바짝 눈에 힘을 주고 수검의 면모를 살폈다. 무림맹의 쟁쟁한 고수 못지않은 당당한 체격이었고, 분위기에서 느껴지는 그 기백 또한 만만치 않았다. 무사들만 보면 굽실거렸던 예전의 모습은 전혀 찾아볼 수 없었다. 한참이나 뚫어지게 살펴보며 고심하던 원앙이 입을 열었다.

"대체 얼마를 원하십니까?"

아무리 생각해도 수검의 능력을 짐작할 수 없었던 것이다. 이에 황조령은 천천히 고개를 저었다.
"무슨 뜻입니까?"
"수검의 적정한 평가를 자네가 수용하지 못할 것이라는 의미라네."
"호~ 그렇습니까? 수검이란 자의 가치가 어느 정도인지 말만이라도 해보시지요. 저는 아직 가진 것이 많은지라 선심을 쓸 용의도 있습니다."

원앙이 웃음 띤 얼굴로 대답했다. 정말로 호의를 베풀겠다는 의미는 아니었다. 대체 수검의 가치가 어느 정도인지 들어나 보자는 마음이었다.

황조령은 조용히 손가락 두 개를 치켜들었다.
"고작 두 명입니까?"
원앙은 실망스럽다는 표정으로 대답했다. 무림맹에서 살아남은 인원이 열일곱이니 이십 명을 달라는 뜻은 아닐 것이 분명했던 것이다. 천천히 고개를 끄덕이던 황조령이 입을 열었다.
"그렇다네. 원앙 자네와 경포 딱 두 명만 넘기게나."
"……."

원앙은 하도 기가 막혀서 말문이 막혔다. 그도 그럴 것이, 무림맹 내에서도 원앙과 경포를 한꺼번에 상대할 수 있는 절정고수는 손으로 꼽을 정도였던 것이다. 정말 말도 안 되는 제안이었지만 원앙은 쉽사리 거절하지 못했다. 그가 아는 황조령은 정말 턱없이 말도 안 되는 소리를 할 인물이 절대 아니었던 것이다.

"경포 한 명과 맞바꿀 용의는 있습니다."

순간 경포는 엄청난 굴욕감을 느꼈다. 예전 건통전에서 허드렛일을 했던 인물과 동급 취급을 당하는 것이다. 그러나 경포는 대놓고 불쾌감을 표현할 수 없었다. 원앙에게 이번 일과 관련된 모든 것을 일임했기 때문이다.

무림신녀 측 입장에서는 엄청난 이득이라 할 수 있었다. 많은 호위무사들이 경포의 위용을 잘 알고 있었다. 어느 누가 보아도 수지맞는 거래임이 분명한데 황조령은 단호히 고개를 저었다. 명백한 거부의 표현이었다. 너무도 안타깝고 아쉬운지 호위무사들 사이에서는 장탄식이 터져 나올 정도였다.

무림맹이나 무림신녀 측 모두 더 이상의 흥정은 없을 것이라 판단했지만 아니었다. 원앙 역시 만만치 않은 고집의 소유자였던 것이다.

"고수 둘을 더 얹어드리지요."

"⋯⋯!"

누구도 예상치 못한 원앙의 발언에 무림맹 측도 당황한 기색이 역력했다. 무림 초출이 분명한 이에게 경포도 모자라 고수 둘까지 붙여주다니? 이는 파격을 넘어서 미친 짓이라고도 할 수 있었기 때문이다.

반면 무림신녀 측은 엄청난 기대감에 휩싸였다. 이를 받아들인다면 고수 둘을 덤으로 얻은 것이나 마찬가지다. 그러나 이는 그들만의 설렘일 뿐이었다.

황조령은 단호히 또 고개를 저으며 거부의 의사를 나타냈다. 호위무사들의 비통한 탄식이 끝나기도 전에 원앙의 음성이 이어졌다.

"고수 셋이면 만족하시겠습니까?"

순간 경포는 뭐 하는 짓이냐며 원앙에게 소리를 지를 뻔했다. 원앙에게 모든 것을 일임한 것을 철저히 후회하고 있었다. 그러나 이는 시작에 불과했다.

이번에도 역시 황조령은 원앙의 제안을 거절했고, 이에 질세라 원앙은 고수의 수를 한 명씩 늘려갔다. 거듭되는 제안과 거절 속에 양측의 안도감과 아쉬움이 교차했다. 실전보다도 더 안타깝고 마음 졸이는 경험을 하고 있었다.

"고수 여섯을 더 얹어드리지요. 이것이 제 인내심의 한계입니다."

마침내 원앙이 마지막 제안을 했다. 팽팽한 긴장감이 감도는 정적 속에서 황조령이 입을 열었다.

"미안하네만 거절하겠네. 그리고 자네는 인내심의 한계에 도달한 게 아니라 사람 보는 눈이 부족한 것이네."

"정말 그러한지 제 손으로 확인하고 싶군요."

장난 같은 분위기는 한순간에 사라지고 숨도 제대로 쉬기 힘든 전운이 감돌았다. 흥정이 깨지자마자 곧바로 전투태세로 들어선 것이다.

스릉.

검을 빼 든 원앙이 말했다.

"황 대장님을 향해 검을 겨누게 될지는 꿈에도 몰랐습니다. 제가 가장 닮고 싶었던 분이 바로 황 대장님이었습니다. 이 또한 살생을 업으로 삼아야 하는 무림인의 숙명이겠지요. 일단 검을 빼 들었으니 확실히 결판을 짓겠습니다."

"내가 원하는 바라네."

황조령이 대답하는 사이 무림맹의 고수들은 뛰어들 차비를 끝마쳤다. 열일곱 대 둘, 머릿수에서 현격한 차이가 있었지만 무림맹은 방심하지 못했다. 그 상대 중에 하나가 바로 백전백승의 신화를 창조한 무적신검 황 대장이었기 때문이다. 결연한 표정의 원앙이 입을 열었다.

"마지막으로 하나만 묻겠습니다."

황조령은 짧게 고개를 끄덕이는 것으로 대답을 대신했다.

"수검이라는 자의 능력이 진정 경포와 저를 합친 것보다 뛰어나다고 생각하십니까? 제 머리로는 도통 이해가 가지 않습니다. 몇 년 전까지만 해도 본 맹에서 허드렛일이나 하던 존재입니다. 그사이 어떤 엄청난 기연을 얻고 황 대장님께 어떠한 가르침을 받았는지는 몰라도 절정고수의 반열에 오를 수는 없습니다."

"당연한 말이네."

원앙은 무슨 의미냐는 눈빛을 보냈고, 황조령은 담담한 음성으로 대꾸했다.

"그간 수검의 실력은 일취월장했지만 자네와 경포를 합친 만큼에는 턱없이 모자라네. 솔직히 둘 중 아무나 붙는다 해도 승리를 장담할 수 없는 실력이지. 하지만 이놈의 능력은 그게 전부가 아니라네."

황조령은 수검의 슬쩍 쳐다보며 말을 계속 이었다.

"다리가 불편한 나를 완벽히 보좌할 수 있는 인물은 오직 이놈뿐이거든. 수검이 있기에 내가 예전 못지않은 무공 실력을 발휘할 수 있다는 뜻이지."

"······!"

원앙은 긴장하지 않을 수 없었다. 다리가 불편한 황조령이었기에 예전 같은 실력을 보이지 못할 것이라 짐작하고 있었기 때문이다. 황조령의 말이 사실이라면 수검의 몸값은 자신과 경포를 합친 것에 결코 뒤지지 않았던 것이다. 그러나 이제는 후회해도 소용없었다.

"수검아!"

황조령의 부름에 수검이 성큼 한 걸음 앞으로 나왔다. 비장한 표정의 수검은 등에 메고 있던 접이식 의자를 펼쳐 놓고 물러섰다. 황조령이 의자에 앉자 그 뒤에 서서 서슬 퍼런 검을 빼 들었다.

스캉, 스캉!

"쌍검!"

원앙은 자신도 모르게 탄성을 터뜨리고 말았다. 수검이 쌍검을 쓴다는 것 때문이 아니었다. 그의 양손에 들려 있는 검 때문이었다. 우수에 쥐고 있는 것은 수호검, 현 무림맹주가 황조령에게 하사한 천하의 명검이었고, 좌수에 쥐고 있는 것은 추살검(追殺劍), 조이함이 쓰던 애검으로 그 날카로움에 대해서는 강호에 명성이 자자했다.

원앙은 수검을 다시 보게 되었다. 그 검들의 주인은 원래 따로 있었다. 큰 은혜를 입은 무림인이 고마움의 표현으로 자신이 가장 아끼는 검을 물려주기도 하지만 이는 매우 위험한 상황을 초래하기도 했다. 검에 대한 무림인들의 욕심은 상상을 초월했다. 어떠한 희생을 치르더라도 그 검을 빼앗으려 할 수도 있기 때문이었다. 이를 예전의 검 주인들이 모를 리 만무했다. 수검이 검을 지킬 수 있는 능력이 된다고 믿었기에 자신들의 애검을 물려주었다고 볼 수 있었다.

허리를 곧추세우고 앉은 황조령이 진심장을 내뻗으며 말했다.

"덤비게나."

원앙은 순간적으로 가슴이 철렁함을 느꼈다. 진양교와의 마지막 전투에서 모용관에게 협공을 펼쳤던 이후 한동안 경험하지 못한 감정이다. 원앙은 두근거리는 마음을 감추고 명령했다.

"쳐라!"

무림맹의 고수들이 뛰어들었다. 어떠한 기합도 없고 발소리조차 들리지 않았다. 먹이를 향해 날아드는 올빼미처럼 사납고도 조용했다.

창창창창창~!

요란한 격검 소리가 연달아 울려 퍼졌다. 무림맹 고수들은 호랑이를 몰아붙이는 사냥개처럼 연이어 공격을 퍼부었다. 그 한 명 한 명이 강호에 위명을 떨친 실력자들이다. 수적으로도 훨씬 유리하고 의자에 앉은 황조령은 제대로 움직이지도 못하는 상황이건만 쉽게 결판을 내지 못했다. 무림맹의 매서운 공세는 번번이 빗나가거나 황조령과 수검의 환상적인 호흡에 막히고 말았다.

창창창창창!

별다른 상황 변화도 없고 쇳소리만 요란한 대결은 계속 이어졌다. 상대적으로 불리한 입장이던 황조령의 능력이 주목받을 수밖에 없었다. 이미 사망한 이들(?)은 넋을 잃은 표정으로 그 광경을 바라보았다. 불굴의 상징, 백전백승의 신화 등 화려한 수식어가 따라다니던 무적신검 황 대장의 진면목을 다시 한 번 확인할 수 있는 장면이었다. 황조령에 대해 전혀 무지한 이들의 충격은 더했다.

"앉은 상태에서도 무림맹의 고수들을 압도하고 있어!"

"세상에! 황 대장이라는 사람이 멀쩡했으면 어찌 됐을 것이여?"

그야 불을 보듯 훤한 상황이었다. 상상하기도 힘든 압도적인 기세로 몰아붙였을 것이 분명했다. 안도의 기색이 역력한 그들과 달리 무림맹 측의 분위기는 무거웠다.

황조령에 대해 잘 알고 있기에 쉽지 않은 싸움이 될 것이라 예상은 했다. 그러나 막상 뚜껑을 열고 보니 더욱 열세를 보이는 상황이었다. 물론 토벌대로 파견된 인원 중 최고수라 할 수 있는 경포와 원앙이 지켜보는 상황이긴 했지만 이건 무림맹의 전력이라고 할 수 없었다.

창~!

푹!

황조령을 노리고 뛰어들던 이가 그대로 주저앉았다. 수검에게 검이 막히고 황조령의 진심장에 가슴을 찔린 것이다. 이내 양 측면에서 빈틈을 노리고 뛰어들었지만 수검의 쌍검에 차단을 당하고 말았다.

창! 창~!

곧바로 황조령의 반격이 이어졌다.

퍽! 퍽~!

묵직한 타격 소리와 함께 양 측면에서 달려들던 무림맹의 고수들이 쓰러졌다. 전광석화 같은 움직임이 바로 이러할 것이다. 누가 먼저 맞고 쓰러졌는지 분간하지 못할 정도였다.

소득은 없어도 무림맹의 공세는 계속 이어졌다. 전후좌우 사방에서 한꺼번에 뛰어들었지만 결과는 마찬가지였다. 그들의 공격은 수검의 쌍검의 막혔고, 황조령이 휘두르는 진심장에 줄줄이 나가떨어졌다.

이를 지켜보는 원앙의 눈가에 경련이 일어났다. 더 이상 강호에 적수가 없다는 무림맹의 정예부대라고 도저히 믿을 수 없는 장면이었다. 그 상대가 무림지존의 위치까지 올랐던 무적신검 황 대장이라도 절대 있을 수 없는 일이었다. 목까지 시뻘게진 원앙의 분이 폭발하기 직전이었다.

"멈춰라!"

황조령의 입에서 나온 소리였다. 몹시 화가 나기는 그 역시 마찬가지였다.

"이것이 진양교의 야욕을 분쇄했던 무림맹의 전력이더냐!"

황조령은 노기 띤 얼굴로 계속 말을 이었다.

"그동안 진심으로 싸울 상대가 없어서 실력이 줄어든 것이더냐, 아니면… 절름발이가 된 나를 가엾게 여기는 것이더냐?"

"……."

황조령은 침묵으로 일관하는 무림맹도를 향해 호통쳤다.

"이따위 실력으로 어찌 무림맹의 고수라고 자처할 수 있더란 말이냐! 우리의 손에 죽어간 진양교도들이 땅속에서 통곡할 노릇이로다!"

크게 낮아진 음성으로 황조령이 말했다.

"죽기 살기로 덤벼라."

무인들끼리 통하는 진심이 담겨 있었다. 침묵을 깨고 부율천이 달려들었다. 그는 처음부터 살심을 품고 검을 휘둘렀던 유일한 인물이다. 진정한 변화는 다음부터였다.

"타앗~!"

격한 외침과 함께 무림맹의 고수들이 뛰어들었다. 그 전과는 기세가 판이하게 달랐다. 진양교와 벌였던 처절한 싸움처럼 사생결단의 의지가 느껴졌다.

창창창창창창~!

맑은 하늘에 울려 퍼지는 쇳소리 또한 격해졌다. 끊임없이 이어지는 격검과 기합 소리는 수백 명이 한꺼번에 섞여 전투를 벌이는 착각이 들 정도였다. 무림맹의 고수들이 사력을 다하여 덤벼들자 황조령의 우위는 사라졌다.

연달이 쏟아지는 검을 막아내는 황조령의 진심장이 조금씩 밀리기 시작했다. 수검의 방어가 늦어 황조령의 옷깃이 베이는 사태까지 발생했다.

"이런 염병~!"

곧바로 단단히 열 받은 수검의 반격이 이어졌다.

사악~!

날카롭기 소문난 추살검이 황조령의 옷깃을 벴던 자의 가슴께를 스치고 지나갔다. 크게 베이지는 않고 붉은 피가 옷에 배는 정도의 상처였다. 그러나 자칫 움직임이 늦었다면 치명상을 입을 당한 뻔한 위기였다. 약간의 피만 흘린 결과였지만 양측의 대결은 더욱 격해졌다. 정광석화처럼 이어지는 공방전은 살벌함이 넘치는 긴장감의 연속이었다.
 이를 지켜보고 있던 경포가 웃음기가 묻어나는 목소리로 속삭였다.
 "이것이 바로 자네의 노림수였군."
 "……."
 원앙은 웃지 않았다. 그가 품고 있던 노림수이기는 했다. 그러나 자신이 아닌 황조령이 이런 상황을 만들 줄은 몰랐던 것이다.
 '역시나 황 대장은 예전의 황 대장이 아니었군. 이기는 싸움만 한다는 위인이 설마 자기 무덤을 팔 줄이야…….'
 순간 원앙의 눈가에 주름이 갔다. 황조령을 욕하는 소리가 괜히 거슬렸던 것이다. 원앙은 불편한 심기를 감추며 대답했다.
 "조용히 구경이나 하지?"
 "그러지, 뭐."
 경포는 무안한 표정으로 고개를 돌렸다. 그리 기분이 상한 모습은 아니었다. 머리가 지끈할 정도로 골치 아팠던 문제를 해결할 수 있다는 확신이 들었기 때문이다.
 "황 대장의 무패 신화가 무너질 시간도 얼마 남지 않았군."
 경포는 사냥개들에게 쫓기는 호랑이를 바라보는 기분이었다. 그가 바로 사냥개들을 풀어놓은 주인, 위험을 감수하며 호랑이와 정면으로 맞설 필요는 없었다. 사냥개들과 사투를 벌이다 기진맥진했을 때 최후의 일격을 가하면 되는 것이다. 경포는 평소 사냥개 사냥을 즐겨했으며, 이는 하수들이 고수를 제압하는 기본적인 방법이기도 했다.

그러나 진짜 사냥 때와 다른 점은 호랑이가 만만치 않다는 것이다. 무림맹 고수들의 파상적인 공세에도 황조령은 흔들림없이 버티고 있었다. 수하들의 피해도 만만치 않은 상황이지만 경포는 초조해하지 않았다.

"문제는 시간과……."

그 누구를 황조령에 대비해 봐도 결과는 마찬가지였다. 원앙의 주군인 여주승은 물론 진양교주였던 모용관이 다시 살아 돌아온다고 해도 결코 승산은 없었다.

"원앙과 내가 합세하는 적절한 시기일 뿐."

이제 그에게 이기는 것이 중요한 게 아니었다. 호랑이를 잡고 애지중지했던 사냥개들을 모두 잃으면 어찌할 것인가. 무림맹 고수들의 피해를 최소화하는 시점에서 승리를 쟁취해야 했다. 이는 원앙도 마찬가지였다. 그 역시 최적의 시기를 기다리며 대결을 지켜보고 있었다.

스팟.

"크윽!"

옆구리에 상처를 입은 수검이 주춤하는 순간이었다. 경포와 원앙의 눈에 이채가 동시에 번뜩였다. 그리고는 누가 먼저라 할 것 없이 황조령을 향해 달려들었다.

파파파팟!

무서운 기세로 달려들던 둘은 짧게 눈빛을 주고받았다. 무림맹 내에서는 물과 기름처럼 서로를 외면하는 사이였지만 수많은 전투에 함께 참여했던 전우이기도 했다. 그 짧은 순간에 무언의 합의가 이루어진 것이다.

스캉~!

한발 앞선 원앙이 발검과 동시에 검을 휘둘렀다. 그 속도를 짐작하기 힘든 쾌검에 상당한 내력까지 담겨 있었지만 진심장에 막히고 말았다.

차앙~!

격검 소리와 동시에 경포의 공격이 이어졌다. 원앙보다도 빠른 쾌검이었다. 부상을 당한 수검이 신속히 방어를 해주지 못하는 상황. 황조령의 몸이 둘이 아닌 이상 경포의 공격을 막기는 불가능해 보였는데…….

스캉!

차앙~!

황조령은 진심장에 숨겨진 검을 뽑아 경포의 공격을 막아냈다. 경악한 표정을 지었던 무림신녀 진영에서는 안도의 탄성이 터져 나왔다. 그러나 원앙과 경포는 전혀 당황한 기색을 보이지 않았다. 이리 간단히 황조령을 처리할 수 없음을 예상하고 있었던 모양이다.

팍!

원앙은 발차기로 진심장을 밀쳐 냈다. 그리고는 번개 같은 속도로 황조령을 지나 수검을 향해 돌진했다.

창창창창~!

원앙의 맹공에 수검은 뒷걸음칠 수밖에 없었다. 이를 악물고 쌍검을 휘두르며 저항했지만 황조령과의 거리는 점점 더 멀어졌다. 원앙과 경포가 무언의 합의를 본 것은 수검과 황조령을 떼어놓는 것이었다. 수검이 앉아서 무공을 펼치는 황조령을 돕지 못한다면 그 전력은 현격히 떨어지게 되었다. 이는 수검이 누구보다도 잘 알고 있었다.

"이런 염병!"

수검은 필사적으로 황조령에 다가가려 했다. 그러나 한 치의 방심도 허용치 않은 대결에서 무리한 행동은 금물이었다. 냉철한 성격의 소유자인 원앙이 그 빈틈을 놓칠 리 만무했다.

서걱!

"큭……."

수검은 복부 쪽에 피를 흘리며 뒷걸음쳤다. 한없이 일그러지는 얼굴은 육신의 고통 때문이 아니었다. 자신의 실력이 미천하여 황조령이 위험에 처했다는 자괴감 때문이다. 바로 수검의 눈앞에서 황조령이 경포와 무림맹 고수들의 악착같은 협공을 당하고 있었던 것이다.

"내 길을 막으면 누구든 부숴 버린다!"

수검은 다시 쌍검을 휘둘렀다. 주변 상황에 영향을 받는 수검과 달리 원앙은 수검과의 대결에만 집중했다.

쾅쾅쾅쾅쾅쾅!

'묘한 놈이군.'

수검의 공세를 막아내는 원앙의 느낌은 간단하면서 복잡했다. 수검의 검법은 쌍검의 달인이라 불렸던 조이함에게 전수받은 것이 분명했다. 검의 궤적을 짐작할 수 없는 화려한 기술로 알 수 있었다. 하나 그뿐만이 아니었다. 검과 검이 부딪칠 때마다 손이 저리고 몸 전체가 흔들렸던 것이다.

'이 묵직한 느낌은 황 대장 쪽에 가까운 것인가!'

무림에서는 덩치가 크다고 파괴력이 높아지는 것이 아니었다. 그보다는 어떠한 내공심법을 익혔는지에 따라 파괴력의 강도가 달라졌다.

'이놈, 황 대장의 내공심법까지 전수받은 것인가!'

쾅쾅쾅쾅쾅쾅~!

수검에 대한 평가가 복잡해졌다. 조이함의 쌍검과 황조령의 내공심법 모두 가르쳐 준다고 그냥 배울 수 있는 게 아니었다. 타고난 오성과 자질이 있어야 하며 엄청난 노력과 시간을 필요로 했다. 그러나 원앙이 알기로 수검은 몇 년 전까지만 해도 건통전의 잡부에 불과했다. 무공의 무 자도 모르던 인물이 지금은 원앙과 맞서도 부족함이 없는 실력이다.

'그렇다면 이놈은… 천재!'

후웅~!

원앙은 뒷걸음쳐서 수검의 검을 피해냈다. 뭔가 수상한 기운이 느껴졌기 때문인데, 아니나 다를까!

사아악~

가슴 언저리에 서늘한 기운이 스치고 지나갔다. 검강의 기운이 그의 옷을 벴던 것이다.

원앙은 특유의 무표정으로 일관하며 검을 고쳐 잡았다. 수검보다 자신이 위일 것이라는 생각을 접은 것이다. 어떠한 변화에도 흔들리지 않는 그와 달리 수검의 검에는 감정이 깃들어 있었다.
"이번에는 옷으로만 끝나지는 않을 것이다!"
 수검은 더욱 파상적으로 쌍검을 휘둘렀다. 원앙의 옷을 벴던 효과를 보았기에 그 기세는 더욱 사나웠다.
 쾅쾅쾅쾅쾅쾅!
 원앙은 방어에 치중하며 천천히 뒷걸음쳤다. 황조령과의 거리가 점점 가까워질수록 그의 검에는 더욱 힘이 실렸다. 이제는 수검이 우위를 보이는 상황이지만 그리 호락호락 당할 원앙 또한 아니었다.
 '이놈의 무공 자질은 무서울 정도로 뛰어나다. 몸으로 무공을 익힌다는 천재라 할 수 있겠군. 거기에 황 대장의 가르침까지 더해졌으니 괄목상대하다는 말이 부족할 정도로 무공 성취가 빠르다. 그러나… 황 대장의 진짜 무서운 능력을 배우지는 못한 게로군.'
 시종일관 무표정이던 원앙의 얼굴에 엷은 미소가 번졌다. 수검의 치명적인 약점을 발견한 것이다.
 '황 대장이 진짜로 무서운 점은 어떠한 전투 상황이든 그의 지배하에 둔다는 것이다. 상대의 행동을 예측하여 이에 몇 수 앞선 비책으로 대비하고, 어떠한 돌발 변수도 모두 그의 머릿속에 담겨 있지. 이는 극한의 평정심이 있어야 가능하다. 이를 배우기에는 네놈의 머리가 너무도 멍청하고 감정에 치우치기 쉬운 성격이야말로 무인으로서 가장 큰 약점이다.'
 사악.
 갑자기 원앙이 몸을 돌렸다. 대결 중 상대에게 등을 보이는 행동은 패배를 자인하는 것이나 다름없었다.

"……?"

수검이 의아함을 감추지 못하는 순간, 원앙이 공격의 대상을 바꿨다. 황조령을 향해 달려드는 것 아닌가!

"이런 제길~!"

대경실색한 수검이 재빨리 뒤를 쫓았다. 천성적으로 단순한 성격이었다. 게다가 황조령이 위험하다는 생각이 들자 앞뒤 가리지 못했다.

사악!

갑자기 방향을 바꾸는 원앙을 보고서야 수검은 자신이 속았다는 것을 깨달았다. 그러나 단단히 노리고 있던 원앙의 검을 피하기에는 너무 늦었다.

파파파파팟!

원앙의 검끝이 수검의 몸을 대각선으로 갈랐다. 사방으로 튀는 핏줄기로 보아 꽤나 깊은 상처였다.

비틀비틀 물러서는 수검은 수호검으로 땅을 짚은 다음에야 쓰러질 뻔한 몸을 멈출 수 있었다. 연속적으로 공격을 당하면 위험했다. 우선은 상대와의 거리를 두고 몸 상태를 돌보는 것이 정석이었지만 수검은 정반대로 행동했다.

"이 자식이 날 속였어!"

분노가 폭발한 수검은 마구잡이로 검을 휘둘렀다. 그럴 때마다 느껴지는 엄청난 고통과 쏟아지는 피는 전혀 상관치 않았다. 그 놀라운 집념과 패기에 상대방은 당황하기 일쑤였다. 그러나 이는 상대적인 것이다. 흔들림 없는 평정심과 무공 실력을 가진 원앙에겐 빈틈만 보일 뿐이었다.
 서걱, 서걱, 서걱!
 수검의 몸은 이내 피범벅이 되었다. 이에 굴하지 않고 수검은 계속 검을 휘둘렀지만 상처만 더 늘어나는 그때였다.
 "수검아!"
 황조령의 준엄한 음성이 들렸다. 생사를 건 대결을 벌이는 상황에서도 평정심을 잃지 않는 목소리였다.
 "침착해라. 무리하여 날 도울 필요는 없다. 너의 임무는 원앙을 막아주는 것만으로 충분하다."
 "하, 하지만 황 대장님……."
 "내 누누이 말했지 않으냐? 무리함에는 반드시 대가가 따르는 법이다. 감정을 최대한 절제하고 원앙과의 대결에만 집중하여라."
 "아, 알겠습니다."
 수검은 순순히 황조령의 명에 따랐다. 한번 열 받으면 아무도 못 말린다는 그였지만 황조령의 말은 이를 초월했다. 수검이 안정을 찾자 둘의 대결은 백중세를 유지했다. 원앙 또한 대결을 일찍 끝내려 서두르지는 않았던 것이다.
 '이놈만 막으면 황 대장은 곧 무너진다.'
 황조령에겐 큰 전력이었던 수검이 떨어지고 무림맹 측에선 경포가 추가된 상황이었다. 예전 최절정기의 황조령이라도 이 상황을 지배하기는 불가능했다.
 이는 원앙만의 생각이 아니었다. 직접 싸움에 참가한 무림맹 고수들은 물론 사망 선고(?)를 받고 구경꾼으로 전락한 모든 이의 공통된 생각이었다.

돌아가는 전세 또한 그러했다. 수검의 도움을 받지 못하는 황조령은 수세에 몰릴 수밖에 없었다. 반전의 기미는 보이지 않았다. 까딱 실수하면 목숨이 위태로운 위험천만한 상황의 연속이었는데……

"피, 피해라~!"

경포의 다급한 외침이 들려왔다. 황조령을 꼼짝 못하게 몰아치는 상황에서 왜? 군중들이 의아함을 감추지 못하는 순간 경천동지할 폭발음이 울려 퍼졌다.

콰콰콰콰콰쾅~!

천둥이 바로 귓가에서 치는 소리가 이러할까. 하늘이 무너지는 듯한 폭음에 군중들은 식겁했다. 소리만 엄청난 것이 아니었다. 황조령을 몰아치던 무림맹 고수들은 폭풍처럼 밀려드는 흙먼지에 휘말리고 말았다.

"대, 대체……"

황조령과 상당히 떨어져 있던 원앙도 피해를 보았다. 흙먼지를 흠뻑 뒤집어쓴 원앙은 멍한 표정으로 황조령이 앉아 있던 곳을 응시했다.

"무슨 일이 벌어진 거야!"

비상한 그의 머리로도 방금 전의 일을 설명할 수 없었다. 사람이 만들어낸 일은 절대 아닐 것이다. 정말 하늘이 개벽하거나 갑작스럽게 폭풍이 발생했다는 가정이 그는 더 받아들이기 쉬었다.

잠시 후, 태양마저 삼켜 버렸던 엄청난 흙먼지가 사라지고 폭풍이 휩쓸고 간 상황이 드러났다.

황조령은 무사했다. 처음과 똑같은 자세로 의자에 앉아 있었다. 반면 무림맹 고수들의 피해는 엄청났다. 사나운 폭풍에 직격탄을 맞은 그들은 한참이나 날아가 쓰러져 있었다.

비틀거리며 경포가 일어섰다.

"이것은 대체……."

그 역시 무슨 일이 벌어졌는지 제대로 알지 못했다. 황조령의 몸에서 뿜어지는 이상한 기운을 느끼고 피하라는 경고를 했던 것이다. 연이어 땅에 쓰러졌던 무림맹 고수들이 하나둘 몸을 일으켰다. 위험을 감지한 순간 내공으로 몸을 보호했던 덕분이다. 아무런 말 없이 그들이 모두 일어나기를 기다리던 황조령이 입을 열었다.

"크게 다친 사람은 없는가? 계속 노력은 하고 있지만 아직도 내공 수위를 조절하는 게 힘들다네."

"……!"

경포의 눈은 커질 대로 커졌다. 이 말도 안 되는 사건의 원인이 바로 황조령이었던 것이다.

'그렇다면 황 대장의 내력이 이전보다 훨씬 증가했다는 것인가! 그것도 우리가 상상할 수 없을 만큼!'

경포의 얼굴은 두려움으로 물들었다. 예전보다 무공 실력이 반감되기는커녕 내력이 가공할 정도로 더욱 늘어난 황조령을 상대할 자신이 없었던 것이다.

"경포! 흔들리지 마라!"

금방 냉정을 되찾은 원앙이 말했다. 그가 나서지 않으면 안

될 만큼 무림맹 고수들의 사기는 저하되어 있었다.

"무적신검 황 대장님을 상대하는 게 그리 쉬울 줄 알았더냐? 목숨을 부지할 각오였다면 애초에 시작을 말았어야지! 이리 나약해진 모습을 황 대장님께 보이고 싶더란 말이냐!"

"시끄럽다!"

경포가 고함치며 반박했다. 두려움에 물들었던 모습은 사라지고 없었다.

"누가 나약한 모습을 보였다고 참견질이냐? 원앙 네놈이나 저 덩치 좋은 놈이 다가오지 못하게 잘 막아내라!"

이어 경포는 황조령을 향해 달려들었다. 여전히 충격에서 벗어나지 못하는 수하들에게 본보기를 보이기 위함이었다.

"타아앗~!"

차앙~!

경포가 앞장서자 무림맹 고수들도 지체없이 뒤따랐다. 숨도 제대로 쉬기 힘든 긴장감 넘치는 상황은 여전했고, 대결의 양상은 더욱 치열해졌다. 각오를 새로이 한 무림맹 고수들이 황조령을 수세에 몰았지만 확실한 마무리를 짓지 못하는 이유가 있었다.

"피해라!"

경포의 외침이 들리자 무림맹 고수들은 신속하게 뒤로 물러났다. 그리고는 경포를 기준으로 모여 황조령의 가공할 내력에 대비했다.

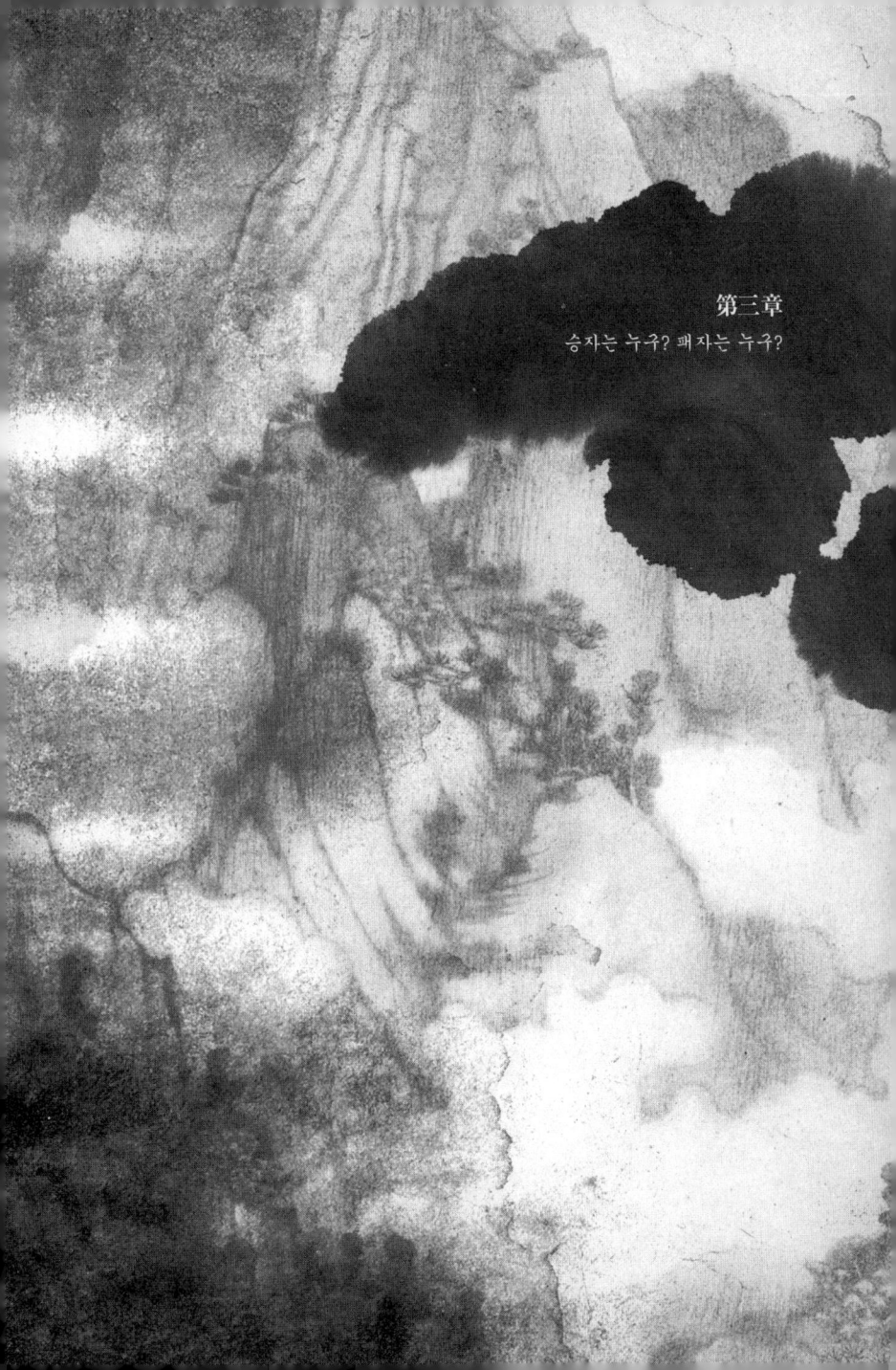

第三章
승자는 누구? 패자는 누구?

호사행

콰콰콰쾅~!

고막이 찢어지는 듯한 굉음과 함께 폭풍처럼 사나운 기류가 무림맹 고수들을 덮쳤다. 심하게 요동치는 기류가 잠잠해지자 경포의 음성이 들렸다.

"모두 괜찮은 것이냐?"

"그렇습니다."

충분히 대비했기에 처음과 같은 피해는 없었다.

"좋다, 모두 돌진이다! 황 대장님도 인간인 이상 내공의 한계가 있을 것이다!"

방어 태세를 풀고 무림맹 고수들은 다시 황조령을 향해 뛰어들었다. 역시나 무림맹이라는 찬사를 받을 만큼 파상적이고 조직적인 공세를 퍼부었지만 결정적인 한 방을 성공시키지 못하고 물러서야 하는 상황은 반복되었다.

한편 수검과 결전을 치르는 원앙의 처지가 바뀌었다. 수검과의 대결에 집중하지 못하고 황조령의 의도를 파악하느라 머리가 복잡했다.

'내가 황 대장이라면 막강한 내력을 바탕으로 무림맹의 고수들을 몰아쳤을 것이다. 그랬다면 이길 수 있는 확률이 더 높았을 것인데… 왜 지금처럼 방어 위주의 전략을 구사하는 것일까? 시간을 끌수록 불리한 쪽은…….'

원앙은 한층 길어진 자신의 그림자를 발견했다. 치열한 접전의 연속이었는지 얼마의 시간이 흘렀는지 생각해 볼 겨를이 없었다.

'전장의 지배자인 황 대장이 그리 간단한 사실을 간과할 리 있을까!'

절대 아니었다. 황조령은 처음부터 이런 상황을 염두에 두고 대결에 임한 것이 분명했다. 시간이 결코 자신의 편이 아님을 깨달은 원앙이 소리쳤다.

"경포! 서둘러 끝장을 보아라!"

"누구는 그러고 싶지 않아 이러는 것 같은가!"

"지금은 말싸움이나 할 겨를이 없다! 시간을 끄는 것은 황 대장님의 노림수였다! 더 이상 지체했다가는 이번 임무는 실패하고 말 것이다!"

"젠장……."

이 중요한 시기에 헛소리를 할 원앙이 아니다. 그리고 여주승이 직접 내린 임무를 실패하는 것은 절대 있을 수 없는 일이었다.

"모두 각오를 새로이 하라."

질끈 이를 악물었던 경포가 수하들에게 명했다. 그 어느 때보다 비장함이 느껴지는 음성이었다.

"주군이 내리신 임무에 실패란 없다. 어떠한 희생이 따르든 반드시 완수해야 하며, 실패의 대가는 목숨이다. 누구부터 나서겠느냐?"

경포는 생사를 건 마지막 결전을 준비했다. 각자의 필살기로 황조령과 함께 동귀어진(同歸於盡)할 것을 주문하는 것이었다. 경포의 말이 떨어지기가 무섭게 부율천이 나섰다.

"제가 먼저 나서겠습니다."

경포는 미리 예상한 듯 고개를 끄덕였다. 두치의 죽음을 황조령 때문이라 여기는 부율천은 누구보다도 열심히 싸운 인물이다.

"우와아아~!"

괴성을 지르며 부율천이 돌진했다. 그의 필살기는 벽력참(霹靂斬), 모든 내력을 일순간에 끌어올려 상대의 무기를 박살 내고 적의 몸을 일도양단하는 것이었다.

"두치 대장님의 복수는 내 손으로 이룰 것이다!"

하늘을 향해 치켜든 검이 회색빛 광채에 휩싸이는 순간, 부율천은 혼신의 힘을 다해 검을 휘둘렀다.

쿠앙~!

시뿌연 흙먼지가 솟구치면서 부율천의 처절한 외침은 산사태 같은 굉음에 묻혔다. 곧이어 반쪽이 된 검을 들고 힘들게 서 있는 부율천의 뒷모습이 보였다.
 풀썩…….
 기력을 다한 부율천은 무너지듯 주저앉았다. 혼신을 다한 회심의 일격마저 아무런 효과도 보지 못한 것인가! 아니다.
 뚝, 뚝, 뚝…….
 진심장을 잡은 황조령의 손에서 붉은 피가 떨어지는 것이 선명하게 보였다. 부율천의 필살기가 통했다. 그의 무공 실력을 감안하면 엄청난 성과라 할 수 있었다.
 그러나 부율천이 황조령을 바라보는 눈빛이 이상했다. 자신의 기대에 못 미쳤다는 표정이 아니었다. 왜 이런 결과가 벌어졌는지 그 자체를 이해 못하겠다는 의미에 가까웠다.
 "타앗!"
 곧바로 다른 무림맹 고수가 뛰어들었다. 그 역시 자신이 필살기로 황조령을 공격하는 순간 진한 흙먼지가 솟구쳐 올랐다. 폭발의 여운이 사라지고 어떤 결과가 나왔는지 드러나자 경포는 주먹을 불끈 쥐었다.
 황조령의 옆구리가 붉게 물드는 것이 보였다. 큰 부상은 아닐지라도 가랑비에 속옷 젓는다는 일설은 무림에서도 통했다. 황조령을 향해 필살기를 구사할 수하는 아직도 많이 남아 있었고, 이는 가공할 황조령의 내력을 소모시켜 보고자 하는 의도도 포함되어 있었다.
 쿠앙~!
 무림맹 고수들은 차례대로 몸을 날렸다. 필살기를 구사한 후에는 제대로 서지 못하고 주저앉거나 쓰러지고 말았다. 전투 불능인 상태가 되었지만 황조령에게 상처를 입히는 성과를 얻어 냈다. 그들로서는 훌륭히 임무를 완수한 셈이었다. 그러나 이에 만족하고나 해냈다는 반응을 보이는 이는 없었다. 부율천처럼 이해할 수 없는 표정으로 황조령을 쳐다본다는 공통점이 있었다.

경포의 눈에는 이러한 것이 보이지 않았다. 시간이 지날수록 황조령을 이길 수 있다는 희망이 점점 커졌던 것이다.

마지막으로 남아 있던 수하가 뛰어들고, 황조령의 몸 상태는 정말 말이 아니었다. 크고 작은 상처들로 몸이 성한 곳이 없었다. 체력과 내공 역시 모두 고갈되었는지 숨도 제대로 쉬지 못할 만큼 기진맥진한 상태였다. 의자에 앉아 있지 않았다면 벌써 쓰러졌을 것이 분명했다. 이런 상태의 황조령을 끝장낸다는 것이 미안하게 느껴질 정도였다.

경포의 주저함을 눈치챘는지 황조령이 천천히 진심장을 내뻗었다. 어서 덤비라는 신호였다.

"이야아~!"

경포는 지체없이 뛰어들었다. 시간이 없다고 하지 않았던가. 속전속결로 이 골치 아픈 대결을 마무리 지을 심산이었다.

후앙~!

경포의 필살기는 낙화검(洛花劍), 강한 바람에 떨어지는 벚꽃처럼 현란한 기술로 상대를 난도질하는 것이다.

"죄송합니다, 황 대장님!"

경포는 혼신의 힘을 다해 검을 휘둘렀다. 어떠한 불리한 상황이던 황 대장에게 방심은 절대 금물이라는 사실을 잘 알고 있기 때문이다.
 쿠아아앙~!
 창창창창창창!
 엄청난 폭발음과 함께 날카로운 쇳소리가 연달아 울려 퍼졌다. 역시나 황조령은 쉽게 쓰러뜨릴 수 있는 상대가 아니었다. 쉴 새 없이 이어지는 경포의 검폭풍을 절묘하게 막고 있었다. 경포는 서두르지 않았다. 그의 필살기는 속된 말로 조금 늦게 발동이 걸리기 때문이다. 최대한으로 끌어올리는 내공이 절정에 다다르면 그의 낙화검은 한 번 더 진화한다. 그 누구도 막을 수 없는 쾌검 중의 쾌검을 구사할 수 있는 것이다. 물론 엄청난 내공의 소모량과 인간의 한계 때문에 그 시간은 극히 짧았다. 그러나 지금 황조령의 몸 상태는 이마저도 길게 느껴질 정도였다.
 창창창창창창!
 검과 검이 부딪치는 소리는 더욱 격렬해지고 빨라졌다. 경포의 표정은 승리를 확신하듯 밝아지는 반면, 황조령은 입을 꽉 다문 상태였다. 지금까지 버티고 있는 것도 불굴의 화신이라는 황조령이기에 가능했던 것이다.
 '느낌이 온다. 이놈의 골치 아픈 대결도 이젠 끝이다.'
 경포는 주체할 수 없을 정도로 솟아나는 힘의 기운을 느꼈다. 낙화검의 절정에 도달한 것이다. 승리를 바로 직전에 두고 한 가지 아쉽고 걱정되는 일은······.
 '죽일 수밖에 없어. 죽이지 않으면 이길 수 없어. 황 대장의 무공 실력이 모자랐으면··· 대충 해서 이길 수 있는 상대였다면

좋았을 텐데. 쓸데없는 동정은 금물이다. 이것이 나의 운명이라도 받아들일 수밖에…….'

경포는 어쩔 수 없는 상황이라 스스로를 위로했다. 그리고는 그 어느 때보다 바싹 정신을 차리고 검을 휘둘렀다.

"잘 가십시오, 황 대장님!"

황황황황황황~!

경포는 자신의 필살기에 대한 자부심이 누구보다도 강했다. 그도 그럴 것이, 낙화검이 절정에 도달했을 때 모용관의 옆구리를 벴던 전력을 가지고 있다. 큰 상처는 아니었고 무림맹 절정 고수 다섯의 협공으로 인한 것이었지만, 모용관의 몸에 상처를 냈다는 것 자체가 영광이었다.

세월이 흘러 그의 필살기는 더욱 막강해졌다. 몇 합 이내에 황조령을 끝장낼 수 있다고 생각했지만 엄청난 오판이었다.

창창창창창창!

'내, 내가 밀린다!'

끝장을 내기는커녕 공세의 위치까지 바뀌었다. 점점 빨라지는 황조령의 진심장은 낙화검의 최절정 상태에서도 감당하기 힘들었다. 이는 불굴의 의지 같은 정신력과는 아무런 상관도 없었다.

'더, 더 이상 내공이 남아 있지 않았을 것인데! 황 대장은 정녕 인간이 아니었단 말인가!'

경포의 머릿속은 충격으로 잠시 텅 빈 것처럼 느껴졌다. 다시 정신을 차렸을 때에는 서슬 퍼런 진심장의 검날이 자신의 목을 관통하기 직전이었다.

'어, 어느새!'

절대 피할 수 없었다. 검으로 막을 수도 없었다. 그전에 자신의 목이 뚫릴 것이 분명했다. 운이 좋으면 목숨은 부지할 수 있지 않을까 하는 희망도 품을 수 없었다. 진심장의 검끝에 맺힌 사나운 기운은 강철도 꿰뚫을 것 같은 위력이 담겨 있었다.

"이런 말도 안 되는~!"

경포는 발악하듯 검을 휘둘렀다. 황조령의 작전에 속아 비참히 쓰러져 갔던 진양교도들에 비유되는 처참한 심정이었다.

쿠아아앙~!

지축을 울리는 폭발음과 함께 황조령과 경포의 모습은 흙먼지 속으로 사라졌다. 그들의 대결을 바라보고 있던 군중들은 쥐 죽은 듯이 조용해졌다. 동족상잔의 비극과 같은 참혹한 결과를 예상했기 때문이다.

흙먼지가 걷히는 순간, 괴로운 신음 소리가 들려왔다.

"쿨럭……."

가슴에 검이 박힌 상태에서 진한 선혈을 꾸역꾸역 토해내고 있는 이가 보였다. 그러나 이것은 군중들의 예상과는 정반대였다.

생명이 위태로울 정도로 치명상을 당한 이는 바로 황조령이었다. 그의 진심장은 경포의 목을 빗겨난 상태에서 멈춰 있었다. 뜻밖의 승리를 거둔 경포조차 왜 이런 사태가 벌어졌는지 짐작을 못하는 모습이었다.

"화, 황 대장님……."

경포는 떨리는 음성으로 황조령을 불렀다. 자신의 능력과 의지가 아니었다. 결정적인 순간 황조령이 진심장의 방향을 바꾼 것이 분명했다.

"왜… 왜… 왜 이리 위험한 선택을 하신 겁니까……. 마지막에 검을 거두지 않았다면 이런 험악한 꼴은 당하지 않았을 것 아닙니까."

연신 피를 쏟던 황조령이 숨을 고르며 대답했다.

"경포… 예전보다 검이 많이 예리해졌구나. 조금만 더 냉정을 유지했다면 내 목숨을 취할 수 있었을 텐데……."

"황 대장님……."

"경포, 부율천, 장무일, 이영, 한수, 왕유, 주덕일, 제갈인준, 도준명, 차사권… 너희들 모두가 한때는 나를 믿고 따르던 수하들이다. 개인의 영달보다는 대의를 선택했고, 나를 위하여 어떠한 고난도 마다하지 않던 너희들이 아니더냐. 그런 너희들의 목숨을 어찌 내 손으로 취할 수 있단 말이더냐. 내 살이 찢기고 심장이 베이는 고통을 당하는 것이 훨씬 견딜 만하다."

"화, 황 대장님……!"

경포는 울컥하는 심정을 참았다. 그의 검끝은 황조령의 심장에 근접해 있었다. 북받치는 감정을 억누르고 검을 잡은 손에 힘만 실으면 임무를 완수하게 된다. 이성적으로 반드시 그래야 했지만 경포의 머뭇거림은 계속되었다.

"경포! 뭐 하는 것이냐!"

수검과 결전을 벌이고 있는 원앙이 소리쳤다. 감정에 치우치지 말고 어서 끝장을 내라는 독촉이었다. 순간 경포의 손에 힘이 실리는가 싶었지만 이내 포기하고 말았다.

"경포! 성공 직전에 있는 작전을 망칠 셈이더냐! 이번 작전이 실패하면 전적으로 네놈 때문이다! 여 군사님의 진노를 감할 수 있겠는가! 황 대장님은 마음이 너무 나약하여 무림맹에서 쫓겨난 것이라 조롱했던 네놈이 아니었더냐!"

"미안하다, 원앙······."

떨리는 경포의 음성을 듣는 순간 원앙은 크게 낙담했다. 어떤 대답이 나올지 예상이 갔기 때문이다.

"나는 평생의 주군으로 모시겠다고 맹세한 여 군사님의 진노가 두렵다. 황 대장님의 마음이 나약하여 무림맹에서 쫓겨났다는 그 생각 또한 변함이 없다. 그러나 지금 이 순간··· 나는 결코 황 대장님을 해치지 못할 것 같다."

"젠장······."

원앙은 피가 날 정도로 입술을 꽉 깨물었다. 더 이상 경포를 의지하는 것은 불가능하다고 깨달은 것이다. 이어 원앙은 황조령 주위에 쓰러져 있는 수하들에게 소리쳤다.

"힘들게나마 움직일 수 있는 이가 있을 것이다! 지금 황 대장은 완벽한 무방비 상태다! 그냥 다가가서 마지막 일격만 가하면 되는 것이다! 어서 움직여라! 무적신검 황 대장을 제압하는 불세출의 영웅이 될 수 있는 기회이며, 이를 성공한 자에게는 여 군사님께서 큰 상을 내리실 것이다!"

"······."

아무도 원앙의 명에 따르는 사람이 없었다. 몇몇은 충분히 움직일 수 있을 정도로 회복했지만 그냥 그 상태를 유지하고 있을 뿐이었다.

"시간이 없단 말이다! 이 상태가 계속되면 결국 황 대장의 노림수에 빠지는 것이다! 이런 기회는 정말 흔치 않다! 하늘이 너희에게 주신 선물이란 말이다!"

"……."

원앙의 격양된 음성에도 아무도 움직이지 않았다. 이에 원앙은 특정 인물을 지목하는 방법을 썼다.

"부율천! 너는 두치 대장의 죽음이 황 대장 때문이라 굳게 믿고 있지 않더냐? 지금이 그 원한을 갚을 수 있는 절호의 기회니라!"

잠시 고심하는 듯한 모습을 보이던 부율천은 이내 고개를 저었다. 그 역시 경포와 똑같은 선택을 한 것이다.

"장무일! 너에겐 숨길 수 없는 야심이 있다! 황 대장만 처리해 준다며 너의 앞날을 보장해 주겠다."

"죄송합니다."

장무일은 즉각적으로 대답했다. 야심이 큰 그였지만 황조령을 벨 만큼 잔인하지는 못했다. 이어 원앙은 다른 수하의 이름을 부르며 자극했지만 결과는 마찬가지였다. 원앙의 분노가 하늘을 찌르는 그때 수검의 외침이 들렸다.

"그만 입 좀 다물고 나와 상대하지!"

창창창창창~!

수검은 사력을 다해 원앙을 몰아쳤다. 원앙은 그 공세를 막아내느라 정신이 없었다. 황조령의 의도대로 시간만 흘러가는 그때였다.

"멈춰라~!"

마을 밖 저 멀리서 날카로운 외침이 들렸다. 사자후처럼 내공을 실은 음성이었다. 질끈 머리를 묶은 사내가 엄청난 경공을 써서 달려오고 있었다. 군중들이 누군가 하여 돌아보는 순간 사내의 외침이 다시 이어졌다.

"모두 멈추라 했다! 이는 무림맹주님의 명이시다!"

"……!"

마을 안이 크게 술렁거렸다. 무림신녀 진영은 무림맹주라는 말 자체에 식겁했고, 무림맹 측에서는 왜 멈추라고 하는지 의아해했다. 반드시 완수해야 한다는 거듭된 명이 있었다. 그 성공을 바로 목전에 두고 멈추라고 하는 것은 전례가 없었던 일이다.

"젠장……."

원앙의 얼굴이 처참하게 구겨졌다. 반드시 완수해야 한다고 거듭 하명한 것은 여주승이다. 지금 달려오는 이는 자경부인의 전령일 것이 분명했던 것이다. 아니나 다를까, 마을과 가까워지자 그 전령이 누군지 확실해 갔다.

"무림맹주님의 엄명이시다! 이번 임무는 최소되었다! 모두 행동을 멈춰라!"

경공만 놓고 본다면 강호 내에서 수위를 다툰다는 노도검(怒濤劍) 장충이었다. 황조령의 측근이었던 인물로 그 역시 원앙을 알아보았다.

"원앙! 귓구멍이 막힌 것이냐? 무림맹주님의 명이라 하지 않았더냐! 어서 검을 내려놓아라!"

"크윽……."

원앙은 쉽게 미련을 버리지 못했다. 여주승이 직접 하명한 임무라는 것은 상관없었다. 임무에 실패한다는 것 자체를 용납하지 못했다. 더욱이 검 한 번만 움직이면 승패가 결정되는 상황이 아닌가. 참담한 표정을 짓던 원앙이 경포를 바라보았다.
　"마지막으로 부탁이다. 제발 마음을 바꿔다오."
　경포는 부정적으로 고개를 끄덕였다. 그리고는 한결 편안해진 표정으로 대답했다.
　"이제 다 끝났다. 맹주님께서 직접 내린 명이시다. 그만 포기해라."
　"누가 그런 나약한 소리를 하랬더냐!"
　파팟!
　"……!"
　갑자기 원앙이 황조령을 향해 달려들었다. 순간적으로 방심하고 있던 수검은 반응하는 시간이 늦었다. 번개처럼 거리를 좁힌 원앙이 검을 휘두르며 소리쳤다.
　"경포! 나를 방해하지 마라! 네놈이 임무를 포기하는 것은 상관치 않겠다! 하나 내 검을 막는다면 결코 용서치 않을 것이다!"
　경포의 얼굴엔 당황스러움이 묻어났다. 그러나 그보다 더욱 당황스럽고 화가 난 인물이 있었다.
　"이노무 새끼가~!"
　수검이었다. 그는 황급히 원앙을 뒤쫓아 와 분노의 검을 휘둘렀다. 원앙의 검은 황조령의 목을 노리고 그 등을 수검이 노리는 상황이었다.
　"내가 진짜 화가 난 것은 내 실력을 얕봤다는 것이다!"

반 박자 늦게 반응했지만 순간적인 움직임은 수검이 빨랐다. 곧바로 거리를 좁힌 수검은 원앙의 등을 일도양단할 기세였는데…….

"수검아, 원앙의 몸에는 절대 상처를 입히지 마라!"

"예에~?"

수검은 자신의 귀를 의심했다. 그러나 황조령의 표정의 진심이었다. 이에 수검은 답답함을 느꼈다. 그런다고 멈출 원앙이던가? 황조령과 함께하기 위해서는 이러한 답답함을 반드시 극복해야 했다.

"절대 상처 입히지 않겠습니다!"

수검은 황급히 몸을 날렸다.

차앙~!

가까스로 원앙이 휘두른 검을 막을 수 있었다. 그러나 그다음이 문제였다. 몸을 던지느라 자세가 불안한 상태에서 재차 이어지는 원앙을 공격을 막을 수 있을지 의문이었다.

"죽어도 막는다!"

차앙~!

쌍검이라는 장점 덕분에 정말 간신히 막을 수 있었다. 그러나 원앙의 공격은 파상적으로 이어졌다. 이를 막아야 하는 수검은 수세에 몰릴 수밖에 없었다. 더욱이 원앙의 몸에 상처를 내지 말라는 약점까지 가지고 있었다.

수검은 최선을 다해 이를 지키려 했지만 역부족이었다.

푸악!

정신없이 원앙의 검을 막아내던 수검은 자신을 향한 공격을 간과하고 말았다. 원앙의 발차기를 맞은 수검은 비통한 표정을 지으며 날아갔다.

"제장~!"

풀썩.

땅에 떨어지자마자 수검이 몸을 일으켰다. 미친 듯이 황조령을 향해 달려가고는 있지만 가능성은 희박했다. 방해물을 떨쳐 낸 원앙이 황조령을 두 동강 내기 직전이었다.

"황 대장님~!"

수검의 안타까운 외침이 울려 퍼지는 그때였다.

후웅~!

바람처럼 수검의 곁을 스쳐 가는 인물이 있었다. 어찌나 빠른 속도인지 수검이 멍하니 바라볼 정도였다.

창~!

검과 검이 부딪치는 소리가 울려 퍼졌다. 원앙은 그 뜻을 이루지 못했다. 경공의 귀재 장충이 원앙의 검을 막은 상태에서 입을 열었다.

"맹주님의 명을 거역할 셈이더냐?"

"나는 그런 명을 받은 적 없다. 군사님께서 내린 명은 반드시 무림신녀와 그녀를 비호하는 무리를 척살하라는 것이었다. 갑작스레 그 명이 번복될 리 없지 않은가?"

"하면 내가 맹주님의 명이라 사칭하고 있더란 말이냐?"

"네놈이라면 충분히 그럴 수 있지. 황 대장님을 위해서라면 무엇이든 할 놈이 아니더냐?"

장충은 묘한 웃음을 지으며 대꾸했다.

"황 대장님을 누구보다 존경하기는 하지. 그러나 난 그 정도로 대범한 놈은 아닌데…맹주님의 명이라 사칭하면 무림 공적에 가까운 처벌을 받는데 말이야."

"그야 나중에 조사하면 밝혀질 것이고, 나는 지금의 내 임무를 완수할 것이다."

원앙은 서둘렀다. 잠시 멈칫했던 수검이 야수처럼 달려오기 때문이었다.

"마지막으로 경고하는데, 물러서라. 네놈의 경공 실력은 나도 인정하지만 검술 실력은 결코 내 적수가 되지 못한다."

"분하지만 그렇기는 하지."

"장충, 시간을 끌 의도라면 포기해라!"

원앙이 마주 댄 검을 움직이는 그때였다. 장풍은 품속에 있던 뭔가를 꺼내 들며 소리쳤다.

"모두 무림수호영패에 예를 갖추어라!"

"……!"

무림수호영패는 무림맹의 권위를 상징했다. 무림맹주의 명이 확실하다는 결정적인 증거였다. 충격에 빠진 원앙에게 장충이 말했다.

"뭘 그리 버티고 서 있는 거지? 이 무림수호영패도 가짜라고 우길 셈이냐?"

이미 모든 무림맹도들이 수호영패를 향해 부복하고 있는 상태였다. 수호영패를 보고도 예의를 차리지 않으면 항명이나 다름없었다.

풀썩…….

검을 떨어뜨린 원앙은 무너지듯 주저앉았다. 이제야 여주승에게 부여받은 임무를 포기한 것이다. 장충은 황조령을 향해 눈을 찡긋하며 말했다.
"그동안 잘 지내셨습니까."
황조령은 아무 말 없이 웃음을 지어 보일 뿐이다.
"이 무림수호영패가 정말 대단하긴 대단한 모양입니다. 엄청난 권력을 상징하는 위력이 아니고요. 어떻게 황 대장님이 구원해 준 것을 알고 보은하니 말입니다."
과거 황조령은 무림수호영패를 지키기 위해 몇 번이나 죽을 고비를 넘겼었다. 지금 장충이 들고 있는 무림수호영패는 황조령이 있었기에 존재한다고 해도 과언이 아니었던 것이다.

　　　　　*　　　*　　　*

황조령이 눈을 떴다. 모든 일이 순조롭게 마무리된 것을 확인한 순간 그대로 정신을 잃었다. 다행히 가까이에는 뛰어난 실력의 의원이 있었다. 무림신녀는 황급히 달려와 황조령의 상태를 살피고 치유했다. 무림신녀의 처소로 옮겨진 황조령은 깊은 밤이 되어서야 의식을 차린 것이다.
"괜찮은 것입니까, 황 대장님?"
기품있는 여인의 음성이 들렸다. 가까이 얼굴을 들이미는 그녀를 알아본 황조령이 입을 열었다.
"맹주님……."
현 무림맹의 수장인 자경부인이었다. 그녀의 얼굴은 진심으로 걱정하는 빛이 역력했다.
 "어찌 이리 다치신 겁니까. 황 대장님의 실력이라면 충분히 토벌대를 격멸시킬 수 있었습니다. 이런 황 대장님을 볼 때마다 제 마음이 쓰립니다."
 황조령은 엷은 미소를 지어 보이며 대답했다.
 "이것도 팔자인가 봅니다. 예전에는 한없이 몰려드는 적을 베느라 상처를 입었고, 이제는 예전의 수하들을 벨 수 없어 상처를 입었습니다."
 자경부인이 긴 한숨을 토하며 대답했다.
 "이것이 다 제 부덕의 소치입니다. 주승이의 야망이 어떠한지 좀 더 일찍 눈치를 챘어야 했는데……. 못갚을 신세를 진 황 대장님께만 자꾸 희생을 강요하는 꼴이 되고 말았습니다."
 "희생이라니요. 당치도 않습니다. 여 군사와 저의 목표는 같습니다. 그 수단과 방법에 차이가 있을 뿐이지요. 혼란과 도탄에 빠졌던 무림이 이리 빨리 안정을 찾은 것은 여 군사의 능력이라 할 수 있습니다."
 "저 때문에 그리 말씀하실 필요없습니다. 이번 일을 저도 결코 좌시하지 않겠습니다. 황 대장님을 이리 상처 입힌 책임을 반드시 묻겠습니다."
 "그건 합리적이지 않습니다. 이성적으로 따져 보면 방해꾼은 바로 저였으니 말입니다."
 "합리적이든 합리적이 아니든 주승이와 말싸움을 벌여서 이길 수는 없지요. 그냥 무작정 혼쭐을 낼 생각입니다."
 황조령은 피식 웃었다. 아무리 여주승이 무림을 좌지우지하는 실세라도 자경부인 앞에서는 철없는 동생에 불과할 뿐이다. 꼼짝 못하고 당할 여주승을 생각하자 괜히 웃음이 났던 것이다.
"그런데 맹주님……."
황조령은 분위기를 바꾸어 물었다. 웃음기는 사라진 진중한 표정이었다.
"말씀해 보세요, 황 대장님."
"요사이 기괴한 무공을 퍼뜨려 무림을 혼란에 빠뜨리는 세력이 있는 것을 알고 계십니까?"
알고 있는 모양이다. 자경부인은 굳은 표정으로 황조령을 바라보았다.
"제가 궁금한 것은 여 군사가 이를 방치하고 있었다는 것입니다. 적이 될 여지가 있다고 판단했다면 분명 초기에 발본색원했을 것인데 말입니다. 지금에서야 움직이는 것은 여 군사답지 않습니다."
"그게 좀 복잡합니다."
자경부인은 난감한 기색으로 입을 열었다. 말을 꺼내기가 상당히 껄끄럽다는 의미였다. 황조령이 괜찮다는 듯 고개를 끄덕이자 그제야 사실을 말했다.
"그 무리는 한때 주승이과 각별한 관계에 있었습니다."
"각별하다는 뜻이……?"
"비밀리에 도움을 주고받았던 관계입니다. 사천 무림맹 시절부터요."
"그렇다면 진양교와 맞서기 위해 손을 잡았다는 것인데, 저는 그들의 존재를 전혀 몰랐습니다."

"주승이는 그 무리와 비밀리에 접촉했어요. 이는 진양교를 상대하려 함이 아니라……."

자경부인은 더 이상 말을 잇지 못했다. 왜 그런지는 황조령도 짐작하고 있었다.

"저를 상대하기 위함이었군요. 진양교를 무너뜨린 다음 무림맹의 실권을 두고 저와 벌여야 하는 전면전에 대비하기 위해서 말입니다."

자경부인은 고개를 끄덕였다. 너무도 염치가 없어서 자신의 입으로 말하는 것조차 꺼리는 모습이었다.

"비밀리에 그런 일까지 도모했다면 상당히 신뢰하는 관계였을 것인데, 왜 지금은 적으로 돌아선 것입니까?"

"주승이가 그들이 부탁했던 일을 들어주지 못하면서 둘의 관계가 악화되기 시작했습니다."

"어떤 부탁이었습니까?"

"그들은 주승이를 도와주는 대가로 만년설삼과 공청석유, 대환단을 요구했다고 합니다."

"……!"

황조령의 눈이 번쩍 뜨였다. 그 영약들은 두치의 희생으로 황조령이 복용할 수 있었다. 여주승이 왜 그토록 그것들에 집착했는지에 대한 의문이 풀렸다. 동시에 그들이 왜 만년설삼과 공천석유, 대환단을 요구했는지 짐작이 갔다. 황조령이 익히게 된 군자의 내공을 얻으려 했을 것이 분명했다.

"그 뒤부터 적으로 돌아선 겁니까?"

"아니에요. 약간의 분란이 있었지만 그들의 관계는 계속 유지되었습니다."

황조령도 그럴 것이라 짐작했다. 그때 적이 되었다면 여주승이 지금까지 좌시할 리가 없다.

"그들은 비밀리에 주승이를 도왔고, 주승이 역시 그들이 세력을 넓히는 것을 문제 삼지 않았습니다. 주승이와 화담(花潭) 공자는 친분이 상당히 두터웠다고 합니다."

"화담 공자요?"

"기이한 무공을 퍼뜨리는 무리의 우두머리예요. 내로라하는 기생들도 울고 갈 정도로 곱상한 얼굴이라고 하더군요."

황조령은 어떤 용모일지 대충 짐작이 갔다. 무림신녀의 얼굴에 조금만 상상력을 가미하면 되었다.

"그리고 걱정이 되어 하는 말인데요, 저도 최근에야 이 사실들을 알게 되었어요. 미리 알았더라면 절대 좌시하지 않았을 것입니다."

"쓸데없는 걱정이십니다. 저는 맹주님이 이를 미리 알고도 숨겼다고 결코 생각지 않습니다. 맹주님은 제가 언제나 신뢰하는 분이십니다."

"고마워요, 황 대장님. 우리 주승이가 황 대장님의 이런 점을 반만이라도 닮았으면 얼마나 좋았을지……."

"그리 저를 추켜세우지 않으셔도 됩니다. 지금이라도 사실을 말해주셔서 고마울 따름입니다. 그런데 여 군사와 화담 공자가 갑자기 적으로 돌아선 이유가 무엇입니까?"

"그게 확실치 않아요. 영약 사건 이후 별다른 분란은 없었다고 해요. 그러다 갑자기 화담 공자가 넘지 말아야 할 선을 넘고 말았습니다."

"넘지 말아야 할 선이라니요?"

"이건 극비로 취급되는 사안인데… 보름 전에 제가 습격을 당하는 일이 발생했습니다."

"예에! 정말입니까?"

황조령은 깜짝 놀라 반문했다. 무림맹의 수장이 습격을 당했다는 것은 정말 엄청난 대사건이다. 짧게 고개를 끄덕인 자경부인이 계속 말을 이었다.

"상당히 치밀한 계획이었고, 저의 호위무사들이 꼼짝 못하고 당할 만큼 기이한 무공을 쓰는 자들이었습니다. 다행스럽게도 새로이 임명한 조참 책사의 기지 덕분에 목숨을 부지할 수 있었습니다. 이 또한 황 대장님께 감사를 드려야겠지요."

조참은 황조령과 대립각을 세우던 제갈성천의 수하였던 자다. 토사구팽당하는 그의 재능을 아까워한 황조령이 자경부인에게 보냈다. 조참의 목숨을 살리고자 한 일이었는데, 자경부인의 생명까지 구한 일석이조의 효과를 본 것이다.

"어디 다치신 곳은 없는 겁니까?"

"정말 괜찮아요. 긁힌 상처조차 없습니다. 그러나 주승이의 분노는 극에 달했습니다."

너무도 당연한 일이었다. 여주승에게 자경부인은 어머니의 존재나 다름없었다. 그런 자경부인을 암살하려 했으니 여주승의 분노가 어떠할지 짐작이 갔다. 화담 공자가 넘었다는 선은 바로 사선(死線)인 것이다.

"그 때문에 여 군사가 기를 쓰고 무림신녀를 해하려 했던 것이군요. 똑같은 방식으로 화담 공자에게 복수하기 위해서 말입니다."

"맞습니다. 화담 공자와 주승이의 관계가 악화일로를 걷게 되면서 강호의 혼란은 가중되고 있는 상황입니다."

황조령은 잠시 생각에 잠겼다. 돌아가는 정세를 보아하니 그 혼란은 극으로 치달을 것이 분명했다. 그 와중에 많은 사람들이 죽거나 다치는 것 또한 명확했다. 그렇다고 황조령이 나서서 해결될 일은 아니었다. 여주승과 화담 공자의 감정싸움이 극한까지 치달았기 때문이다.

"맹주님께 부탁드릴 것이 있습니다."

"말씀만 하세요."

자경부인은 어떤 부탁이든 반드시 들어줄, 아니, 무엇이든 꼭 들어주고 싶다는 의지가 엿보였다.

"여 군사의 심정은 잘 알겠습니다. 그러나 무림신녀를 해하는 일만은 막아주십시오."

"당연히 그럴 것입니다. 황 대장님의 얼굴을 치료할 수 있는 인물은 그녀뿐이라고 들었습니다. 붕대에 싸인 황 대장님의 상처를 볼 때마다 제 심정은 먹먹하기만 합니다."

"감사합니다."

"우리 사이에 감사하긴요. 그나저나 무슨 일로 다시 강호에 발을 디디게 된 것입니까?"

자경부인은 황조령의 고지식한 성격을 잘 알고 있었다. 강호의 비정함에 질려 떠났던 그가 다시 출도했기에 보통 일은 아닐 것이라 판단했다.

"그, 그게⋯⋯."

황조령은 잠시 뜸을 들이다 대답했다.

"혼담 때문에 사천으로 향하는 중이었습니다."

"어머, 그래요?"

자경부인은 크게 기뻐했다. 예의상 보이는 반응이 아니라 정말 입이 함박만큼 벌어졌다.

"정말 다행입니다. 황 대장님이 험한 일을 당하고 어떤 여인이 이를 감당할 수 있겠느냐는 흉흉한 소문이 나돌지 않았습니까? 황 대장님과 행복한 인연을 맺는 여식은 누구입니까?"

"그, 그게⋯⋯."

황조령은 더욱 뜸을 들인 다음 대답했다.

"사천에 있는 비독문의 장녀입니다."

"⋯⋯."

순간적으로 자경부인의 표정이 굳었다. 사천 비독문이 어떤 문파인지는 그녀도 잘 알기 때문이다.

"호, 혹시⋯ 백기춘이 문주로 있는 그 비독문을 말씀하시는 겁니까?"

"예⋯⋯."

자경부인은 당최 표정 관리가 되지 않았다. 그리 걱정을 많이 했던 황조령이 혼인을 한다니 백번 축하를 해주어야 마땅했다. 그러나 비독문의 온갖 악행과 그 때문에 골치를 썩었던 일을 생각하면 필사적으로 만류하고 싶었다. 큰 혼란을 겪은 자경부인이 입을 열었다.

"왜 하필⋯⋯."

그녀는 재빨리 말을 끊었다. 아무리 혼처가 마음을 들지 않더라도 경사스러운 일에 악담을 할 수는 없는 노릇이었다. 한편으로는 황조령의 선택을 믿는 마음이 있었다.

"아니, 아니… 말이 잠시 헛나왔네요. 비독문의 자녀들이 조금 문제가 있기는 하지요. 그러나 장녀에 대해서는 별로 알려진 바가 없지 않습니까? 다른 형제와는 달리 어질고 정숙한 여인이겠지요?"

"……."

황조령은 곧바로 대답을 하지 못했다.

"예?"

자경부인의 독촉이 이어지자 마지못해 입을 열었다.

"그게 아직은 확실치 않습니다. 솔직히 말씀드리면 제가 지금 이런 거 저런 거 가릴 처지가 아닙니다. 아무 욕심 없이 사신 어머니께 손자 한번 안겨 드리는 것이 소원입니다."

"아무리 그래도 혼사란 인륜지대사인데……."

자경부인은 뭐라 충고를 하려다 이내 그만두었다. 그간 황조령이 혼담을 위해 얼마나 고초를 겪었는지 짐작이 갔기 때문이다. 자경부인은 울먹이는 듯한 음성으로 말을 이었다.

"이게 다 제 불찰입니다."

"아닙니다. 이것이 어찌 맹주님의 불찰이란 말입니까?"

황조령은 깜짝 놀라 자경부인을 위로했다. 그렁그렁 눈물이 맺혔던 그녀의 눈에서 눈물이 뚝뚝 흘러내린 것이다.

"황 대장님의 얼굴이 그리 된 것이 누구 때문입니까? 무림맹을 위해서 모용관과 결전을 벌이다 그리 되지 않았습니까. 그런 황 대장님이 주승이에게 속아 맹을 떠나는 것을 말리지도 못하고, 혼사를 위해 모진 고초를 겪는 동안에도 아무런 도움도 되어드리지 못했습니다. 이러고도 어찌 제가 황 대장님의 얼굴을 똑바로 마주할 수 있다는 말입니까…….”

울음을 멈춘 자경부인이 결심한 듯 말했다.

“당장 그 혼담을 파기하십시오.”

“예?”

“제가 모든 인맥을 동원해서 황 대장님의 격에 맞는 처자를 구해보겠습니다. 황실과 연이 있는 가문은 어떤가요? 내로라하는 무림 정파의 여식들도 많습니다. 어떤 처지를 원하는지 말씀만 하세요. 황 대장님은 그러한 여인과 연을 맺을 만한 자격이 있습니다.”

“괜찮습니다, 맹주님. 혼사에 관한 일은 제가 알아서 해결하겠습니다.”

“제발 제 염치 좀 세워주십시오. 황 대장님의 은혜에 보답할 수 있는 기회를 달란 말입니다. 황 대장님이 좋은 처자를 만나서 행복하게 사는 모습을 보지 못한다면 평생의 짐으로 남을 것입니다.”

가만히 듣고 있던 황조령이 대답했다. 보기만 해도 마음이 편해지는 그런 표정이었다.

“정말 괜찮습니다. 혼사란 맹주님께서도 말했듯이 인륜지대사 아닙니까. 평생을 함께할 동반자를 찾는 일인데 제가 소홀히 할 리 있겠습니까. 저에게 맡겨두십시오. 저와 마음이 맞고 생각이 맞는 여인을 찾아 평생을 해로할 것입니다.”

자경부인은 고개를 끄덕였다. 불굴의 상징인 무적신검 황 대장이 아닌가. 그라면 반드시 그럴 것이라는 믿음이 느껴졌던 것이다.

"좋아요. 황 대장님을 믿지 않으면 누굴 믿겠어요. 대신 혼사에 관한 일이든 무림에 관한 일이든 제가 도울 일이 있다면 반드시 부탁을 하셔야 합니다. 그래야 황 대장님에 대한 제 마음이 가벼워질 수 있을 것 같아요."

"알겠습니다. 이번처럼 혼자 해결하기 힘든 경우가 생긴다면 반드시 맹주님께 도움을 청하겠습니다."

"고마워요, 황 대장님. 그런데 언제 사천으로 출발한 예정인가요? 그동안 못다 했던 이야기를 계속 나누고 싶은데요."

"날이 밝는 즉시 떠날 생각입니다."

"아직 몸 상태가……."

"여러 가지 일에 휘말리느라 사천행이 많이 지체되었습니다. 첫 만남부터 약속을 어길 수는 없습니다. 그리고 마차를 타고 이동을 하니 큰 무리도 없습니다."

"네."

"맹주님은 어떻게 하실 생각이십니까?"

"저는 잠시 무림신녀와 함께할 것입니다. 그녀와 동행을 하면 주승이나 화담 공자도 어찌하진 못하겠지요."

탁월한 선택이었다. 어느 쪽에서든 일을 꾸민다면 둘 다 다칠 수 있는 위험을 각오해야 한다. 위험을 합쳐서 가장 안전한 곳으로 만드는 것이다. 그러나 자경부인의 의도는 이것만이 아니었다.

"이리하면 주승이에게도 큰 압박이 되겠지요."
"무슨 일로 여 군사의 심기를 건드리려 하십니까?"
 황조령이 궁금한 눈빛으로 물었다. 자경부인이 직접적으로 여주승을 혼내는 경우는 드물었다. 이렇듯 그의 심기를 불편하게 만들어 원하는 목적을 달성하곤 했다. 자경부인은 기다렸다는 듯 반사적으로 대답했다.
"아, 그놈이 장가갈 나이가 훨씬 지났는데도 선을 볼 생각도 하고 있지 않습니다. 이 여자도 싫다, 저 여자도 싫다. 혼사 자체에 관심이 없으니 제 속이……."
 자경부인은 황급히 입을 다물었다. 그러고 보니 이는 황조령과도 관계있는 일이다. 여주승은 여자가 넘치지만 거들떠보지도 않는 경우라 황조령의 입장에서는 배부른 푸념이라고 오해할 수도 있었다.
 황조령은 괜찮다, 개의치 말라는 소리를 하지 않았다. 비록 남의 이야기라도 빨리 혼사를 치르라는 자체가 커다란 압박으로 느껴졌던 것이다.

第四章
여인보다 아름다운 사내

점차 어두워지는 하늘.
 황조령의 마차는 먹구름이 밀려드는 대로를 지나고 있었다. 비가 올 것을 확신한 행인들은 빠르게 갈 길을 재촉했다. 그러나 말고삐를 쥐고 걷는 수검의 속도는 별반 변화가 없었다. 무림신녀의 진영을 떠난 직후 계속 이런 모습이었다. 시꺼먼 먹구름으로 가득한 하늘보다 더욱 어두운 표정이었다.
 "수검아, 뭐 하는 것이냐?"
 "걱정 마십시오!"
 수검의 대답은 거의 동문서답에 가까웠다. 황조령은 뭘 걱정하지 말라는 것인지 이해하지 못했다.
 "내가 무슨 걱정을 하고 있는지 아느냐?"
 "그야 당연히 제가 믿음직스럽지 못하다고 여기고 계시지요.

원앙 그놈에게 속아서 황 대장님을 엄청난 위험에 처하게 하지 않았습니까. 절대 원앙의 속임수에 넘어가지 말라고 몇 번이나 주의를 주셨는데도 말입니다. 이런 놈을 믿고 사천까지 무사히 갈 수 있을까 염려하는 것 아닙니까요."

수검의 마음속엔 황조령을 제대로 지키지 못했다는 자책감이 남아 있었다. 자신이 똑바로 행동했으면 황조령이 그리 큰 위험에 처하지는 않을 것이라는 생각뿐이었다. 더불어 원앙에게는 씻지 못할 복수의 앙금이 남았다. 무림신녀의 진영을 떠나는 직전까지 괜히 원앙에게 시비를 걸어 싸움을 일으키려 했던 것이다.

"지난 일은 신경 쓰지 마라. 다시 똑같은 실수를 반복하지 않으면 된다. 그리고 내가 지금 염려하는 것은… 서둘러 비를 피할 곳을 찾는 것이다."

"비요?"

수검이 하늘을 향해 고개를 드는 순간이었다.

후두두둑…….

이를 기다렸다는 듯 굵은 소낙비가 쏟아지지 시작했다.

"하이고! 죄송합니다. 아직 회복이 덜 된 몸이신지라 비를 맞으면 안 되는데!"

수검은 황급히 마차를 몰아 비를 피할 장소를 찾았다. 너무 서두르다 보니 또 실수를 하고 말았다.

털컹!

"이놈아, 살살 좀 몰아라. 차라리 비를 맞는 것이 훨씬 낫겠구나."

"하이고, 거듭 죄송합니다. 살살, 그리고 재빨리 비를 피할 곳으로 모시겠습니다."

덜컹~!

"빨리는 됐으니 살살만 몰아라."

"아, 예. 면목없습니다."

수검은 서둘러 움직이는 것을 포기하고 마차를 몰았다.

갑자기 내린 소나기로 객잔 내부는 심하게 북적였다.

황조령은 수검의 부축을 받으며 객잔 안으로 들어섰다. 이미 비를 쫄딱 맞은 상태라서 서두를 필요는 없었다.

"어이, 점소이! 오늘 묵고 갈 방하고 따듯한 음식을 최대한 빨리 준비해라."

수검을 정신없이 뛰어다니는 점소이를 붙잡고 말했다. 이에 십대 후반으로 점소이는 최대한 불쌍한 표정을 지으며 대답했다.

"아이고, 죄송합니다. 갑자기 내린 비 때문이지 지금은 남는 방이 없습니다. 보시다시피 앉을 수 있는 자리도 없는 상황입니다요."

"없으면 만들어야지!"

수검이 발끈했다. 당장 방을 내놓지 않으며 객잔을 엎어놓을 기세였다.

"이, 이, 이러시면 곤란합니다."

"곤란은 무슨! 방 줄 거야, 말 거야!"

"제, 제발 좀 봐주십시오. 오늘 따라 손님이 많아 방이 모자랍니다요. 그렇다고 다른 손님의 방을 빼드릴 수는 없지 않습니까요."

"방이 모자라긴 뭐가 모자라. 지금도 거들먹거리며 들어오는 새끼들이 그냥 들어가잖아. 돈이나 권세가 좀 있는 놈들 같은데, 그런 방이라도 내놓으란 말이다."

"저, 정말로 곤란합니다요. 그런 방은 주인님의 허락 없이 절대 내드릴 수 없습니다. 정 급하시면 비가 새지 않는 헛간이라도……."

"머시라? 헛간?"

길길이 날뛰는 수검을 황조령이 만류했다.

"수검아, 그만두어라. 점소이가 무슨 죄가 있겠느냐. 다른 객잔을 찾아보자구나."

"이런 상태라면 다른 객잔도 마찬가지입니다. 거기도 분명 방이 없다고 할 것이 분명합니다."

"그러면 또 다른 객점을 찾으면 되지 않느냐?"

"그러다 날 새면 어쩌시렵니까요?"

수검이 답답하여 복장을 두드리는 그때였다.

"하! 이거, 이거……."

수검의 표현대로 거들먹거리며 들어오는 인물이 있었다. 수려하기 그지없는 외모의 남자였다. 양쪽으로 기생을 끼고 있었는데, 그 고운 피부는 기생들보다 더욱 맑고 투명하게 보일 정도였다. 그가 다리를 절며 객점을 나서는 황조령에게 물었다.

"그 불편한 몸으로 어디로 가시는 것입니까? 밖에는 아직도 비가 억수처럼 퍼붓고 있습니다."

목소리 또한 은쟁반에 옥구슬 굴러간다는 표현이 절로 떠오를 만큼 곱게만 느껴졌다. 황조령은 잠시 걸음을 멈추고 대답했다.

"방이 없다 하니 어쩌겠소. 다른 객잔을 찾아볼 수밖에요."

"이 날씨라면 다른 객잔을 가도 마찬가지일 겁니다. 이곳은 유동 인구에 비해 객점 수가 많이 부족한 곳입니다. 특히나 내일은 큰 장이 서는 날이고, 이처럼 비도 퍼붓고 있지 않습니까?"

그 역시 수검과 똑같은 말을 했다. 그리고는 예의 바른 태도로 황조령에게 제안했다.

"실례가 되지 않는다면 저희와 함께 방을 쓰시도록 하지요. 빈 방이 나면 그때 옮기면 되지 않습니까?"

"어머나, 우리 공자님은 얼굴만 잘생기신 게 아니라 마음도 고우시네요."

옆에 있던 기생이 아양을 떨었다. 같이 방을 쓴다면 이 눈꼴신 장면을 고스란히 봐야 한다. 평소라면 정중히 사양하겠지만 지금은 이것저것 따질 처지가 아니었다. 수검이 잽싸게 대답을 했다.

"감사히 호의를 받아들이겠습니다."

그리고는 황조령을 향해 어쩔 수 없지 않느냐는 표정을 지어 보였다. 황조령은 이해한다는 듯 고개를 끄덕였다. 이런 빗속에서 빈 객잔을 찾아 헤매는 것보다 눈꼴신 장면을 참는 게 훨씬 나았다.

"저를 따라오시지요."

그는 양쪽에 낀 기생을 대동하고 앞장섰다. 때마침 수검의 청을 거절했던 점소이가 지나가고 있었다.
 "이보게, 점소이."
 "예?"
 "방 있으면 하나 주게나. 여기 있는 사람들이 모두 들어갈 것이니 이왕이면 큰 방으로 부탁하네."
 "예에? 죄송하지만… 지금은 방이 없는뎁쇼."
 순간 황조령은 황당한 표정을 지었다. 곱상하게 생긴 공자 역시 자신과 같은 처지였던 것이다. 차이점이 있다면 생긴 것 답지 않게 넉살이 좋다는 것이다.
 "방이 없다니, 무슨 소리를 하는 것이냐? 하면 이 많은 사람들이 빗속을 헤매야 한다는 것이냐?"
 "그, 그건 저도 어쩔 수 없는……."
 "어허! 말이 되는 소리를 해야지. 네놈은 정녕 이 아리따운 여인들을 빗속으로 내몰고 싶은 것이냐?"
 그의 막무가내에 동조하듯 기생들은 최대한 애처로운 표정을 지어 보였다. 그러나 점소이는 고개만 가로저을 뿐이다. 이에 굴하지 않고 곱상하게 생긴 공자는 더욱 큰소리를 쳤다.
 "어허! 이놈의 객잔은 정말 매정하기 한이 없구나! 여인네들이야 그렇다고 해도 예기 계신 분은 다리까지 심하게 절고 계신다!"
 곱상하게 생긴 공자는 황조령을 방패막이로 내세웠다. 함께 방을 쓰자고 권유했던 것이 바로 이 때문인 모양이다.
 "아무리 돈벌이에 급급한 객잔이라도 이건 인간의 도리가 아니지 않느냐? 어서 방을 내놓아라! 아까도 말했듯이 아주 큰 방이 필요하다!"

황조령은 이 난감한 상황에서 빠지려 했다.

"이보시오. 나는 됐소. 그리 불편한 몸은 아니니 다른 객점을 찾겠소이다."

"아니지요, 아니지요. 제가 보기에는 아주 심각한 상태입니다. 제가 먼저 함께 방을 쓰자고 했으니 알아서 해결하겠습니다."

곱상하게 생긴 공자는 그냥 떠나려는 황조령을 만류했다. 그리고는 더욱 막무가내로 점소이를 압박했다.

"지금 당장 방을 내놓지 않으면 그냥 여기에 누워버릴 것이다. 비는 피할 수 있으니 우리야 손해날 게 없지."

"하이고~ 왜 이러십니까, 손님."

점소이는 정말 객점 바닥에 누우려고 하는 공자를 만류했다. 막무가내로 방을 달라는 소동이 계속 이어지자 객점 주인이 다가왔다.

"무슨 일이냐?"

제법 규모 있는 객잔의 주인답게 근엄함이 느껴지는 인물이었다. 곤란을 겪고 있던 점소이는 주인을 보자마자 하소연을 늘어놓았다.

"아, 글쎄, 이 손님들이 말이지요······."

객잔 주인은 묵묵히 점소이의 말을 끝까지 들었다. 그리고는 이번 소동의 당사자인 곱상하게 생긴 공자에게 다가갔다.

"죄송하지만 저의 객잔은 더 이상 손님을 받을 여력이 없습니다. 다급한 사정은 잘 알겠지만 부디 다른 곳을 찾기를 부탁드리겠습니다."

객잔 주인은 정중하게 말했지만 곱상하게 생긴 공자에게는 통하지 않았다.

"어찌 그리 공손한 목소리로 이리도 매정한 짓을 하는 것이오. 다급한 사정을 알겠다면 들어주면 될 것 아니요? 내가 엄청난 것을 요구하는 것도 아니고 기껏 방 하나 아니오? 이리 매정하게 굴어야만 이만한 규모의 객잔 주인이 될 수 있는 것이오."

순간 객점 주인의 태도가 변했다.

"손님, 이러시면 정말 곤란합니다."

객잔 주인이 인상을 쓰자 주변에 있던 점소이들이 몰려들었다. 상당한 규모의 객잔인지라 그 수가 만만치 않았다.

"왜요? 억지로라도 끌어내시렵니까?"

곱상한 공자는 위축되지 않고 대꾸했다. 그러나 그 모양새는 과히 당당하지 못했다. 떡 벌어진 어깨의 수검 뒤에서 말을 했던 것이다. 굳은 표정의 수검이 객잔 주인의 눈을 똑바로 쳐다보며 대답했다.

"힘으로 하겠다면 나도 좋소. 어차피 빌릴 방도 없고, 으스대고 들어와서 편안히 객잔에서 묵어가는 놈들도 꼴 보기 싫고, 이참에 그냥 객점 전체를 다 부숴 버리면 되니까."

"......!"

객잔 주인은 당황한 빛이 역력했다. 수검과 정면으로 눈이 마주치는 순간 오금이 저릴 정도로 위축되고 말았던 것이다.

"어, 어찌 손님들을 힘으로 내몰 수 있겠습니까. 하도 말이 통하지 않기에 그냥 해본 소립니다."

"나도 그냥 이놈의 객잔을 때려 부수고 싶은데……."
"제발 그것만은……."
"그러면 방을 빌릴 수 있나?"
"아까도 말씀드렸듯이 정말 남는 방이 없습니다. 제발 좀 봐주십시오."
곱상한 공자가 기다렸다는 듯이 끼어들었다.
"정말 방이 없을까?"
"……!"
순간적으로 당황한 객잔 주인이 대답했다.
"정말이고말고요. 설마 남는 방이 있는데 없다고 거짓말을 하겠습니……."
객잔 주인은 하던 말을 중단했다. 곱상한 공자가 어느새 다가와 빤히 쳐다보고 있었기 때문이다.
"저 이층에 빈방이 보이는데?"
객점 주인이 고개를 돌렸다. 입구에서 바로 보이는 이층에 빈방이 보였다. 활짝 열린 그 방엔 아무도 없었고 아무도 드나들지 않았다.
"저 방은 예약이 되어 있습니다."
"누가 예약한 것인가?"
"누, 누구라 하시면 아시겠습니까?"
당황한 기색의 객잔 주인이 대답했다. 빤히 쳐다보는 곱상한 공자보다 그 뒤에서 노려보고 있는 수검을 더욱 신경 쓰는 모습이었다.
"설마 신분도 불명한 사람에게 예약을 줄 리 만무하지 않은가? 그리고 척 봐도 꽤나 비싸 보이는 방인데, 그 이름만 들어도 알 만한 인물이 빌리지 않았을까 하는데? 말을 해보게. 어느 분께서 저 방을 빌렸는가?"

"……."

"대답을 못한다면 빈방이 있는데도 주지 않은 것이라 자인하는 꼴인데?"

"해창문(海窓門)의 문주님께서 빌리셨습니다."

곱상한 공자가 웃음 띤 얼굴로 반문했다.

"이 지역 최고의 유지시며 두 개의 커다란 상단까지 거느리고 계신 해창문의 진노식 문주님을 말하는 것인가?"

객잔 주인이 고개를 끄덕이는 순간 곱상한 공자의 얼굴은 더욱 밝아졌다.

"그거 참 다행이군! 내가 진 문주님과 꽤나 안면이 있는 사이라네. 언제 한번 찾아뵈어야지 생각했는데 겸사겸사 잘되었군. 내 저 방에서 진 문주님을 기다리고 있겠네."

기분 좋게 이층으로 올라가려는 곱상한 공자를 객잔 주인이 막았다.

"정말 해창문의 문주님과 친분이 있으십니까?"

"내가 비를 피하려 죽을 짓까지 하겠나? 해창문의 진 문주님은 불같은 성격으로 유명하지 않은가. 친분도 없는 내가 그분의 방에서 기다렸다가는 목숨이 열 개라도 모자랄 것이네."

"……."

"허허, 의심이 많은 자로군. 나 혼자 죽는다면 모를까, 여기 있는 선녀 같은 여인들과 다리가 불편한 대협까지 위험하게 할 것이라 생각하는가 말이네. 그게 아니면… 저 방을 진 문주께서 예약하지 않았고, 자네의 거짓이 들통날까 봐 나를 막아서는 것인가?"

"그, 그럴 리가 있겠습니까."

객잔 주인은 막았던 길을 열어주었다. 당당하게 양옆에 기생을 끼고 걸어가던 곱상한 공자가 황조령을 돌아보며 말했다.

"어서 따라오시지요?"

수검이 재빨리 귓속말로 속삭였다.

'괜찮겠습니까? 괜한 분란이 일어날 수도 있는데요."

수검은 곱상하게 생긴 공자가 별로 미덥지 않은 모습이었다. 그도 그럴 것이, 괜히 큰소리만 치고 뒷수습이나 할지 불안했던 것이다. 이에 황조령의 결정은 빨랐다.

"따라 오르자구나."

"정말이요?"

"누가 거짓말을 하고 있는지 궁금하구나."

정말 창해문주가 이층 방을 예약한 것인지, 곱상한 공자가 정말 창해문주와 친분이 있는지 호기심을 느낀 것이다. 곧바로 황조령은 수검의 부축을 받으며 계단을 올랐다.

화로를 피워 따듯한 온기가 가득한 방 안.

수검과 황조령은 방 안으로 들어서자마자 마른 수건으로 젖은 몸을 닦았다. 그러나 워낙 심하게 젖은 탓에 옷을 갈아입어야 할 처지였다. 뚝뚝 떨어지는 물기를 닦아내기에는 마른 수건이 턱없이 부족했던 것이다. 이는 곱상한 공자 역시 마찬가지였다.
 "어마나! 이 탐스러운 머릿결 좀 봐."
 왼편의 기생이 탄성을 터뜨렸다. 곱상한 공자의 흠뻑 젖은 두건을 벗겨내자 길고 윤기있는 머리가 쏟아졌다.
 "이리 머릿결도 곱고 탐스러우니 저희들이 부끄럽지 않습니까?"
 몸에 밴 아부가 아니었다. 곱상한 공자의 탐스러운 머릿결은 양옆의 기생들을 압도했다. 이는 수검의 반응을 봐도 알 수 있었다. 아리따운 여인들을 봤을 때 보이는, 심장이 심하게 요동치는 증상까지 보였던 것이다.
 "그런 거 하나하나 신경 쓰면 나와 함께하기 힘들 것이다. 우선은 젖은 옷부터 말려야겠구나. 어서 옷을 벗으려무나."
 "어머나! 여기서 말입니까?"
 "너희들과 나 사이에 무엇이 문제란 말이냐?"
 기생들은 몸을 비틀며 수검과 황조령을 곁눈질했다. 수검과 황조령은 괜히 죄인이 된 듯한 기분을 느껴야 했다.
 "그렇다면 어쩔 수 없지. 우리가 잠시 다른 방을 빌려 옷을 갈아입자구나. 다리가 불편한 분을 움직이게 할 수는 없지."
 곱상한 공자가 기생들과 함께 방을 나서는 순간이었다.
 "황 대장님! 제가 미쳤나 봅니다!"
 수검이 다급한 음성으로 말했다. 웃옷을 벗으려던 황조령이 반문했다.
 "무슨 소리더냐?"
 "제가 말입니다. 제가 말입니다. 제가 말입니다……."

"그래, 네가 말이다. 무슨 문제인지 말해보아라."

"남자를 보고 설레기는 난생처음입니다요!"

수검은 정말 심각한 표정이었다. 자신이 가장 혐오하는 금단의 금기를 범했다는 반응이었다. 황조령은 대수롭지 않은 투로 대답했다.

"그 공자가 남장여자일수도 있지 않겠느냐?"

타당한 가설이었다. 그러나 수검은 고개를 설레설레 저어댔다.

"절대 아닙니다. 가끔 남자 행세를 하고 다니는 여인네가 있기는 하지만 저는 금방 알 수 있습니다. 목에 힘준 과장스런 음성이나 실룩이는 걸음걸이, 섬섬옥수처럼 가녀린 손마디나 아기처럼 고운 피부 따위는 상관없이 목젖이 확실하지 않습니까요?"

수검은 자신의 툭 튀어나온 목젖을 가리키며 말했다. 도저히 부정할 수 없는 확실한 증거라는 의미다.

"그게 그리 중요한 건가?"

"그럼요, 그럼요! 인면피구나 약 같은 것을 써서 외모나 음성을 변조하기는 쉽지만 목젖만은 절대 그럴 수 없습니다. 제가 또 이런 방면의 전문가 아닙니까?"

황조령은 고개를 끄덕였다. 여자에 관한 한 수검의 지식은 경지에 다다랐다 할 수 있었던 것이다.

"하면 세상에 이런 남자도 있구나 하고 그냥 넘기면 될 것 아니냐? 왜 그리 신경 쓰는 것이더냐?"

"신경 쓰지 않게 됐습니까? 이 미친놈이 남자를 보고 설렌다니 말입니다. 이건 절대 있을 수 없는 일입니다. 아니, 아니!"
 고개를 세차게 흔든 수검이 말을 이었다.
 "이건 제 탓이 아닙니다. 세상에 그리 여자 같은 공자가 어디 있겠습니까? 황 대장님도 사실은 흔들리지 않았습니까? 아주 아주 조금이라도 말입니다."
 수검은 애틋한 눈빛으로 황조령을 바라보았다. 자신이 이상하지 않다는 것을 갈구하는 눈빛이었다. 황조령은 수검의 간절한 바람을 외면할 수 없었다.
 "뭐, 어떤 면에서는……."
 "그렇지요! 그렇지요! 하하하하! 저는 정상이고 그 공자가 문제인 겁니다! 우하하하하!"
 수검이 자신감을 회복한 그때, 바로 그 문제의 공자가 들어왔다.
 "어이쿠, 아직도 젖은 옷을 갈아입지 않으셨군요."
 황조령은 미안하다는 의미의 웃음을 지어 보였다. 반면 갑자기 웃음을 멈춘 수검은 재빨리 그를 외면했다. 여전히 설렘을 느끼는 모양이었다.
 "수검아, 뭐 하는 게냐? 어서 일을 마치자구나."
 "예, 알겠습니다."
 문제의 공자가 나가자 수검이 움직였다. 제일 먼저 얼굴에 감은 젖은 붕대를 새것으로 갈았다. 그리고는 젖은 옷을 벗고 마른 옷으로 갈아입었다.
 잠시 후 양편에 기생을 끼고 문제의 공자가 들어왔다. 그런데 수검의 눈에는 아직도 여자 세 명으로 느껴졌다.

"저는 중경에 적을 두고 있는 소가라고 합니다. 이름은 정명(正明)인데 편하신 대로 불러주십시오."

의자에 앉은 곱상한 공자가 먼저 자신의 소개를 했다.

"산동에 사는 황가라 하오."

"범상치 않은 기개가 느껴지는… 혹시 무림과 연관이 있으십니까?"

황조령이 천천히 고개를 끄덕이는 순간이었다.

쿠앙~!

거칠게 방문이 열리며 검을 든 사내가 들어섰다. 당당한 체격은 수검 못지않았고 상당히 화가 난 기색이었다.

"어떤 놈이 감히 해창문주님과의 친분을 들먹이며 이 방을 차지한 것이더냐!"

누가 거짓말을 했는지 밝혀지는 순간이었다. 당당한 체구의 사내는 부리부리한 눈으로 주변을 둘러보았다. 겁먹은 기녀들은 소정명에게 매달렸고, 황조령은 담담한 표정을 짓고 있었다. 분을 참고 있는 사내의 시선이 수검에게서 멈추었다.

"네놈이냐?"

"뭐가?"

수검은 더욱 부리부리 눈을 뜨고 대꾸했다. 상대방이 거칠게 나오면 더욱 거칠게 맞서는 것이 수검의 방식이었다.

"네놈이 감히 해창문주님과의 친분을 들먹이며 이 방을 차지했느냔 말이다."

"해창문주? 나는 해창문이 뭐 하는 문파인지도 모르겠는데?"

수검은 사실대로 말했다. 소정명이 말하기 전까지는 그런 문파가 존재하는지도 몰랐던 것이다. 그런데 이는 해창문 전체를 모욕하는 것으로 들릴 수도 있었다.
"간이 배 밖으로 나온 놈이로군. 문주님과의 친분을 사칭하는 것도 모자라 본 문까지 모독하는 것이더냐?"
"모독? 모독은 지금 누가 하고 있는데? 멀쩡한 문은 왜 박차고 들어와서 시빈데?"
"이놈이 정말! 적반하장도 유분수지… 피를 봐야 정신을 차릴 놈이로구나!"
"실력이 되면 그러시든가."
사내가 검을 뽑으려 하자 수검도 탁자 위에 있는 검을 향해 손을 뻗는 순간이었다.
"그분은 상관없소. 창해문주와의 친분을 언급한 것은 바로 나요."
소정명이 벌떡 일어서며 말했다. 그를 향해 고개를 돌린 사내가 대꾸했다.
"네년이?"
그 역시 소정명을 여자라 판단한 것이다.
"어허, 말이 너무 지나치십니다. 머리 꼭대기까지 화가 난 것은 알겠는데 어엿한 사내대장부에게 어찌 계집이라 하십니까?"
"네년이 사내라고?"
소정명이 사실을 말해도 믿지 않는 눈치였다. 아니, 믿지 못하겠다는 것이 더욱 정확한 표현이었다.
"정말 네년이……아니, 그쪽이 사내란 말이더냐?"
소정명은 단호한 표정으로 고개를 끄덕였고, 기녀들은 이를 증명이라도 하듯 소정명에게 더욱 달라붙었다. 당황한 기색이 역력한 사내에게 수검이 속삭였다.

"설마 남자를 보고 마음이 설레던 건 아니겠지?"

"……!"

순간적으로 뜨끔한 표정을 지었던 사내가 역정을 냈다.

"무, 무슨 소리냐! 사내 중의 사내라고 추앙받은 패황검 나한철이 바로 나다. 나 좋다고 따라다니는 여인네가 몇인데, 미쳤다고 남자에게 관심을 갖겠느냐!"

"심하게 부정하는 것이 더욱 수상한데?"

수검은 무진장 의심스럽다는 눈초리로 쳐다보았다. 버럭 화를 내려던 나한철이 이내 포기하고 말았다. 그럴수록 주위의 관심을 끌 뿐이었기에 소정명에 대한 추궁을 계속 이어갔다.

"네년… 아니, 네놈은 무슨 연유로 문주님과의 친분을 들먹인 것이냐?"

"친분이 있기에 있다고 한 것뿐입니다. 그것이 무슨 잘못이란 말입니까?"

소정명은 당당한 음성으로 대꾸했다. 정말 친분이 있어야 나올 수 있는 반응이었지만 나한철은 믿지 않았다.

"나는 문주님의 수족 같은 인물이다. 문주님과 함께 수많은 인물들을 만나왔지만 네놈 같은 놈은 절대 본 적이 없다."

"나 역시 마찬가지요. 그동안 해창문주님을 여러 번 만났는데 당신은 본 적이 없소이다."

"……"

나한철은 말문이 막혔다. 그렇다고 곱게 물러날 인물 또한 아니었다.
 "이 요사스러운 놈! 생김새만 계집 같은 줄 알았는데 간사한 말재주 역시 계집을 닮았구나!"
 검을 뽑으려는 나한철에게 소정명이 말했다.
 "어허! 왜 그리 서두르는 것이오? 해창문주님이 오시면 모든 오해가 풀릴 텐데 말이오."
 "네 이놈! 감히 누구에게 오라 마라 하는 것이냐!"
 "이 방을 해창문주님이 예약했다 하지 않았소. 그러면 어차피 이곳으로 오실 것 아니오?"
 "……."
 나한철은 또 말문이 막혔다. 그렇다고 또 억지를 쓸 수는 없는 노릇이었다. 그것도 못 기다리느냐는 듯 쳐다보는 수검의 눈길도 부담스럽고, 소정명의 당당함에 찝찝함을 느꼈던 것이다. 정말 그가 해창문주와 친분이 있다면 큰 결례를 범하게 되는 것이다. 나한철이 섣불리 결정을 내리지 못하고 망설이고 있는 그때였다.
 "왜 이리 시간이 걸리는 것이냐?"
 진중한 음성이 방문 밖에서 들려왔다. 황급히 고개를 조아리는 나한철의 반응을 보고 그가 누구인지 직감할 수 있었다.
 "죄송합니다, 문주님. 저년… 아니, 계집처럼 곱상하게 생긴 놈이 문주님과 친분이 있다고 주장하고 있습니다."
 "곱상하게 생긴 놈이든 험상궂게 생긴 놈이든 무조건 내치라 하지 않았느냐? 내 지인 중에는 연락도 없이 찾아올 인물이……!"
 소정명과 눈이 마주친 해창문주의 표정이 변했다. 깜짝 놀라는 반응은 분명 그를 알고 있다는 뜻이다. 이에 소정명은 포권을 취하며 먼저 인사를 했다.

"해창문주님, 그간 강녕하셨습니까? 이렇듯 뵙게 되니 기쁘기 한량없습니다."

해창문주는 기쁨의 감정을 넘어선 반응을 보였다. 소정명의 얼굴을 확인하고선 한동안 말문이 막힌 상태였다.

"이럴 수가! 해창문주님은 기쁘지 않으십니까?"

소정명이 장난조로 말하자 그제야 막혔던 해창문주의 말문이 트였다.

"아, 아니오, 아니오! 너무 뜻밖이라 그랬습니다. 미리 기별을 주셨으면 좋았을 텐데요."

"사실대로 말씀드리면 이곳을 그냥 지나치려는 것뿐이었습니다. 그런데 뜻하지 않은 비를 만나서 방을 구하려는 참이었는데, 마침 문주님이 예약하신 방이 있다더군요. 겸사겸사하여 이렇게 만나게 되었습니다."

"아, 그렇군요."

해창문주는 다행이라는 듯이 대꾸했다. 그러나 창문 밖에서 내리는 빗줄기를 바라보는 해창문주의 기색은 그다지 좋지 않았다. 왜 하필 비가 내리냐는 원망에 가까운 표정이었다.

묘한 분위기 속에서 황조령은 해창문주와 소정명을 번갈아 바라보았다. 둘이 아는 사이는 확실했지만 친분일지 악연일지는 분명치 않았다. 겉으로 느껴지는 화기애애함 속에서 왠지 모를 부자연스러움이 느껴졌다. 이는 서로를 경계하는 마음이 분명했다.

"소 공자께서 이 방을 쓰십시오. 저는 어디를 가든 방을 구할 수 있습니다."

"감사히 따르겠습니다. 제가 지금은 사양할 처지가 아니라서요."

소정명은 눈짓으로 딸린 식구가 많음을 인식시켰다. 이에는 황조령과 수검도 포함되어 있었다.

"그럼 편히 쉬십시오. 주인장에게 최고의 주안상을 대령하라 시켜놓겠습니다."

"계속 신세를 지게 되어 면목없습니다."

소정명은 결코 면목없는 표정이 아니었다. 해창문주가 밖으로 나가자마자 곧바로 방문을 닫아버렸다.

"이제야 편히 쉴 수 있겠군요. 아참! 최고의 주안상을 대령한다고 했으니 즐겁게 마시고 편히 쉬도록 하지요."

잠시 후 점소이들이 주안상을 가져왔다. 해창문주의 입김이 작용한 듯 객잔의 수준을 넘어선 최고급의 술과 음식들이었다. 황조령과 수검, 소정명 일행은 기분 좋게 술과 음식을 먹고 잠이 들었다.

여전히 빗소리가 들리는 밤.

거나하게 술에 취해 잠들었던 수검이 번쩍 눈을 떴다.

"황 대장님!"

"나도 알고 있다."

황조령은 벌써 잠자리에서 몸을 일으킨 상태였다. 빗소리에 섞여 다가오는 인기척을 느낀 것이다.

"소 공자도 깨울까요?"

소정명은 널찍한 침대 위에서 기녀들과 함께 잠들어 있었다. 정확히 말하면 수도 없이 널려 있는 술병도 함께였다. 잠시 고심하던 황조령은 천천히 고개를 가로저었다.

"누가 목표인지 아직은 모르니 지켜보자구나."

인기척이 더욱 가까워졌다. 일층 계단을 통해 이층으로 올라오는 것은 물론, 창문을 부수고 들이닥칠 요량인지 창밖에서도 인기척이 느껴졌다.

황조령은 작은 침상에 걸터앉아 진심장을 집어 들었고, 수검 역시 양손으로 각각의 검을 움켜잡았다. 은밀하면서도 기민한 움직임이 사라지고 빗속의 정적이 느껴지는 순간이었다.

쿠앙!

와장창창~!

출입문과 창문이 동시에 부서지면서 서슬 퍼런 검을 든 복면인들이 들이닥쳤다.

수검은 재빨리 황조령의 앞을 가로막았다. 그러나 출입문과 창문 양쪽에서 들이닥친 복면인들은 황조령과 수검에게는 눈길조차 주지 않았다. 그들은 모두 술이 취해 잠들어 있는 소정명에게 향했다.

찌이익~!

푹푹푹푹푹푹!

침상을 가리고 있던 천이 찢겨 나갔고, 벌 떼처럼 몰려든 복면인들은 사정없이 난도질을 해댔다. 몇 번이나 죽었을 것이 확실한대도 그들이 멈추지 않고 계속 칼질을 가하고 있는 그때였다.
"남의 침상에서 대체 무슨 짓인고?"
"……!"
깜짝 놀란 복면인들이 고개를 돌렸다. 소정명은 기녀들을 안고서 침상 맞은편에 서 있었다. 복면인들의 당황함은 잠시였다. 그들은 곧바로 소정명을 향해 뛰어들었다.
"허허, 이거……."
소정명은 난감한 표정을 감추지 못했다. 죽기 살기로 덤비는 복면인들을 어찌 상대해야 하는 곤란함은 아니었다. 그의 품에 있는 기녀들이 문제였다. 하나도 아니고 둘씩이나 되니 행동의 지장이 많았던 것이다.
"에이, 나도 모르겠다!"
후악~!
소정명은 품에 있던 기생들을 수검을 향해 던졌다. 수검이 받든 안 받든 가릴 처지가 아니었던 것이다.
"뭐여?"
수검은 황당한 표정을 지었다. 그러나 품속으로 날아오는 여자를 거부할 그가 아니었다. 수검은 반사적으로 손을 뻗어 그녀들을 받아 들었다. 술에 취한 것인지 소정명이 조치를 취한 것인지 그녀들은 매우 깊이 잠들어 있었다.
곧이어 복면인들과 소정명의 싸움이 시작되었다.
훙훙훙훙훙훙훙!
복면인들이 휘두른 검이 연달아 허공을 갈랐다. 소정명의 신법은 기이하기 짝이 없었다.

"어허, 어허, 허허~!"

허둥지둥 정신없이 피하는 것 같았지만 그 난무하는 칼질 속에서 옷깃조차 베이지 않았다. 이를 지켜보고 있는 수검이 고개를 갸웃했다.

"복면인들의 칼질이 부실한 겁니까, 곱상하게 생긴 공자의 신법이 뛰어난 겁니까?"

"글쎄다. 둘 다라고 할 수도 있고, 둘 다 아니라고도 할 수 있겠구나."

황조령 또한 에매한 대답을 했다. 이해력이 부족한 수검에게는 너무도 어려운 대답이었다.

"실력도 안 되는 놈들이 엄청 뛰어난 신법을 펼치는 공자에게 덤빈 겁니까?"

"그것은 아닌 것 같다. 복면인들의 칼솜씨는 보통 이상이다. 몸에 배인 움직임으로 보아 암살을 위해 전문적으로 키워진 놈들이다."

"그런 놈들이 왜 옷깃조차 스치지 못하고 있습니까?"

"나도 그게 이상하다. 복면인들이 계속 이해할 수 없는 실수를 범하는 것인지 엄살을 떨고 있는 공자가 그렇게 만드는 것인지 말이다."

"허구, 허구! 정말 인정머리도 없는 놈들이로다. 사내대장부의 중요한 부위까지 베려고 하다니!"

서정명은 연신 죽는 소리를 해댔지만 교묘하게 검들 사이를 피해 다녔다. 그렇다고 마냥 쫓기는 것은 아니었다.

사악!

"큭!"

 아수라장 같은 혼란 속에 복면인들끼리 상처를 입히는 경우가 속출했다. 단순한 실수가 아니었다. 황조령은 이 모든 게 소정명의 의도된 행동임을 깨달았다. 시간이 흐를수록 복면인들의 피해는 점점 더 늘어났다.

 "멈추어라!"

 진중한 음성이 울려 퍼졌다. 그와 동시에 필사적으로 소정명을 쫓던 복면인들이 물러섰다. 곧이어 호위무사들을 대동한 해창문주가 들어섰다.

 "일을 어렵게 만드시는군요, 소 공자."

 굳은 표정의 해창문주를 행해 소정명은 정말 이해를 못하겠다는 표정으로 물었다.

 "대체 왜 나를 해하시려는 겁니까?"

 "그것은 공자께서 더 잘고 계시지 않소이까? 공자를 이대로 보내 버리면 감당할 수 없는 상대를 적으로 만들게 됩니다."

 "하면, 나는 감당할 수 있는 상대라는 것이오."

 소정명은 한층 낮아진 음성으로 반문했다. 그의 얼굴에서 더이상 장난기는 찾아볼 수 없었다. 소정명의 돌변한 분위기에 잠시 위축되었던 해창문주가 대답했다.

 "호랑이와 싸워야 하느냐, 표범과 싸워야 하느냐… 그런 상황이라면 나는 언제라도 표범을 택할 것이오."

 "정 그러시다면… 당신의 판단이 얼마나 잘못되었는지 뼈저리게 느끼게 해드리지요."

 살기를 품은 소정명이 해창문주를 향해 다가가는 그때였다.

"잠시 멈추시오."

그들을 지켜보던 황조령이 자리에서 일어서며 말했다.

"이 객잔에는 그대들만 있는 것이 아니오. 이대로 싸움이 벌어진다면 일반인들의 피해가 속출할 것이오."

해창문주에 대한 배신감에 이성을 잃은 것 같았던 소정명이 동조했다.

"참, 그렇군요. 아무리 화가 나도 애먼 사람들을 휘말리게 할 수는 없지요. 황 대협께서는 제 사랑스런 여인들과 함께 여기를 나서시지요. 가시면서 객잔에 남아 있는 손님들에게 경고 좀 해주시면 고맙겠습니다. 조만간 이곳은 지옥으로 변할 것이니 서둘러 도망치라고 말입니다."

이에 해창문주는 천천히 고개를 가로저었다.

"무슨 뜻이오?"

"그럴 필요가 없다는 의미입니다. 여기를 빼놓고 객잔에 있던 사람들은 모두 떠났고, 그 자리는 모두 제 수하들이 메웠습니다. 그리고 공자님과 관계된 사람들은 순순히 보내줄 용의가 없습니다."

"그냥 나를 좋아해서 따라다니는 기녀들과 우연찮게 한방을 쓰게 되신 분들까지 모두 해치겠다는 것이오?"

"더불어 쓸데없는 반항은 그만두시라 강권하고 싶습니다. 이 객점 내부는 물론 주변 삼 리까지 저와 뜻을 같이하기로 한 문파들이 겹겹이 포위를 하고 있습니다. 공자께서는 결코 이곳을 빠져나갈 수 없습니다."

"내 안위야 내가 알아서 하면 되는 것이고, 여기 있는 사람들도 정말 나랑 아무런 관계도 없는데…….”

"관계가 있고 없고는 상관이 없습니다. 공자님과 깊은 관계가 있는 인물까지 함께 처리했다고 한다면 그분이 더욱 흡족하실 테니 말입니다.”

해창문주가 비릿한 미소를 지어 보이는 순간이었다.

"해창문주, 그대는 매우 욕심은 많은 사람이구려.”

황조령이 절룩거리며 그에게 다가왔다. 정상이 아닌 몸 상태도 그렇고 하대하는 듯한 말투가 해창문주의 심기를 불편하게 만들었다.

"더불어 무척이나 잔인한 인물이기도 하구려. 그대의 영달을 위하여 아무런 죄도 없는 사람들의 목숨을 스스럼없이 취한단 말인가?”

해창문주의 눈썹이 꿈틀거리는 순간, 그의 충실한 심복인 나한철이 나섰다.

"네 이놈! 그 입 다물지 못하겠느냐! 어느 안전이라고 입을 함부로 놀리는 것이더냐!”

황조령의 심복인 수검이 응수했다.

"네 이노옴~! 네놈은 여기 계신 분이 누구신 줄 알고 입을 함부로 놀리는 것이더냐!”

"제법 강호 물을 먹은 놈들 같구나. 그렇다면 지체 말고 네놈들의 신분을 말하라!”

"말하면? 네놈들 따위가 감당이나 할 수 있을 것 같더냐!”

"그런 허장성세가 통할 것 같더냐! 조금이라도 더 목숨을 부지해 보고자 하는 꼼수가 아니더냐!”

"꼼수! 지랄하고 자빠졌네! 이 예의 없는 것들아, 똑똑히 들어라! 여기 계신 분이 바로……."

호기롭게 말을 이어가던 수검이 입을 다물었다. 황조령이 손을 들어 올려 제지했기 때문이다. 자신의 신분을 황조령이 직접 말하려는 것이다.

"인사가 늦었소이다. 나는 산동 재림에 있는 황가장의 주인이오. 강호에 몸담고 있을 때에는 무적신검 황 대장이라 불렸소이다."

"……!"

나한철이 받은 충격은 엄청났다. 그의 예상에서 한참이나 벗어난 인물이었기 때문이다.

"저, 정말 당신이……."

조심스럽게 반문하던 나한철이 입을 다물었다. 수검이 눈을 부라리며 노려봤기 때문이다. 네놈이 감히 물어볼 신분이나 되느냐는 것이었고, 정말 무적신검 황 대장이 맞는다면 엄청난 결례였던 것이다.

이내 꼬리를 내리는 나한철과 달리 해창문주의 표정 변화는 크지 않았다. 강호에서 산전수전 다 겪은 그였다. 어떤 상황에서든 침착함을 유지하는 것이 가장 중요하다는 것을 잘 알고 있었던 것이다.

'정말 이자가 무적신검 황 대장인가?'

해창문주는 황조령에 대한 소문은 귀가 따갑게 들었지만 직접 본 적은 없었다. 무림맹과 진양교의 무림대전 당시 그의 문파는 중립적인 입장을 견지해 왔기 때문이다. 귀동냥으로 들은 무적신검 황 대장의 외모를 떠올려 봐도 지금의 황조령과는 연관 짓기 힘들었다. 황조령의 얼굴이 반이나 붕대에 가려져 있는 상태이기 때문이다. 그렇다고 직접 묻는 것 또한 모양새 빠지는 일이었다. 해창문주는 소정명의 반응을 보고 그가 진짜 무적신검 황 대장인지 판단했다.

"세상에나! 황 대협께서 바로 그 유명한 무적신검 황 대장님이셨단 말입니까?"

과장스럽게 반응하는 소정명을 보며 황조령이 물었다.

"정말 몰랐소이까?"

소정명은 멋쩍은 표정으로 대답했다.

"하하, 범상치 않은 기백을 느끼고 범인(凡人)은 아닐 것이라 짐작하고 있었습니다."

이로써 모든 것이 명확해졌다. 해창문주는 소정명을 노려보며 분한 마음을 곱씹었다.

'여우같은 자식, 이런 꼼수가 있었기에 아무런 호위도 없이 나를 찾아온 것이로군.'

속이 터지도록 분하지만 어찌하겠는가. 이는 벌써 엎질러진 물이었다. 그래도 다행인 것은 황조령이 소정명을 대하는 눈빛이 탐탁지 않다는 것이다.

"황 대장님, 소인이 보는 눈이 없어 크나큰 결례를 범했습니다. 이리 누추한 객잔이 어디 황 대장님의 명성과 어울리기나 하겠습니까. 저희 문파에서 귀빈으로 모시겠습니다."

"귀빈?"

황조령이 반문하는 순간 해창문주는 뜨끔함을 느꼈다. 그를 바라보는 눈빛이 소정명보다 더욱 탐탁지 않았던 것이다.

"내가 만약 범부(凡夫)에 지나지 않았다면 그대의 칼에 죽었을 것 아닌가? 그리 뻔한 속셈이 보이는 호의를 내가 받을 것이라 생각했는가?"

"정말 송구스럽습니다, 황 대장님. 그러나 이는 저의 개인적인 영달을 위한 의도가 아니었습니다. 옆에 있는 계집처럼 생긴 공자는 무림맹의 안위에 매우 위협적인 존재입니다. 그 위험과 후환까지 없애고 싶은 충정이 앞섰기에 그만······."

"시끄럽다!"

황조령은 해창문주의 말을 일축하며 노려보았다.

"그대가 언제부터 무림맹의 안위를 위해 그리 애를 썼는가? 무림대전 기간 동안 해창문이 무림맹을 위해 어떠한 도움을 줬단 말인가? 그리고 여기 있는 공자가 무림맹에 얼마나 위협이 되는지 나는 상관치 않는다. 무림인이 강호의 패권을 쥐고 싶어 하는 것은 너무도 당연한 일이다. 강호 전체에 위협이 되는 것은 힘이 있다고 하여 아무런 죄도 없는 일반인들을 마음대로 해하는 놈들이다. 내 오늘 그대가 얼마나 큰 죄를 범하려 했는지 뼛속 깊이 뉘우치도록 만들어줄 것이다."

황조령의 기세에 눌린 해창문주는 주춤주춤 뒤로 물러서며 대답했다.

"화, 황 대장님··· 이는 여우같은 공자에게 놀아나는 짓입니다. 만약 황 대장님과 저희 문파가 싸우게 된다면 이놈은 쾌재를 부를 것입니다."

해창문주는 소정명의 얼굴을 삿대질을 하며 말했다. 묘한 웃음을 짓는 소정명을 볼 때 분명 그런 의도가 느껴졌지만 황조령의 마음은 단호했다.
"그러게 누가 그럴 짓을 했더란 말이더냐! 수검아!"
"예, 황 대장님."
"무림의 철칙을 어긴 이놈들에게 본때를 보여주어라!"
"존명~! 확실히 보여주겠습니다!"
지체없이 수검이 덤벼들었고, 해창문주를 보호하기 위해서 나한철이 검을 빼 들며 맞섰다.

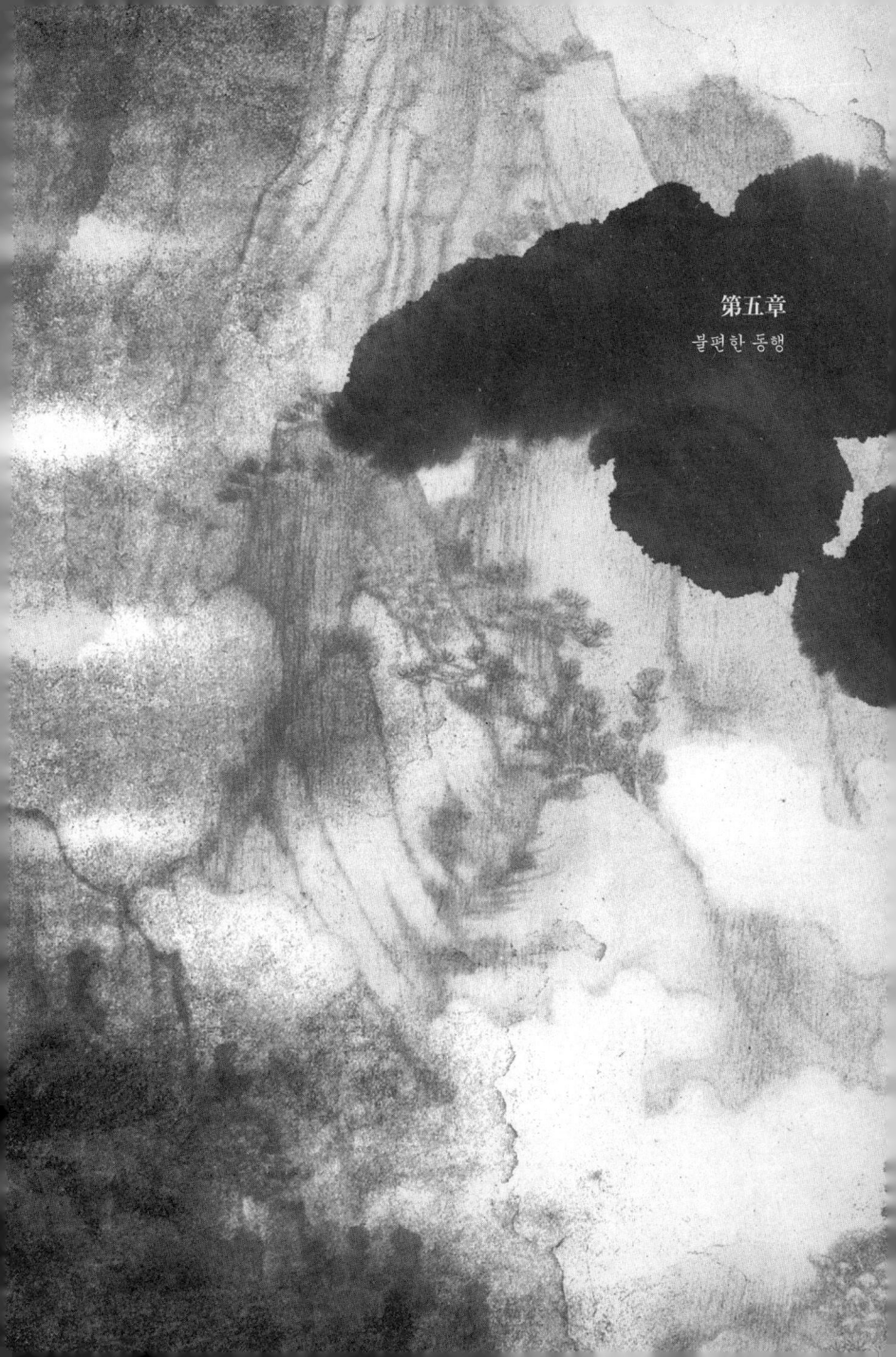

第五章
불편한 동행

여전히 부슬부슬 비가 내리는 객잔 주변.

해창문주와 뜻을 같이하기로 의기투합한 이들은 객잔을 겹겹이 포위한 상태에서 어떤 결과가 나올지 기다리고 있었다. 암살조가 투입되고 꽤나 많은 시간이 흘렀지만 아무런 기척도 없었다. 시간이 흐를수록 그들의 마음은 초조해졌다.

"왕 방주, 우리가 너무 섣부른 결정을 한 것 아니오? 권모술수에 능하기로 따지면 무림맹의 여 군사님보다 화담 공자가 한 수……."

"쉿!"

깜짝 놀란 정일방의 왕상의가 초조한 음성으로 묻던 이의 말을 재빨리 중단시켰다. 현 무림의 최고 실세라 부리는 여주승을 평가 절하하는 듯한 말을 했기 때문이 아니었다.

"추도문주님, 그를 화담이라 부르지 마십시오. 이는 뜻을 함께하기로 한 이들에게만 허락된 것입니다. 멋모르고 그리 불렀다가 처참하게 죽는 꼴을 못 보셨단 말입니까? 그냥 소 공자라고 부릅시다."

맞는 말이긴 했다. 그들이 두려워하는 소정명은 친분도 없는 자가 화담이라고 부르는 것을 무척이나 싫어했다. 그러나 무작정 두려워하는 것에 대해 추도문주 백가진도 반박할 거리가 있었다.

"어차피 우리는 화담, 아니, 소 공자에게 반기를 든 처지 아니오? 그를 어찌 부르든 배신자인 우리를 살려둘 것 같소이까?"

"그래도 괜히 불안하니 소 공자라 부르도록 하지요."

"뭐, 그럽시다."

추도문주 또한 괜한 불안감을 느꼈는지 왕 방주의 의견에 동조하는 그때였다.

쿠앙~!

와장창창~!

객잔 창문이 부서지면서 무언가 튀어나왔다. 추도문주와 왕 방주는 동시에 고개를 돌렸다. 암살조가 침입한 바로 그 방이었고, 허우적거리며 떨어지는 것은 사람이 분명했다.

그들은 누가 먼저라 할 것 없이 이층에서 떨어지는 신형을 향해 달려갔다. 제발 화담 공자가 맞기를 간절히 바라는 심정이었다.

"크아악~!"

첨벙~!

비명을 지르며 추락하던 이는 비에 젖은 진흙탕 위에 떨어졌다. 땅에 떨어지면서, 혹은 그전에 이미 큰 부상을 당했는지 움직임은 미미했다. 추도문주와 왕 방주가 조심스럽게 다가가 그의 정체를 확인하는 순간이었다.

"커억!"

"이, 이런!"

추도문주와 왕 방주의 입에서 비명 같은 신음이 튀어나왔다. 그도 그럴 것이, 이층에서 떨어진 인물은 화담 공자가 아니라 창해문주의 심복인 나한철이었기 때문이다.

"추도문주님, 대체 이 일을 어찌하면 좋단 말입니까?"

"너무 조급해하지 마시오. 상대가 상대이니만큼 어느 정도의 피해는 각오하지 않았습니까?"

"아무리 생각해도 불길합니다. 우리끼리 소 공자를 처치하는 것이 정말 가능하겠습니까?"

"그 불길하다는 소리 좀 그만하시오!"

추도문주는 짜증스럽게 대답했다. 그러나 이내 목청을 낮추고 타이르듯 말을 이었다. 난감해하는 왕 방주를 적극적으로 설득한 이가 바로 그였던 것이다.

"조금만 더 상황을 지켜봅시다. 해창문주님 역시 어쩔 수 없이 이런 모험을 하는 것이오. 소 공자와 친분 관계를 유지하거나 그를 보고도 모른 척한다면 무림맹에 대한 반기를 든 것으로 간주하겠다는 여 군사님의 칙명이 있지 않았습니까? 조금만 더 여유를 가지고 기다려 봅시다."

왕 방주는 천천히 고개를 끄덕였다. 이제 와서 약속을 깰 수도 없는 노릇 아닌가. 소정명을 제거하는 것만이 모두가 살 수 있는 방법이었다.

이층에서 벌어졌던 소란은 아래쪽으로 옮겨졌다. 소정명이 객잔을 탈출하려고 기를 쓰는 것이 분명했다.

추도문주와 왕 방주는 수하들을 객잔 입구로 집중시켰다. 해창문이 객잔 내부를 맡고, 만약 소정명이 객잔을 탈출하면 추도문과 정일방이 연합하여 막기로 약속되어 있었던 것이다. 그런 사태까지는 일어나지 않기를 바랐지만 현실은 그러지 못했다.

우당탕탕!

와지끈!

"크악!"

"커억~!"

객잔 내부에서 들여오는 소음과 비명 소리가 점점 커졌다. 해창문과 소정명의 싸움이 더욱 격해졌다는 증거다. 추도문주는 여전히 불안해하는 왕 방주를 위로했다.

"이리 큰 난리 속에서 소 공자가 멀쩡히 나오지는 못할 것이오."

"당연히 그렇겠지요. 탈출에 성공했다고 안심하며 빠져나오는 소 공자를 급습하면 쉽게 제압할 수 있을 것입니다."

왕 방주는 호기롭게 대답했지만 얼굴빛은 여전히 어두웠다. 격전의 소음이 그의 예상보다 점점 더 가까워졌다. 소정명이 입구를 향해 다가오는 속도가 너무 빨랐던 것이다. 이를 깨달은 추도문주도 긴장감을 감추지 못했다.

"모두 결전에 대비하라!"

"존명!"

추도문주는 수하들에게 명을 내리며 흔들리는 마음을 다잡았다. 왕 방주 역시 수하들에게 명을 내리고 허리춤에 찬 검을 빼 들었다.

부슬부슬 비가 내리는 객잔 입구에는 백 명이 넘는 인원이 운집되어 있었다. 명령이 떨어지면 언제라도 뛰쳐나갈 수 있는 채비를 마친 상태였다.

"왕 방주, 잊지 마시오. 그가 객점 입구에서 나오는 때가 바로 기회요. 그도 인간인 이상 객점을 빠져나오는 순간 조금이라도 방심할 것이오."

왕 방주는 객잔 입구에서 시선을 떼지 않고 고개를 끄덕였다. 절대 방심할 수 없는 상대였다. 때문에 무리의 선두까지 추도문주와 왕 방주가 직접 맡은 것이다.

"크악~!"

처절하게 이어지는 비명 소리가 바로 귓가에서 들리는 듯했다. 조만간 사냥감이 나타날 것이라는 전조였다. 추도문주와 왕 방주는 비장한 눈빛을 교환하며 전의를 다졌다. 그리고는 곧바로 검을 쥔 손에 공력을 불어넣는 찰나였다.

콰콰콰쾅~!

천둥소리까지 묻혀 버리는 엄청난 폭발음과 함께 객점 입구가 박살 났다. 노리고 있던 기습은 엄두도 내지 못했다. 추도문주와 왕 방주는 황급히 몸을 숙여 산산이 박살 난 입구의 파편을 피하기에 급급했다.

"왕 방주, 괜찮소?"

"예, 다행히……. 한데 이게 대체 무슨 조화인지……."

그들은 매캐한 먼지와 수증기로 가득한 입구를 향해 시선을 돌렸다. 점차 심해지는 빗줄기를 뚫고 천천히 걸어오는 사내가 있었다. 지팡이를 의지하여 절룩이며 걸어왔지만 그 위압감은 형언할 수 없을 정도로 대단했다.

"누, 누, 누구냐……?"

그 대답은 뒤를 따르던 수검이 대신했다.

"그러는 네놈들은 누구더냐!"

귀청이 울릴 정도의 쩌렁쩌렁한 음성이었다.

"네, 네놈은 또 누구더냐?"

추도문주는 최대한 위축된 모습을 감추며 물었다. 자신이 흔들리면 수하들의 동요는 더욱 커지기 때문이다.

"내가 누구인지는 중요치 않다. 햇병아리 같은 놈들이 감히 어느 안전이라고 검을 들고 설쳐대는 것이냐? 네놈들의 그런 행동만으로도 엄청난 불경죄를 저지르는 것이다."

어느 안전이라 함은 다리를 저는 사내를 가리키는 것이 분명했다. 추도문주와 왕 방주는 이 사내가 대체 누구인지 궁금증이 더욱 커지는 그때, 수검이 한층 더 목청을 높여 소리쳤다.

"모두 모두 물럿거라! 무적신검 황 대장 행차시다! 이를 막는 놈이 있다면 가차없이 목을 벨 것이다!"

"무, 무, 무적신검 황 대장!"

엄청난 놀람 다음에는 크나큰 의문이 이어졌다. 지금 이 상황에 무적신검 황 대장의 출현이라니? 왜? 무엇 때문에? 무슨 이유로? 도통 알 수가 없기에 정말 무적신검 황 대장인 맞는지 의심하는 것은 자연스러운 수순이라고 할 수 있었다.
"저, 정말 무적신검 황 대장님이 확실한 것이냐?"
"그 질문은 이제 짜증날 정도로 지겹다!"
파팟!
수검은 곧바로 무력행사에 들어갔다. 차근차근 설명하는 것은 그의 성격에 맞지 않았고, 그러고 싶은 마음도 없었다.
"이게 무슨 발칙한……! 왕 방주!"
"예, 저도 함께하겠습니다!"
추도문주와 왕 방주는 합심하여 쌍검을 휘두르며 달려드는 수검에 맞섰다. 공격적인 성향이 강한 추도문주와 수비에만 치중하는 왕 방주는 진정한 고수에는 미치지 못하는 실력이었다. 그러나 둘이 힘을 합치면 달라졌다. 그 상반된 성향이 절묘하게 조화를 이뤄 몇 배의 위력을 발휘했다.
추도문주와 왕 방주는 자신있게 수검과 정면 승부를 벌였다. 그들이 예상했던 상대인 소정명보다는 훨씬 손쉬울 것이라는 판단이었다. 그러나 그들의 안이한 생각은 오래가지 못했다.
창창창창창~!
요란하게 울려 퍼지는 격검 소리는 금세 잠잠해졌다.
횡~ 횡~ 횡~ 횡~
횡~ 횡~ 횡~ 횡~
추도문주와 왕 방주는 믿을 수 없다는 표정으로 자신들의 검이 포물선을 그리며 허공으로 떠올랐다 떨어지는 모습을 바라보았다.

푹, 푹!

하늘 높이 솟구쳤던 그들의 검은 진흙탕이 된 땅에 박혔다. 곧바로 수검은 추도문주와 왕 방주의 목에 날카로운 검끝을 들이대며 말했다.

"정말로 목이 달아나야 믿겠느냐?"

이 정도의 실력자를 수하로 부릴 수 있는 인물이 몇이나 되겠는가. 추도문주와 왕 방주는 이내를 부복을 하며 예를 갖췄다.

"추도문의 백가진, 무적신검 황 대장님을 뵙습니다."

"정일방의 왕상의, 무적신검 황 대장님을 뵙습니다."

"일어나라."

그들 앞으로 다가온 황조령이 말했다. 추도문주와 왕 방주는 황급히 몸을 일으켰다.

"그대들이 해창문주와 손을 잡고 무고한 사람까지 해치려 했단 말이더냐?"

"처, 처, 천부당만부당하옵니다."

깜짝 놀란 추도문주가 간곡한 음성으로 대답했다.

"무림 정파임을 자부하는 저희가 어찌 무고한 사람들을 해칠 수 있단 말입니까. 저희의 목적은 오직 소 공자를 제거하는 것입니다. 객점 내부의 손님은 물론이고 인근에 있는 주민들까지 모두 대피시킨 상태입니다."

왕 방주가 말을 이어받았다.

"사실이옵니다, 황 대장님. 약자를 보호하는 것은 무림인으로서 가져야 할 가장 기본적인 덕목입니다. 저희 정일방과 추도문은 이를 가장 엄한 규율로 다스리고 있습니다. 무고한 사람을 해하려 했다는 것은 당치도 않은 말씀이십니다."

"하면 해창문주 독단으로 그런 짓을 했단 말이더냐?"

"예에? 해창문주님이 그런 짓을 했단 말입니까?"

추도문주가 깜짝 놀라 반문하자 수검의 호통이 이어졌다.

"아니면 우리 황 대장께서 있지도 않은 일로 트집을 잡고 계시다는 말이더냐!"

"결, 결코 그런 의미가 아닙니다. 정파의 바른 몸가짐을 역설하셨던 해창문주님이 그건 짓을 꾸몄다는 것이 믿기지 않아서 그렇습니다."

"쓸데없는 변명 마라. 네놈들 역시 목적을 위해서라면 수단 방법을 가리지 않은 해창문주와 한패 아니더냐!"

"그만하여라."

황조령이 호통을 치는 수검을 만류하고 나섰다.

"추도문주, 그리고 왕 방주, 그대들은 무림의 규약을 어긴 적이 없다고 단언할 수 있는가?"

"그렇습니다, 황 대장님!"

"그렇습니다, 황 대장님!"

둘은 한 치의 망설임도 없이 대답했다. 이에 황조령의 강경했던 태도가 누그러졌다.

"우선은 그대들의 말을 믿겠다. 하나 이번 사안은 내 철저히 조사할 것이며, 무림과 관계없는 인물을 해하려 했다면 그에 합당한 대가를 치르게 할 것이니라."

"감사합니다, 황 대장님. 그런데… 한 가지 여쭙고 싶은 것이 있습니다."

추도문주가 매우 조심스럽게 물었다.
"무엇이더냐?"
"황 대장님께서는 어찌하여 소 공자를 돕고 계십니까? 그는 정파 무림에 큰 해를 끼칠 인물입니다."
해창문주과 똑같은 질문이었고, 황조령의 대답 역시 별반 다르지 않았다.
"내가 끼어든 것은 해창문주가 무림 법도에 어긋나는 행동을 했기 때문이다. 소 공자라는 그와는 어찌하여 한방을 쓰게 된 것 뿐 아무런 관계도 없느니라."
"정말이십니까?"
추도문주가 반색하며 물었다. 감당할 수 없는 최악의 사태는 면한 것이다. 소정명 혼자라면 승부를 포기할 단계는 아니었다.
"무림의 법도만 지켜진다면 나는 더 이상 그대들과 소 공자의 다툼에 관여치 않을 것이다."
"그 말은 꼭 지켜주십시오, 황 대장님."
황조령의 뒤쪽에서 들려오는 음성이었다. 뻥 뚫린 객잔 입구에서 소정명이 걸어나왔는데, 그의 오른손에는 피투성이가 된 해창문주의 머리채가 쥐어져 있었다.
"추도문주, 왕 방주, 황 대장님이 빠지면 나를 해할 수 있을 것 같은가?"
살벌한 그의 눈빛에서 더 이상의 장난기는 찾을 수 없었다. 순간적으로 기가 질린 추도문주와 왕 방주는 아무 대답도 못하고 뒤로 물러섰다.
"그 당당한 위세는 어디 갔지? 뭔가 믿는 구석이 있었기에 이놈과 손잡고 나를 배신하지 않았는가?"

소정명은 머리채를 잡고 있던 해창문주를 눈높이까지 들어 올렸다. 제대로 눈도 뜨지 못하는 해창문주가 애원조로 말했다.

"내, 내가 잘못했소이다……. 제, 제발 목숨만은 살려주시오, 화담 공자……."

그의 비굴한 행동은 오히려 역효과를 낳았다.

"누가 그리 부르라 허락했지?"

"자, 잘못했소이다……. 제, 제발……."

"내 목숨을 노린 것은 참을 수 있다. 그러나 그 이름에 대한 모독을 절대 용서할 수 없다!"

푸악!

소정명의 가녀린 손이 해창문주의 등을 뚫고 나왔다. 피로 얼룩진 그이 손에는 꿈틀거리는 해창문주의 심장이 쥐어져 있었다.

"네놈의 더러운 입이 저지른 죗값은 네놈의 심장이 대신할 것이다."

퍼엉~!

소정명이 손에 힘을 쥐는 순간 꿈틀거리던 심장이 폭발을 일으키며 산산이 부서졌다. 해창문주는 이미 절명한 상태였고, 소정명이 손을 거두어들이자 맥없이 허물어졌다.

"이제는 이 잔당들 차례인가?"

소정명은 추도문주와 왕 방주를 향해 다가갔다. 그들은 저승사자라도 다가오는지 사색이 되어 물러섰다. 대결이 벌어지면 어떤 결과가 나올지 불을 보듯 훤한 상황이었다.

불편한 동행 141

"그만하게."

황조령이 더 이상 다가오지 못하게 제지했다. 잠시 걸음을 멈춘 소정명이 어이없는 듯 물었다.

"황 대장은 방금 전 자신의 입으로 한 말을 어길 셈입니까? 그들과 제가 어떤 일을 벌이든 관여치 않는다고 하지 않으셨습니까?"

"이는 자네의 잔악한 면을 직접 보지 못했을 때 일이네. 그대는 이들 모두를 몰살할 참인가?"

"그렇다면요?"

"내 그리하게 두고 볼 것 같은가?"

"이들은 나를 해하려 하는 적들입니다. 이놈들을 어찌하든 제삼자이신 황 대장님이 상관하실 바가 아닙니다."

"제삼자라······. 이는 자네가 할 말이 아닌 것 같은데? 이번 일에 나를 엮이게 만든 건 자네가 아니던가?"

"역시 황 대장님은 답답할 만큼 고지식한 분이군요. 그 고지식함 덕분에 해창문주를 제거할 수 있었지만 이처럼 제 발목까지 잡을 줄은 몰랐습니다."

"자네는 역시 내 예상만큼이나 영악한 것 같군. 만약 이들에게 손을 댔다가는 나와도 적이 되는 것이네. 어쩌겠는가? 이대로 조용히 일을 마무리 짓겠는가, 아니면… 나와 뜻을 같이하는 이들과 한판 붙어보겠는가, 화담 공자."

결코 빈말이 아니었다. 수검은 아까부터 소정명을 노려보고 있었다. 황조령의 명이 떨어지면 그대로 달려들 기세였다. 잔뜩 겁에 질렸던 추도문과 정일방의 제자들도 황조령이 함께하겠다고 하자 금방 사기가 충만해졌다.
 "뭐, 그만둡시다."
 소정명은 미련없이 포기했다. 그가 아무리 날고 기는 재주가 있어도 도저히 이길 수 없는 싸움이었던 것이다.

* * *

추도문의 귀빈실.
 황조령과 소정명의 독대(獨對)가 이루어졌다.
 "그대가 무림맹주님을 해하려 했던 화담 공자인가?"
 "아마 그럴 겁니다. 화담이라는 별호를 가진 사람은 강호에 저밖에 없으니 말입니다."
 소정명은 순순히 시인했다. 무척이나 건방져 보일 수도 있었으나 황조령은 침착함을 잃지 않았다.
 "나는 우연이라는 것을 믿지 않는다네. 일부러 나에게 접근한 목적이 무엇인가?"
 소정명의 솔직함은 계속 이어졌다.
 "적의 적은 동지라 하지 않습니까? 저와 무림맹의 여 군사는 돌이킬 수 없는 관계가 되었습니다. 누구 하나는 죽어야 악연을 끊을 수 있습니다. 지금은 제가 불리한 형국이지만 황 대장님과 손을 잡는다면 상황이 달라집니다."
 "자네가 잘못 알고 있다. 여 군사와 나는 적이 아니다."
 단호한 황조령의 대답에 소정명은 적잖이 당황했다.
 "무슨 말씀입니까? 황 대장님은 여 군사의 권모술수에 무림맹에서 쫓겨나지 않았습니까? 여 군사가 얼마나 간악한 인물인지 말씀드릴까요? 그 당시 황 대장님이 대승적인 마음으로 물러나지 않았다면……."

"자네가 주축이 된 여 군사의 비밀 세력이 나를 제거하려 했겠지."

"……!"

소정명이 놀란 것은 잠시였다. 그는 이내 호탕한 웃음을 터뜨리며 말을 이었다.

"하하하하! 그것까지 아신다니 이야기가 더 쉽겠군요. 그는 천하의 간웅입니다. 자신의 안위를 위해서라면 언제라도 신뢰를 저버리는 인물입니다."

"그래서?"

"그래서라니요? 황 대장님은 분하지도 않습니까? 그 자리는 원래 황 대장님 것이 아닙니까? 제가 돕는다면 여 군사를 축출하고 무림맹 총대장에 다시 오를 수 있습니다. 무림 정의를 위해서도 반드시 그래야 합니다."

잠시 뜸을 들인 황조령이 입을 열었다.

"방금 무림 정의라 했는가? 그대가 생각하는 무림 정의는 무엇인가?"

"그야… 마땅한 실력과 인품을 갖춘 인물이 무림지존에 오르는 것입니다. 이에 적합한 인물은 단 한 명, 바로 황 대장님이십니다. 예전에는 이를 몰랐지만 토사구팽당하고서 이를 뼈저리게 깨달았습니다."

"내가 생각하는 무림 정의는 바로 평화라네. 누가 무림지존의 위치에 있든 상관없이 무림의 법도가 지켜지며 동도들 간의 피륙상잔을 없게 하는 것이네. 여 군사가 실권을 잡은 이후 무림은 가장 평화로운 시기 아니었나? 지금 내가 예전의 위치를 찾으려 한다면 이는 무림 정의, 대의가 아니라 내 욕심 때문이라네."

소정명은 답답한 듯 목청을 높였다.

"이는 억압된 평화입니다! 여 군사가 두려워 아무도 불만을 이야기하지 않습니다! 여 군사의 시꺼먼 속마음처럼 거짓된 평화입니다!"

"아까도 말했듯 무림은 평화로웠네. 자네가 괴이한 무공으로 강호를 어지럽히기 전까지는 말이네."

"지금까지야 그랬겠지요. 그러나 여 군사는 언젠가 시꺼먼 속내를 드러낼 겁니다. 자기 멋대로 강호를 쥐락펴락하고 자기 마음에 들지 않는 자는 무참히 제거할 것입니다."

"그때가 되면 내가 가장 먼저 알 것이네. 가장 먼저 나를 제거하려 할 테니 말이네."

"……!"

"똑똑히 듣게나. 여 군사와 나는 적이 아니네. 어떠한 일을 하든 정말 내가 잘하는 것인가, 재차 생각하게 만드는 견제가 되는 대상이네. 지금의 나는 여 군사를 끌어내릴 명분을 찾을 수 없네. 혼란을 거듭했던 무림사에서 결코 흔치 않은 평화로운 시기니까 말이네. 그것이 비록 불안하고 거짓된 것이라도 말이네."

착잡한 표정으로 황조령의 말을 듣고 있던 소정명이 절레절레 고개를 흔들며 대답했다.

"졌습니다, 황 대장님. 무림의 황 고집이라는 소문은 결코 허황된 것이 아니었군요."

"어찌 됐든 내 뜻이 전해졌으니 다행이군. 이제 내가 묻고 싶은 게 있는데?"

"무엇이든 물어보시지요."

소정명은 흔쾌히 승낙했다. 주고받기라고 해야 할까. 비록 그의 제안은 거절당했지만 황조령의 궁금증 정도는 들어주기로 한 것이다. 대답해 주고 말고는 어떤 질문인지에 따라 달라질 수 있었다.

"군자의 내공이란 무엇인가?"

소정명은 대답 대신 엷은 미소를 지어 보였다. 그 의미를 황조령은 짐작하기 힘들었다.

"대답해 줄 수 없다는 뜻인가?"

"아닙니다. 정확한 대답을 못해드린다는 의미에 가깝지요. 정말로 가능한 것인지 의심스럽기까지 합니다. 이를 실제로 이룬 사람이 아무도 없기 때문입니다."

"자네가 알고 있는 것이라도 듣고 싶은데? 그에 가장 가까이 접근했던 인물이 바로 자네 아니었나?"

"황 대장은 제 예상보다 훨씬 많은 것을 알고 계시군요. 대답하기 두려운 기분까지 드는데요?"

"엄살은 그만 떨게나. 그대 입으로 정말 가능한 것인지 의심스럽다고 하지 않았나?"

"그런데도 괜히 불안한 생각이 드는데요?"

소정명은 능청스럽게 말하며 황조령의 눈치를 살폈다. 이에 황조령은 농담조도 대답했다.

"그야 자네의 마음속에 다른 꿍꿍이가 있기 때문이지. 나를 보면 괜한 불안감을 느낀다는, 대부분 그런 부류더군. 아무런 숨김 없이 허심탄회하게 대화하면 그 누구보다 편한 사람이 바로 나라네."

"저는 어쩔 수 없이 꿍꿍이가 있는 놈인가 봅니다. 황 대장님 앞에서는 결코 편안해질 수 없으니 말입니다. 제가 알고 있는 것 중에 아주 일부만 말씀드리겠습니다. 군자의 내공이란……."

황조령은 호기심 어린 눈빛으로 다음 말을 기다렸다.

"참으로 어처구니없는 무공입니다. 최강의 무공이면서 또 그렇지 않은, 강자에게는 강하고 약자에게는 한없이 약해지는 요상한 내공이라고 하지요. 때문에 무공의 자질에 상관없이 군자다운 성품을 가진 사람만이 익힐 수 있다고 하는데… 대체 이게 뭔 말이란 말입니까? 논어나 맹자도 아닌 무공 귀결이 이리도 뜬구름 잡는 식이라니요? 황 대장님은 이해가 가십니까?"

갑작스런 질문에 황조령이 대답했다.

"이는 자신이 창시한 무공을 훌륭한 인품을 가진 이가 배우기를 원하는 창시자의 바람이 아닐까 생각하는데?"

"무공을 창시한 이의 바람이라……. 뭐 그럴 수도 있겠군요. 그분 또한 황 대장님 못지않게 고지식했다고 들었으니 말입니다. 어쨌든 군자는 함부로 화를 내지 않으나 한번 화를 내면 그 노여움이 온 천지를 뒤덮을 것이니, 군자의 내공을 사용하기 전에 반드시 숙고하고 또 숙고해야 한다는 마음가짐에 대한 내용만 줄줄이 쓰여 있습니다. 수련법에 대해서는 뒷장에 몇 장 찔끔 적혀 있는데, 이는 비밀이라 절대 알려드릴 수 없습니다."

"그 정도면 충분하네. 예상보다 많은 것을 알려주었으니 충고 하나만 하겠네."

"어떤 충고입니까?"

"지금 당장 강호를 떠나 사람들의 발길이 닿지 않는 곳으로 은거하게. 이것만이 자네가 살 수 있는 유일한 방법이네."

"여주승 그놈을 피해서 말입니까?"

소정명은 눈에 쌍심지를 켜고 반문했다. 여주승에 대한 적의가 고스란히 드러나는 순간이었다.

"여 군사의 능력을 얕보지 말게나. 내 생각엔 자네가 아직까지 살아 있는 것도 기적이라 할 수 있네."

"그건 걱정하지 마십시오. 제 살길은 제가 알아서 도모하겠습니다."

"그럼 그렇게 하게나."

말을 마친 황조령이 몸을 일으켰다. 그의 충고를 듣든 말든 이는 소정명 스스로 결정한 문제였기 때문이다.

　　　　　*　　　*　　　*

달그락달그락…….

어스름히 해가 질 무렵, 황조령의 마차는 붉게 물들어가는 벌판을 지나고 있었다. 보기만 해도 괜히 가슴이 벅차오르는 경이로운 경관이었다. 그러나 말고삐를 쥐고 걷는 수검은 뭔가 거슬리는 얼굴이었다. 유유히 벌판을 지나는 마차와 일정한 거리를 두고 소정명이 뒤따랐기 때문이다.

"쫓아버릴까요?"

수검이 정말 그러고 싶어 미치겠다는 표정으로 물었다. 잠시 뒤를 돌아본 황조령이 대답했다.

"그냥 두어라. 나름 살길을 모색하고 있지 않더냐?"

현 무림에서 여주승의 입김이 미치지 않는 곳은 없었다. 그 어디로 숨는다 해도 안전하지 않았다. 여주승이 꺼리는 황조령만이 유일한 피난처라 할 수 있었던 것이다.

"저놈하고 엮이면 진짜 좋을 것 없습니다. 여 군사와 대립각을 세우는 것도 모자라 맹주님까지 시해하려 하지 않았습니까? 그런 놈을 여 군사가 용서할 것 같습니까? 이번에는 맹주님이 나선다고 해도 해결될 일이 아닙니다."

"화담 공자는 맹주님을 시해하려고 했던 건 아닌 것 같다. 그는 여 군사만큼이나 치밀하고 비상한 인물이다. 그리 엄청난 짓을 실행에 옮겼다면 결코 실패하지 않았을 것이다."

"하면 재미로 그랬단 말입니까?"

"아마도 여 군사를 향한 경고였을 것이다. 자신이 어떤 짓이든 할 수 있다는……."

"그게 바로 미친 짓 아닙니까? 여 군사는 자신보다 맹주님의 안위를 더 챙기지 않습니까? 그런 경고가 통할 것이라 생각했다니, 화담 공자라는 작자는 황 대장님 생각만큼 비상하지는 않은 모양입니다."

황조령의 입가에 미소가 감돌았다.

"네 말도 일리는 있구나. 그런 무모한 경고가 통할 것이라 생각했다니 말이다. 어쨌든 당분간은 화담 공자에 대해 신경 쓰지 말거라. 아직 큰 문제가 벌어진 것은 아니니 말이다."

"예, 알겠습니다."

깍듯이 대답한 수검은 노숙할 장소를 찾았다. 해가 떨어지자마자 금방 어둠이 내려앉았기 때문이다. 그리고 황조령이 언급했던 큰 문제는 머지않아 일어났다.

창창창창창창…….

요란한 병장기 소리가 밤하늘에 울려 퍼졌다. 여주승의 특명을 받은 무림맹의 제자들이 황조령 일행을 습격한 것이다. 소정명의 척살에 수단과 방법을 가리지 말고 그와 함께하는 모든 이를 처단하라는 잔인한 명령을 받은 그들이었다.

무림맹의 고수라는 자긍심도 버리고 암습까지 감행했지만, 그들 역시 황조령을 어찌하진 못했다. 소정명 척살의 책임자인 이문호가 황조령을 막아선 상태였다.

"부탁드립니다, 황 대장님. 저희가 임무를 완수할 때까지 움직이지 말아주십시오. 만약 소정명을 돕는 행보를 보이신다면 제가 황 대장님께 검을 겨눌지도 모릅니다. 저놈은 맹주님을 해하려 했던 역적입니다."

그도 한때 황조령의 휘하에 있던 인물이고 여전히 그에 대한 존경심이 남아 있었다. 조용히 모닥불을 쬐며 듣고 있던 황조령이 대답했다.

"그러겠네."

잔뜩 굳어 있던 이문호의 표정이 밝아졌다. 황조령이 자신을 말을 지킬 것이라는 것을 누구보다 잘 알고 있었다.

"황 대장님, 잠시 다녀오겠습니다."

이문호는 황조령과 오래 있지 못했다. 암습까지 감행했지만 쉽사리 소정명을 제압하지 못했다. 최정예라 자부하던 수하들이 예상치 못한 실수를 거듭하면서 불리한 형국을 자초했다.

모닥불을 쬐며 이를 지켜보던 황조령이 수검에게 물었다.

"뭔가 느껴지는 것이 있느냐?"

"글쎄요. 해창문 때와 별로 달라 보이지 않습니다. 실력은 무림맹 제자들이 훨씬 위일 텐데 말입니다."

"똑같은 우연이 두 번씩이나 반복될 수 있을까?"

"화담 공자는 무공 실력과 상관없이 상대가 실수하게 만드는 독특한 재주가 있는 모양입니다. 그의 이력을 고려해 보면 괴이한 무공의 한 종류일 것이 분명합니다."

수검은 자신있게 말했지만 황조령은 고개를 가로저었다.

"꽤나 머리를 굴렸지만 틀렸다. 그는 괴이한 무공으로 상대를 현혹시키는 것이 아니다. 빼어난 무공 실력과 머리로 자신만의 공간을 지배한다고 볼 수 있다."

"자신만의 공간을 지배하다니요?"

"이는 절정고수의 경지에 도달해야 알 수 있는 것이다. 수검이 너에게는 아직 이른 감이 드는구나. 이해가 부족한 지식은 오히려 방해가 될 수도 있다."

황조령의 말이 수검의 승부욕을 자극했다.

"제발 가르쳐 주십시오!"

수검은 털썩 무릎까지 꿇고 부탁했다. 나이는 비슷하고, 계집처럼 연약해 보이는 사내가 절정고수의 반열에 올랐다는 것이 분했다.
　"절정고수의 경지라는 게 말이다, 쉽게 생각하면 자신의 타고난 능력, 그리고 수련으로 얻게 된 후천적 능력, 이것들과 가장 잘 어울리는, 이 세상에서 자신만이 가장 잘할 수 있는 무공을 구사하게 되는 것이다."
　"예……."
　수검의 대답은 매우 힘이 없었다. 그가 얼마만큼 이해했는지에 대한 척도라고 할 수 있었다.
　"더 쉽게 설명하면 말이다, 자신의 장점은 최대한으로 극대화시키고 자신의 약점은 완벽히 보안한 단계라고도 할 수 있다. 더 이상 강해질 수 없는 자신을 느끼는 것이지."
　"아, 그렇군요……."
　수검은 알아들었다는 듯 고개를 끄덕였다. 그러나 수검의 이해는 수박 겉핥기보다 못함을 황조령은 알고 있었다. 이대로 대충 넘어가면 착실한 무공의 성취를 이루는 수검에게 방해가 될 것이 분명했다. 어찌하면 절정고수의 경지에 이를 것인가, 이런 느낌이 바로 절정고수가 되었다는 증거인가 등으로 생각이 복잡해지기 때문이다.
　"고루하게 들릴지 모르겠지만 절정고수의 단계는 서두른다고 빨리 성취할 수 있는 게 아니다. 열심히 수련하다 보면 어느 순간 느끼게 될 것이다."
　"예, 저도 비슷한 말을 들어본 적이 있습니다. 절정고수의 단계는 깨달음을 얻어야 한다고 말입니다."

"그 깨달음이란 것도 별것 아니다. 자신에게 무엇이 부족한가? 어찌하면 장점을 극대화 시킬까? 계속 수련하고 고심한 끝에 얻어지는 최종 산물인 것이다."

"예, 초조해하지 않고 착실히 수련하면서 그날이 오기를 기다리겠습니다."

"그래, 좋은 마음가짐이다."

황조령은 긍정적으로 고개를 끄덕였다. 그리고는 치열한 접전이 벌어지는 곳으로 시선을 돌렸다. 소정명과 맞서며 수하들을 독려하는 이문호의 모습이 보였다.

"역도의 무공 실력은 예상 이상이다. 근접전을 펼칠 때는 가장 단순하고 망설임없는 공격을 해야 한다. 역도의 행동을 미리 예측하면 예상치 못한 허를 찔려 실수를 거듭하게 된다."

이문호는 정확한 판단을 했다고 생각했다. 과거 진양교의 절정고수들을 상대했던 방법이었고 황조령이 가르쳐 준 것이었다.

"타앗!"

"하압~!"

이문호의 수하들은 이를 곧 실행에 옮겼다. 가장 단순하고 망설임없는 공격으로 소정명을 몰아쳤다. 과거 진양교의 절정고수를 상대했던 것처럼 형세는 반전되었다. 어이없는 실수는 사라지고 소정명은 수세에 몰렸다.

"결코 방심하지 말며 욕심은 금물이다!"

이문호는 냉철함을 유지하려 애썼다. 이는 절정고수를 상대하는 데 있어 반드시 지켜야 할 철칙이었다. 느슨한 마음을 가지거나 괜한 욕심을 부렸다가는 이내 상황이 바뀔 수도 있었다.

"역시 무림맹의 제자들은 상대하기 까다롭군. 황 대장님께 배운 방식인가? 무서운 얼굴로 칼만 휘두르지 말고 아무나 대답 좀 해보라고!"

"역도의 도발에 휘말리지 마라! 집중력을 흐트러뜨리려는 수작이다. 역도가 쓰러질 때까지 절대 긴장감을 늦추지 마라."

"역시나 무림맹 제자들은 재미없어. 진짜 궁금해서 물어본 것뿐인데……."

수세에 몰린 상황에서도 소정명은 여유를 잃지 않았다. 멀리 모닥불 근처에 있는 황조령을 향해 목청을 높였다.

"황 대장님! 이것이 황 대장님께서 진양교의 절정고수들을 상대하기 위해 만든 공략법입니까? 상당히 짜증이 나는군요!"

"……."

황조령은 아무런 대답도 하지 않았다. 가급적 그들의 대결에 관여치 않겠다는 의도처럼 보였다.

"뭐, 굳이 대답을 들을 필요는 없습니다. 이리 엄청난 진법을 만들 수 있는 사람은 황 대장님밖에 없었을 테니 말입니다. 절정고수가 지배하는 공간을 야금야금 잠식하고 체력과 내공을 고갈시키는 매우 위협적인 공략법이긴 한데, 한 가지 치명적인 약점이 있군요."

"역도의 말에 귀 기울이지 마라!"

이문호가 다시 소리쳤다. 소정명의 도발적인 말을 수하들의 집중력을 떨어뜨리려는 수작이라 판단한 것이다. 소정명은 이에 신경 쓰지 않고 황조령을 향해 말했다.

"황 대장님이 생각하신 절정고수, 그 범주에서 벗어난 적을 상대하면 무용지물이나 다름없지요!"

스팟!

소정명의 신형이 사라졌다. 아니, 그 움직임이 너무 빨라 착시 현상이 일어난 것이다. 육안으로 소정명의 모습을 확인하게 되면 늦었다.

서걱.

"큭!"

서걱, 서걱!

"컥!"

"끄윽!"

이문호의 수하들은 추풍낙엽처럼 쓰러졌다. 소정명은 동에 번쩍, 서에 번쩍하며 무림맹의 제자들을 베고 또 벴다. 당황한 이문호가 소리쳤다.

"눈으로 쫓으면 늦는다! 역도의 기척으로 파악하고 선제 대응을 해야 한다!"

이에도 피해는 줄어들지 않았다. 기척으로 상대의 위치를 파악하고 움직이는 것은 상당한 실력을 필요로 했다. 이문호이 충고가 오히려 독이 되어 그의 수하들은 눈을 감고 검을 휘두르는 것이나 다름없었다. 더 이상의 피해를 막아보고자 이문호가 소정명을 향해 뛰어들었다.

후앙~

창~!

불편한 동행 155

엄청난 힘이 실린 이문호의 장검은 나뭇가지처럼 얇은 소정명의 연검에 막혔다. 교차한 검을 사이에 두고 눈싸움이 펼쳐졌다. 이문호는 잡아먹을 듯 노려보았고, 소정명은 상대적으로 여유로워 보였다. 비릿한 미소를 지어 보이던 소정명이 말했다.

"어디… 그쪽의 말처럼 기척으로 파악하고 선제 대응해 보시지!"

파팟!

순간적으로 소정명의 신형이 사라졌다. 이문호는 당황하지 않았다. 자신의 감각을 최대한으로 끌어올려 소정명의 기척을 감지했다.

"어설프구나!"

후앙~

이문호는 재빨리 뒤쪽으로 검을 휘둘렀다.

창~!

뒷목을 노리고 들어오는 검을 제대로 막았다. 그러나 그것으로 끝이 아니었다. 소정명의 연검이 뱀처럼 휘어지며 이문호의 팔뚝을 찔렀다.

푹!

피가 튀면서 이문호의 인상이 찡그려졌다. 엄청난 고통 때문에 다른 사람 같으면 검을 놓쳤을 것이다. 그러나 이문호는 이를 끝까지 참아내며 뒤로 물러섰다. 검을 떨어뜨리지는 않았지만 피해는 컸다. 검을 쥔 손에 힘이 실리지 않아 제대로 검을 잡을 수 없었던 것이다.

척!

이문호는 포기하지 않고 양손으로 검을 잡았다. 그리고는 상처가 심해지기 전에 끝장을 볼 모양인지 선제공격을 감행했다.
창창창창창~!
이문호는 이를 악물고 검을 휘둘렀다. 그러나 득보다는 실이 앞섰다. 격검의 순간마다 소정명의 연검이 휘어져 이문호의 몸에 상처를 냈다.
"호~ 집념 하나는 대단하네. 그런데 언제까지 버틸 수 있으려나?"
소정명의 공세는 더욱 잔인해졌다. 사정없이 연검을 휘둘러 이문호의 몸을 멀쩡한 곳이 없게 만들었다.
"조장님!"
이문호의 수하들이 돕겠다고 나섰지만 소용없었다. 불을 향해 날아드는 날벌레들이나 다름없었다. 소정명이 휘두르는 검에 속수무책으로 쓰러졌다.
이제 남은 것은 이문호뿐이었다. 피투성이가 되어서도 끝까지 분투했으나 역부족이었다. 완전히 체력이 고갈된 이문호는 스스로 무너지고 말았다.
"헉~ 헉~ 헉~ 헉……"
털썩 주저앉은 이문호는 벅찬 숨만 몰아쉬었다. 손에 쥔 검은 무용지물이었다. 소정명이 아주 천천히 그의 목에 칼을 겨누는 상황에서도 도통 움직일 줄 몰랐다.
"이제 죽을 준비가 되었나?"
"헉…헉…헉…헉……"
"네놈과 수하들의 목을 모두 베어 여주승에게 보낼 것이다.

불편한 동행 157

그 많은 목이 담긴 상자를 열었을 때 무슨 표정을 지을지 궁금하군."

"헉… 헉……."

"여주승에게 나를 해하라는 명령을 받는 순간부터 네놈은 죽은 목숨이었다!"

소정명이 엄청난 살기를 뿜어내며 연검을 치켜드는 순간이었다.

"그만하게."

절룩절룩, 황조령이 소정명에게 다가오며 말했다. 소정명의 얼굴이 심하게 일그러졌다.

"또 저의 일을 방해할 생각이십니까?"

"방해가 아니라 쓸데없는 살생을 막겠다는 것이네."

"언제부터 황 대장님이 한입으로 두말하는 사람이 되었습니까? 이번 대결은 어찌 되든 상관치 않겠다고 이놈과 약속하지 않았습니까?"

소정명을 마주 보고 멈춰 선 황조령이 대답했다.

"수검의 말마따나 그리 비상한 머리는 아닌 모양이군. 내 그리 말한 적 없네. 자네를 돕는 행동을 하지 않겠다고 약속한 것뿐이라네."

"저는 지금 말장난할 기분이 아닙니다, 황 대장님."

"내가 사람의 생명을 두고 장난할 것 같나? 검을 거두고 멀찍이 물러서게."

소정명은 황조령의 말을 따르지 않았다. 외려 날카로운 검끝을 이문호의 목에 바싹 대며 말했다.

"정말 실망이군요. 혹시나 저를 이해하는 마음이 있어서 암묵적으로 제 동행을 허락하신 줄 알았는데 사실은 제 손에 죽어갈 예전 수하들이 걱정되었던 것입니까?"

"이처럼 자네가 무모하고 쓸데없는 짓을 할까 걱정이었다네. 승패는 이미 결정되었으니 어서 검을 거두고 물러서게나."

"그렇게는 못하겠습니다."

소정명은 자신의 의지를 보여주듯 검을 쥔 손에 힘을 실었다. 검끝이 이문호의 목살을 파고들며 진한 피가 주르르 흘러내렸다.

"당장 그만두지 못하겠는가!"

황조령이 준엄한 음성으로 말했다. 이에 소정명은 소정명의 목을 길게 그으며 대답했다.

"싫다면 어쩌시겠습니까?"

"그렇다면 나까지 적으로 만드는 것이네, 화담 공자. 이 세상에 여 군사와 나를 피해 살 수 있는 곳이 있다고 생각하는가?"

여주승만으로도 벅찬 상황이었다. 더구나 황조령은 절대 포기를 모르는 불굴의 상징. 소정명이 어디로 숨든 끝까지 죽을 때까지 쫓을 것이 분명했다.

"제가 황 대장님을 두려워할 것 같습니까? 방금 제 실력을 보시지 않았습니까? 지금 황 대장님과 붙는다 해도 절대 지지 않을 자신이 있습니다."

"그야 한 시진 정도뿐이겠지."

"......!"

"인간의 능력을 뛰어넘는 움직임은 그 정도가 한계일 것이네. 그 뒤에는 내공과 체력이 고갈되어 제대로 서 있지조차 못하겠지."

"……."

소정명은 잠시 말없이 황조령을 노려보았다. 그러나 자신의 밑천이 다 드러난 상황에서 무림지존의 위치까지 올랐던 존재에게 도발할 만큼 어리석진 않았다.

"이번뿐입니다, 황 대장님."

"고맙네, 화담 공자."

소정명은 검을 거두고 물러났고, 황조령은 완전히 탈진해 있는 이문호에게 다가갔다.

"괜찮으냐?"

황조령이 몸을 낮추며 말했다. 푹 고개를 숙이고 있던 이문호가 울분 섞인 음성으로 대답했다.

"육신의 상처는 시간이 지나면 아물 것입니다. 그러나 임무를 완수하지 못한 이 치욕은 감당할 수 없을 것 같습니다."

"뭐가 그리 치욕스럽다는 것이냐? 벅찬 상대였지만 물러서지 않고 최선을 다했지 않느냐."

"임무는 실패할 수 있습니다. 그러나 역도에게 목숨을 구걸 받은 꼴이 되고 말았습니다."

"아니다, 아니다. 상대에게 목숨을 구걸 받은 게 아니라 내가 널 구해준 것이다."

"……!"

"예전에도 널 구해준 적이 있지 않더냐? 그때도 수치스럽고 치욕스런 기분이 들었단 말이더냐?"

"황 대장님······."

이문호는 목이 메어 제대로 말을 잇지 못했다. 감당할 수 없는 치욕 때문이 아니었다. 이문호의 상처 입은 마음까지 치유해 주고 싶은 황조령의 진심을 느꼈던 것이다.

"내 손을 잡고 일어나라."

이문호는 황조령이 내민 손을 거부하지 않았다.

"고맙습니다, 황 대장님."

"우선은 수하들의 상처부터 처치해라. 화담 공자는 내가 데리고 떠날 것이니 너희들은 푹 쉬었다 움직이면 좋겠구나."

"예, 그리하겠습니다."

이문호는 흔쾌히 승낙했지만 이에 엄청난 불만을 품은 인물도 있었다.

"제가 왜 떠나야 합니까? 저것들이 습격하는 바람에 잠도 제대로 못 잤는데 말입니다."

소정명의 말은 그냥 혼자만의 불만으로 끝이었다. 황조령은 상대조차 해주지 않은 것이다.

"수검아, 서둘러 떠날 채비를 하여라."

"예, 곧바로 준비하겠습니다."

수검은 최대한 빨리 떠날 준비를 끝마쳤다. 황조령은 이문호를 포함한 예전 수하 모두를 격려한 다음 마차에 올랐다.

"가자꾸나."

"예, 황 대장님."

수검은 천천히 마차를 몰았다. 휘영청 밝은 보름달이 구름 속에서 벗어나 드넓게 펼쳐진 벌판을 비췄다.

불편한 동행

달그락달그락…….

어느 정도 시간이 지나자 황조령이 뒤를 돌아보았다. 일정한 거리를 두고 소정명이 따라오고 있었다. 시선을 다시 전방으로 둔 황조령이 혼잣말하듯 중얼거렸다.

"정말 이해할 수가 없구나."

수검이 기다렸다는 맞장구를 쳤다.

"예, 저도 정말 이해를 할 수 없습니다. 계집처럼 나약해 보이는 놈이 어떻게 그런 경지에 도달했는지 말입니다. 엄청난 기연으로 내공에 좋은 영약들을 왕창 먹은 게 아닐까요?"

"……."

황조령은 신나게 떠드는 수검을 빤히 쳐다보았다. 아무래도 수검의 짐작이 틀린 모양이었다.

"하면 무엇을 이해할 수 없다는 것입니까?"

"여 군사와 화담 공자는 오랫동안 친분을 유지했었다. 화담 공자의 실력을 여 군사가 모르지는 않았을 터. 이문호의 수준에는 벅찬 상대였다. 절정고수의 경지에 근접한 수하들을 보냈어야 하는데 말이다."

"절정고수에 근접한 수하들이 모두 바쁜가 보지요."

"그렇다면 여 군사는 내가 생각했던 것보다 냉철한 인물이 아닌 모양이구나. 화담은 잡지 못하고 애먼 수하들의 피해만 늘어갈 테니 말이다."

第六章
숙적에서 동지로?

황조령이 이해할 수 없는 일은 계속 벌어졌다.
 무림맹의 제자들은 끊임없이 소정명을 습격했지만 참담한 실패의 연속이었다. 소정명은 부상당한 무림맹 제자들을 죽이겠다고 난리쳤고 황조령은 이를 막느라 애를 먹었다. 여기에 또 황조령이 이해할 수 없는 점이 있었다.
 소정명은 왜 자꾸 자신을 방해하느냐 난리쳤지만 결국에는 황조령의 말에 따랐다. 자신의 이름을 더럽혔다며 해창문주를 무참히 살해했던 그의 성격으로 볼 때 상당히 이례적인 일의 연속이었다.
 싸움은 소정명과 무림맹 간에 벌어졌지만 이를 말리는 황조령도 지쳤다. 이제는 결단을 내릴 때가 되었다 싶었던 모양인지 황조령은 자신의 숙소로 소정명을 따로 불렀다.

숙적에서 동지로? 165

"앉게나."

소정명은 황조령이 손짓하는 의자에 앉으며 말했다.

"어인 일로 저를 보자고 하셨습니까? 나만 보면 잡아먹을 듯 노려보는 덩치 놈도 없이 말입니다."

수검을 말하는 것이다. 괜한 경쟁심을 느낀 수검은 소정명을 항상 곱지 않은 시선으로 대했던 것이다.

"다름이 아니라 우리도 이제는 이상한 동행을 끝낼 때가 아닌가 싶어서 불렀네."

"이거 뜻밖인데요? 이제는 나를 습격하는 놈들을 마음대로 해도 좋다는 말씀입니까?"

"난 그리 안 됐으면 좋겠네. 그래서 자네와 여 군사 사이를 내가 중재하고 싶은데 어떻겠나? 계속 피를 보며 다툴 것이 아니라 대화로 풀어봄이 어떠한가? 그래도 한때는 더없이 친한 사이라고 들었는데 말이야."

"그게 가능할까요? 우리 둘이 만나는 순간 대화보다는 검을 빼 들기 바쁠 것입니다."

"그래서 내가 중재를 서겠다는 것 아닌가. 내 보기에 이것은 강호의 패권을 쥐려는 대결이 아니라 자네와 여 군사 간의 개인적인 감정싸움에 가깝다고 보는데 말이야.

소정명이 흥미롭다는 표정으로 물었다.

"왜 그렇게 생각하시는 겁니까?"

"여 군사는 실패가 뻔한 임무를 계속해서 내릴 정도로 멍청하지 않고, 자네는 목숨을 노리고 습격하는 적들을 계속해서 살려줄 정도로 아량이 넓지 않네."

"그래서요?"

"자네가 나를 따라다니는 이유는 자네가 무림맹의 제자들을 살해하지 않도록 말려달라는 것이 아닌가 싶네. 나와 함께 다녀봐야 더욱 무림맹의 눈에 뜨여 목표가 되기 쉬울 뿐, 아무런 이득도 없지 않은가? 여 군사의 이해할 수 없는 행동도 그렇고 자네도 그렇고, 나는 더 이상 자네들의 유치한 싸움에 휘말리고 싶지 않네. 내 말이 틀렸는가?"

"네, 틀렸습니다."

소정명은 망설임없이 대답했다.

"제 목적은 여주승을 제거하는 것입니다. 그러기 위해서는 어쩔 수 없이 무림맹과 싸워야 합니다. 그가 번번이 실패하는 이유는 제 실력을 얕봤기 때문입니다. 황 대장님과는 달리 예전에 자신의 수족이나 다름없던 때만 생각하여 객관적으로 저의 실력을 판단하지 못하는 것에 불과하지요."

"정말인가?"

소정명의 입장은 단호했다.

"황 대장님께 왜 거짓을 말하겠습니까? 앞으로 동지가 되어 여주승을 함께 칠지도 모르는데 말입니다. 황 대장님은 뭔가 숨기는 사람을 제일 싫어하지 않습니까?"

"저번에도 말했지만 나는 자네와 동지가 될 생각이 전혀 없는데?"

"그야 황 대장님 생각이지요."

소정명은 자신만만한 표정으로 말을 이었다.

"제가 왜 황 대장님을 따라다닐까요? 외려 무림맹의 눈에 뜨여 목표가 되기 싫고, 아무런 이득도 없다고 하셨는데 아닙니다. 이는 여주승이 불안감을 느끼기 위함입니다."

"무슨 뜻이지?"

"임무에 실패한 무림맹의 제자들이 돌아가 보고를 하겠지요. 그중에는 황 대장님과 제가 계속하여 동행하고 있다는 것도 포함되어 있을 겁니다. 여중승은 생각하겠지요. 황 대장과 화담 공자가 왜 함께 다니지? 혹시나 둘이 손을 잡은 게 아닌가 하고 말입니다."

"여 군사는 그리 어리석은 사람이 아니라네. 내가 그리하지 않을 사람이라는 것은 여 군사가 가장 잘 알고 있다네. 나를 먼저 건드리지 않으면 나 또한 그가 하는 일에 상관하지 않겠다고 약속했다네."

"과연 그럴까요? 여주승이 그렇게 신의가 있는 인물이라면 제가 반기를 들지도 않았을 겁니다."

잠시 생각에 잠긴 듯했던 황조령이 대답했다.

"그렇다면 더더욱 자네와 동행할 수 없겠군. 그리 시커먼 속내를 품고 있는 자네니까 말이야."

"지금 그 속내를 숨기지 않고 밝히지 않았습니까? 황 대장님이 가장 싫어하는 부류는 벗어났다는 뜻이지요. 황 대장님은 자신의 잘못을 밝히고 뉘우치는 사람을 무참히 내치는 그런 인물이었습니까?"

"아무리 봐도 뉘우치는 기색이 없어 보이는데?"

"저는 반성하거나 후회할 때 항상 이런 얼굴입니다."

"나 역시 말장난이나 하자고 자네를 부른 게 아니네. 다시 한

번 말하지만, 나는 더 이상 자네 때문에 골치 썩기 싫네. 내일부터 각자의 길로 가세나."

"흠, 이거 왠지 내쫓기는 기분이군요. 저는 한 번도 이런 수모를 당한 적이 없습니다. 내침을 당하기 전에 제가 먼저 나왔고, 그 시기 또한 제가 정했습니다."

"미안하지만 자네에게 그런 결정권은 없네. 고지식한 내 성격 잘 알지 않나."

"황 대장님께서는 제가 예전의 수하들과 칼부림하는 것이 싫은 것 아닙니까. 그 고민만 해결된다면 이상한 동행을 계속 허락해 주시겠습니까?"

"그리만 된다면 허락 못할 이유가 없네. 한데 그것이 가능할까? 무림맹의 정보 능력이야 천하에 으뜸이고, 나와 동행하면 더욱 눈에 뜨여 힘들 텐데?"

"그건 제게 맡겨주시고 황 대장님은 방금 하신 말씀 꼭 지켜주십시오. 이번에도 딴소리를 하신다면 정말 제 성격 나올지 모릅니다."

소정명은 상당한 자신감을 내보였다. 조용히 고개를 끄덕이는 황조령은 별로 신뢰하는 눈치가 아니었다. 백전백승의 신화를 창조하며 작전의 귀재라고 불렸던 황조령이 머리를 굴려도 막강한 정보력을 가진 무림맹의 시선을 따돌릴 방법은 없어 보였다.

다음날 오후.
무림맹의 시선을 피해야 하는 황조령 일행은 주변인들의 엄청난 관심을 받게 되었다. 소정명과 황조령이 함께 탄 마차를 본 행인들은 그냥 지나치지 못하고 멈춰 서기 일쑤였다.
"세상에 저리 아름다운 처자가 있나! 저건 사람이 아니라 선녀일 것이여, 선녀."
"경국지색이라는 미모가 바로 저것일 것이여."
당연히 황조령을 지칭한 말은 아니었다. 바로 옆에 여장을 하고 앉아 있는 소정명 때문이었다. 그렇지 않아도 여자보다도 고운 외모의 소유자였다. 화사한 옷에 화장까지 하고 꾸며놓으니 천하의 미녀로 거듭난 것이다. 그 누구도 그녀가 남자라고 의심하지 못했다.
"어떻습니까, 황 대장님. 이만하면 무림맹의 추격을 따돌리는 데는 충분하겠지요?"
"나에게 너무 붙지 말게나."
황조령은 귓속말하는 소정명을 밀쳐 냈다. 그의 진짜 성별을 알고 있기 때문이다.
"누구는 좋아서 이런 꼴로 있는 줄 아십니까? 다정한 연인 사이로 보이게 협조 좀 해주십시오."
"미안하지만 그리는 못하겠네."
황조령은 다시 소정명을 밀쳐 냈다. 그나마 다행인 것은 소정명이 연기가 좀 된다는 것이다. 그는 황조령의 어깨를 토닥이며 새침한 표정을 지어 보였다. 과묵한 사내와 애교 넘치는 여인의 알콩달콩한 사랑, 다른 사람들의 눈에는 그렇게 보여 부러움을 샀지만 수검의 심정은 비통했다.
"내 저놈의 새끼를……."

아직 변변한 연애조차 못해본 노총각 중의 노총각에게 이게 무슨 천벌을 받을 짓이란 말인가! 수검의 입장에서는 소정명이 황조령을 놀리는 것으로 보였다.

"이랴!"

수검은 험하게 말을 몰았다. 한시라도 빨리 목적지에 도착하여 더 이상 그 꼴을 보지 않기 위함이었다.

항시 행인들로 붐비는 번화가의 객점.

황조령 일행은 저녁과 잠자리를 해결하기 위해 안으로 들어섰다. 간단히 식사를 마치고 소정명이 먼저 숙소가 있는 이층으로 향했다. 이를 기다렸다는 듯 수검이 말했다.

"황 대장님, 우리가 언제까지 저 꼴을 봐야 합니까?"

"약속은 약속이니 어찌하겠느냐? 여장을 한 덕분에 무림맹의 추격에서 벗어날 수 있었으니 말이다."

"여장한 저 꼴을 더 이상 못 보겠습니다. 보십시오! 요염하게 계단을 오르는 저놈을 보면서 침을 질질 흘리는 사내들의 모습을 말입니다. 저놈은 여자가 아니라 남자라고 외치고 싶어 죽겠습니다요."

"그건 나도 마찬가지다. 괜히 더 기분 나쁜 건 억지로 여장을 했다고 투덜거리지만 어찌 보면 사람들의 반응을 보면서 즐기는 것 같기고 하고 말이다."

"그걸 바로 변태라고 합니다. 그리 위험한 놈이랑 계속 동행할 수는 없지……."

언성을 높이던 수검이 말을 끊었다.

"얼레? 저놈이 왜 다시 내려오지?"

계단 끝에 다다랐던 소정명이 갑자기 방향을 바꾸어 내려오기 시작한 것이다. 혹시 변태라고 한 말을 들은 것인가? 수검은 불안한 마음으로 그의 행동을 주시했다.

계단을 내려온 소정명은 저녁 식사를 하면서 앉았던 자리에 다시 앉았다.

"내가 변태라고?"

"……!"

순간 당황했던 수검이 냉정함을 되찾았다. 목소리가 좀 높아지긴 했지만 그에게 들릴 거리가 아니었다. 아무리 절정고수라고 해도 어떤 말을 했는지 정확히 알 수는 없을 것이라는 판단이 섰다.

"무슨 생사람 잡는 소립니까?"

수검은 시치미를 떼고 반문했다. 이에 소정명은 황조령에게 시선을 돌렸다.

"황 대장님은 사사로이 거짓을 말할 분이 아니지요?"

"……."

황조령이 침묵으로 수검을 도왔지만 부질없는 짓이었다. 다시 수검을 바라보는 소정명의 얼굴엔 자신만만한 미소가 감돌았다.

"요놈아, 네놈의 입 모양을 읽었다."

이어 소정명은 수검의 목소리까지 흉내 내며 말했다.

"그걸 바로 변태라고 합니다. 그런 위험한 놈이랑 계속 동행할 수는 없지…하다가 말을 끊지 않았더냐? 내가 한 말 중에서

한 군데라도 틀린 곳이 있더냐?"

거짓말이 들통 난 수검은 얼굴이 붉어졌다. 소정명은 이까지도 놀림거리로 삼았다.

"왜 그리 얼굴이 귓불까지 빨개진 것이냐? 혹시 여장한 내 모습에 홀딱 반한 것이냐?"

"무슨 괴상망측한 소리를 하는 겁니까?"

수검이 즉각 반박했지만 소정명의 놀림은 계속 이어졌다.

"쯧쯧쯧, 아무리 내 외모가 출중해도 그렇지, 사내놈이 어찌 같은 사내에게 욕정을 품을 수 있단 말이더냐?"

"요, 욕정이라니요!"

"세상은 바로 그런 놈들을 변태라고 한다지?"

"벼, 벼, 벼, 변태~!"

극도로 흥분하여 벌떡 일어선 수검을 황조령이 만류했다.

"보는 눈이 많다. 씩씩거리지 말고 앉아라. 그리고 화담 공자, 자네도 그만하게. 그만하면 수검이를 충분히 괴롭히지 않았는가."

"뭐, 그러지요."

소정명은 순순히 이에 따랐다. 그가 만족할 만큼 수검을 놀려먹었기 때문이다.

"이왕 말이 나왔으니 묻겠네. 언제까지 그런 몰골로 다닐 것인가?"

"그야 황 대장님과 함께하는 내내겠지요. 그래야 무림맹의 이목을 속일 수 있지 않겠습니까?"

황조령은 질문의 내용을 바꿨다.

"하면 언제쯤 나에게서 떠날 생각인가?"

"생각보다 오래 걸리지는 않을 겁니다. 이제 이런 차림으로 다니는 것도 슬슬 싫증이 나고 말입니다."

무슨 의미인지 곰곰이 생각하던 황조령이 물었다.

"특별한 계획이라도 있다는 것인가?"

"제가 아무런 대책도 없이 여주승에게 쫓겨 다닐 거라 생각하셨습니까? 조만간 강호 전체가 발칵 뒤집힐 만한 엄청난 일이 생길 겁니다."

"무림맹과 결전이라도 치를 생각인가?"

"죄송하지만 더 이상은 말씀드릴 수 없습니다. 황 대장님과 함께하면서 얻은 결론 한 가지, 확실히 팔은 안으로 굽는다는 절대적인 사실입니다."

"그렇다면 나도 더 이상 묻지 않겠네. 괜한 염려되어 한 가지 충고를 하자면, 자네가 어떤 일을 벌이든 무림과 관계없는 사람들이 다치지 않게 하게나. 여 군사를 상대하기도 힘든데 나까지 끼어들면 곤란하지 않겠나."

"그 충고는 반드시 새겨듣겠습니다."

"이제 올라가서 편히 쉬게나. 더 이상 자네에 관해 이러쿵저러쿵하는 일은 없을 것이네."

"이러쿵저러쿵 하셔도 상관없습니다. 제가 눈치채지만 못하게 하면 말이지요."

소정명은 찡끗 한쪽 눈을 감아 보이고는 계단으로 향했다. 한편 수검은 소정명이 계단을 다 올라 숙소 안으로 들어갈 때까지 아무런 말도 하지 않았다. 그에게 당했던 것이 창피했는지 고개만 푹 숙이고 있었다.

"갔다. 이제 그만 고개를 들어라."

"우와~ 정말 미치고 팔짝 뛰겠습니다."

울상을 지으며 고개를 든 수검이 불만을 터뜨렸다.

"어째 저놈은 시간이 지날수록 재수가 없습니까? 게다가 강호 전체를 발칵 뒤집어 버린다는데 가만히 두실 겁니까?"

"아직은 무슨 일을 꾸미는지도 모르지 않느냐?"

"짐작 가는 것도 없습니까?"

"글쎄다. 화담 공자는 워낙 속을 알 수 없는 인물이라 말이다. 진심을 말하는 것인지 속수임수를 쓰는 것인지조차 구별하기 힘들구나."

험난한 강호에서 산전수전 다 겪은 황조령이 이리 말할 정도라면 소정명이 어떠한 인물인지 짐작할 수 있었다. 그렇기에 천하의 간웅이라는 여주승조차 애를 먹고 있을 것이다.

"여하튼 매우 위험한 인물임에는 틀림없습니다."

도둑이 제 발 저린다고, 수검은 자신도 모르게 주변을 살폈다. 숙소로 들어간 소정명의 모습은 한참 전부터 보이지 않았다.

"그에 대한 이야기는 나중에 하자구나. 도통 갈피를 잡을 수 없는 인물이라 머리가 복잡하구나."

"예, 알겠습니다."

"시간이 늦었으니 우리도 올라가자꾸나."

황조령이 진심장에 의지하여 몸을 일으키는 그때였다.

툭.

"아이고, 죄송합니다."

부산하게 움직이던 점소이가 황조령과 살짝 어깨를 부딪치는 작은 사고가 발생했다.

"어디 다치신 곳은 없으십니까? 정말 죄송합니다. 주문이 밀려 정신없이 뛰어다니다 보니 그만······."

"나는 괜찮으니 일보게나."

"정말 그래도··· 하이고! 귀한 의복에 음식 국물이 묻고 말았습니다. 많이는 아니니 노여워하지 마십시오. 제가 깨끗이 닦아 드리겠습니다."

점소이는 물기를 묻힌 수건으로 열심히 닦아냈다. 황조령의 가슴 언저리 부근인데 점소이의 말대로 심한 것은 아니었다. 몇 번 문지르자 금방 자국이 없어졌다.

"이젠 됐으니 그만하려무나."

"아닙니다, 아닙니다. 얼룩이 남을 수도 있으니 박박 문질러야 합니다. 조금만 더 하면 완전히 지워질 것입니다."

부지런히 손을 놀리던 점소이가 갑자기 귓속말을 했다.

"황 대장님?"

"······!"

황조령은 놀란 기색을 숨기며 물었다. 그만이 들을 수 있는 작은 음성이었다.

"진원인가?"

무림맹의 진원은 변장의 달인이었다. 적 진영에 잠입하여 정보를 캐내는 능력이 탁월했다. 짧게 고개를 끄덕인 진원이 물었다.

"잠시 시간 좀 내주실 수 있습니까?"

알았다는 눈빛을 보낸 황조령이 수검을 향해 말했다.

"먼저 올라가 쉬고 있어라. 나는 잠시 산보나 하면서 복잡한 머리 좀 식혀야겠다."

"예, 알겠습니다."

황조령이 밤 산책을 하는 것은 드문 일이 아니었다. 특히나 복잡한 일이 있을 때는 습관처럼 하는 일이라 수검은 아무런 의심없이 계단을 올랐다.

"소인을 따라오시지요."

잠시 뒤 황조령은 진원의 뒤를 따랐다. 객점을 나선 진원은 곧바로 뒤쪽에 있는 건물로 향했다. 평범한 관리들이 사는 집처럼 아담한 규모의 주택이었다.

끼이익.

주위를 한번 살펴본 진원이 문을 열었다. 그리고는 문 옆에 서서 정중히 고개를 숙였다. 건물 안으로는 황조령 혼자서 들어가야 한다는 의미다. 황조령은 주저하는 모습을 보이지 않았다.

"잠시지만 만나서 반가웠네."

"저도 그렇습니다, 황 대장님."

황조령은 진원의 어깨를 다독여 주고는 건물 안으로 들어섰다. 일부러 그리 했는지 내부는 어두웠다. 중앙에 매단 희미한 등불이 고작이었다.

절룩절룩, 황조령은 진심장을 의지하며 걸었다. 그리고 뚜벅뚜벅 안쪽에서부터 누군가 다가오는 기척이 있었다. 걷는 속도가 비슷하여 그들은 희미한 등불이 있는 정중앙에서 만날 수 있었다.
"오랜만이군, 황 대장."
상당히 뜻밖의 인물인지 아는 체하는 황 대장의 대답이 조금 늦었다.
"잘 지냈나, 여 군사?"
모습을 드러낸 이는 현 무림의 최고 실세인 여주승이었다. 황조령이 무림맹을 떠난 이후 첫 만남이었다.

* * *

은은한 달빛이 긴장감을 더하는 밤이었다.
여주승은 건물 규모에 비해 상당히 잘 가꾸어진 정원으로 황조령을 안내했다. 작은 연못 옆에는 두 명이 앉은 자리가 마련되어 있었고, 탁자 위에는 김이 모락모락 나는 찻잔 두 개와 찻주전자가 놓여 있었다.
먼저 자리에 앉은 여주승이 말문을 열었다.
"마시게나. 맹에 있을 때 자네가 즐겨 마셨던 것이라네."
황조령은 사양치 않고 앞에 놓인 찻잔을 들어 한 모금 들이켰다.
"어떤가?"
"글쎄… 너무 오랜만이라 그런지 조금은 씁쓸한 맛이 느껴지는 것 같은데."
"이상하군. 사람의 입맛은 쉬이 변하는 게 아닌데 말이야."
"이 자리가 부담스러워 그렇게 느껴질 수도 있겠지. 화담 공자 때문인가?"

황조령이 정곡을 찌르는 질문을 던지는 순간, 근엄함을 유지하던 여주승의 모습이 무너졌다.

"우와~ 그놈 때문에 정말 골치 아파 미치겠다네. 진양교와 사투를 벌였을 때보다 더 힘들어."

여주승은 죽겠다는 표정으로 황조령을 바라보았다. 막강한 지위에 비해 무게감없는 분위기, 이것이 그의 본모습이라 할 수 있었다.

"왜 골치가 아픈지 나로서는 이해를 못하겠네. 그는 바로 앞에 있는 객잔 안에 있다네. 나를 따로 불러낼 필요없이 자네가 직접 처리하면 끝 아닌가?"

"그게 말이야… 내가 직접 그를 죽일 수는 없다네."

"무슨 이유 때문이지?"

"그리 약속을 했거든."

"약속?"

여주승은 최대한 편한 자세를 취하며 대답했다.

"예전에 말이야, 그와 했던 아주 중요한 약속을 한 가지 못 지킨 게 있거든."

황조령은 그게 무엇인지 짐작이 갔다. 두치 때문에 얻지 못한 영약들일 것이 분명했다.

"때문에 다른 것으로 대신해 줘야 했지. 그가 어떤 잘못을 저질러도 내 손으로는 죽이지 않겠다는 서약을 해야 했지."

"상당히 뜻밖이군."

"뭐가 말인가?"

여주승이 앉은 자세를 바로잡으며 반문했다. 황조령의 말투에서 약간의 비아냥거림을 느낀 것이다.

"자네가 언제부터 신의라는 것을 지켰나? 화담 공자 또한 자네가 신의를 지킬 만한 사람이었다면 자네를 떠나지 않았을 것이라고 했다네."

"나도 그러고는 싶지만 이번만은 그럴 수가 없네. 왜냐고 묻지는 말게나. 아주 복잡한 사정이 있거든."

"그래도 문제될 것은 없지 않은가? 자네가 직접 하지 않고 수하들을 시키면 되지."

"그 결과는 황 대장 자네도 잘 알 텐데?"

이에 대해서는 황조령도 할 말이 많았다.

"그를 감당할 수 있는 수하를 보냈어야지. 어찌하여 실패가 뻔한 수하들만 골라서 보낸 것인가? 상처 입고 돌아온 그들을 보고도 마음이 편하던가?"

"그 또한 복잡한 사정이 있다네."

"무슨 복잡한 사정인지 모르겠지만 지금도 늦지 않았네. 유일, 마종오 있는가?"

유일과 마종오는 무림맹의 군사를 보호하는 호법이었다. 정원 어딘가에서 답하는 음성이 들려왔다.

"예, 황 대장님. 유일입니다. 다시 건강해진 모습을 뵈니 기쁘기 한량없습니다."

"마종오입니다. 그간 잘 지내셨습니까?"

"그럭저럭 잘 지냈다고 볼 수 있겠지. 너희들도 무고한 것 같으니 다행이구나."

이어 황조령은 여주승을 눈을 똑바로 바라보며 말했다.
"당장 이들을 보내게. 유일과 마종오의 실력이라면 충분히 화담 공자를 제압할 수 있을 것이네."
천천히 고개를 가로젓는 여주승의 모습에 황조령의 인상이 구겨졌다.
"지금 뭐 하자는 것인가? 이것도 싫다, 저것도 싫다. 화담 공자를 제거할 수 있는 마음은 있는 것인가?"
"이 또한 말하기 힘든 사정이⋯⋯."
자리를 박차고 일어서는 황조령을 보고 여주승이 재빨리 말을 바꿨다.
"있기는 하지만, 특별히 자네에게만 말해주겠네."
황조령이 다시 자리에 앉는 것을 확인하고 여주승이 말을 이었다.
"화담 공자가 뭔가를 꾸미고 있다네."
"그건 나고 알고 있네."
"정확히 어떤 것인지는 자네도 모르지?"
황조령은 고개를 끄덕이며 대답했다.
"강호 전체를 뒤집을 엄청난 일이라는 것밖에."
"그 때문에 그를 죽일 수 없는 것이지. 그를 죽인다고 그 일이 해결되지는 않거든."
"화담 공자는 도대체 어떤 일을 꾸미고 있는 것인가?"
"자네도 금단의 무공에 대해서는 알고 있지? 엄청난 희생이 따랐던 갑오의 변 말일세."
"여 군사 자네만큼은."

"아니, 한 가지 중요한 사실은 모르고 있을 것이네. 혹자들은 무림맹이 자신에 반하는 세력을 제거하는 수단이었다고 하는데, 물론 그런 희생자가 발생하기도 했지. 그러나 내 확실히 말할 수 있는 건, 그건 희생을 치러서라도 막아야 했던 엄청난 금단의 무공이 실존했다는 것이네."

이에 황조령은 매우 조심스럽게 물었다.

"혹시 그게 군자의 내공이라는 것인가?"

"응?"

여주승의 눈에 이채가 번뜩였지만 정답이 아니었다.

"자네가 어떻게 군자의 내공에 대해서 알고 있는지 모르겠지만 틀렸네. 외려 그것은 금단의 무공에 반하는 것이라 볼 수 있지."

"말을 끊어서 미안하네. 계속해 보게나. 그 엄청난 금단의 무공이 무엇인가?"

"신선재림(神仙再臨)이라는 것인데, 인간의 영원한 욕망인 불노불사와 모든 무림인의 꿈이라 할 수 있는 금강불괴(金剛不壞)를 동시에 이룰 수 있다고 한다네."

"그건 영원한 욕망이자 꿈에 불과한 것이지. 자네도 알다시피 이 세상엔 아직도 어찌하면 불로불사의 신선이 될 수 있다는 온갖 해괴한 방법과 누구나 금강불괴에 다다를 수 있다는 사이비 무공들이 넘쳐나지 않나?"

"문제는 그게 실현 가능한 일이라는 것일세."

"……!"

황조령의 눈이 크게 떠졌다. 정말로 그리 엄청난 일이 가능한 것일까! 여주승이 못 믿을 인간이기는 하지만 이처럼 중요한 순간에 거짓을 말을 할 위인은 아니었다.

"갑오의 변이 있기 전 이를 가능케 한 사람이 있었네. 곤륜산 부근에서 신선도(神仙道)를 연구했던 위록(位漉), 그는 뛰어난 무림 고수이면서 독을 다루는 법과 의술에도 정통했다고 하네."

"위록? 전혀 들어본 적이 없는 이름인데?"

"당연하지. 그에 대한 것은 철저히 비밀로 부쳐졌네. 야사에 나오는 그의 이름까지 모두 없애 버렸지."

"그가 바로 신선재림의 무공을 창시한 인물인가?"

고개를 끄덕인 여주승이 설명을 이어갔다.

"그에게는 희귀한 불치병에 걸린 아들이 있었다네. 급속히 노화가 진행되어 죽어가는 병이었지. 의술에 정통했던 위록도 고칠 수가 없었네. 이에 그는 비통함 느끼고 금단의 무공에 손을 대기 시작했지. 아들의 병만 고칠 수 있다면 무슨 짓이든 하겠다는 심정으로 말이야. 그리고 그는 마침내 가시적인 성과를 이루어냈지."

"아들의 병을 고친 것인가?"

"물론이지. 목숨이 경각에 달렸던 아들은 금방 활력을 되찾고 급속히 노화되었던 몸도 정상으로 돌아왔다네. 뿐만 아니라 엄청난 내공의 진보와 금강불괴에 필적하는 육신을 얻게 되었지."

"하면 매우 기뻐할 일 아닌가? 모든 인간의 욕망과 무림인의 꿈을 동시에 이루었으니 말이네."

숙적에서 동지로?

"하지만 기쁨은 오래가지 않았네. 신선재림의 무공에는 치명적인 문제가 있었다네. 다시 건강을 찾은 위록의 아들은 전혀 딴사람이 되었지. 사람의 생명을 빼앗고 그 피를 마시는 기행을 일삼았다네. 위록은 이를 숨기려 했지만 아들의 기행은 점점 심해져 결국에는 인간의 피를 갈구하는 마인(魔人)이 되었다네."

"무림 공적이 되어 죽을 수밖에 없었겠군."

"그 피해 또한 어마어마했다네. 위록의 아들 단 한 명을 잡기 위해서 백에 가까운 무림의 고수들이 피를 흘려야 했으니 말이지."

"백에 가까운 수라고?"

황조령은 반문하지 않을 수 없었다. 일반인이 아닌 무림고수를 상대로 한 숫자였기 때문이다.

"내가 염려하는 것도 그 때문이라네. 한 놈이 그 정도의 피해를 끼치는데 말이야, 화담 공자 그놈은 백에 가까운 수를 풀어놓을 작정이야. 피를 갈구하는 악귀들이 강호를 짓밟게 되는 것이지. 이는 진양교가 무림에 끼쳤던 피해를 훨씬 능가하고 남을 것이네. 적어도 그들과는 대화라는 게 통했으니 말이야."

"……"

황조령은 한참이나 말이 없었다. 소정명이 그 정도로 엄청난 일을 꾸미고 있는 줄은 몰랐던 것이다. 마음속으로 어느 정도 입장 정리를 한 황조령이 물었다.

"이를 막을 방도는 없는 것인가?"

"단 한 가지, 화담이 스스로 마음을 바꾸면 되지. 납치하여 고문한다고 마인들을 멈출 수 있는 방법을 알려줄 놈이 절대 아니거든."

"내 사정을 들어보니 갈등의 시작은 자네인 것 같은데? 그를 만나서 대화로 풀어봄이 어떠한가?"

"대화라고? 그놈과 만나는 순간 대화보다는 검을 빼 들기 바쁠 것이네."

소정명과 여주승은 천하의 앙숙이 되었지만 아직까지 통하는 면도 남아 있었다. 소정명 역시 토시 하나 틀리지 않고 똑같은 말을 했던 것이다.

"정말 궁금한 게 있는데, 화담 공자는 왜 강호를 피로 물들이려는 것인가? 피폐해진 강호가 그에게 무슨 이득이 있다고 말인가?"

"그놈 성격이 그렇다네. 자신이 갖지 못하는 것은 부숴 버려야 직성이 풀리지."

"하면 나에게 원하는 것은 무엇인가? 하소연이나 하자고 일부러 나를 부른 것은 아닐 텐데."

"화담 공자를 보호해 주게."

"……?"

"여장을 했기에 더 이상 무림맹의 추격은 없을 것이네. 맹주님의 시해를 주도한 놈이었네. 잠자코 있으면 의심을 받을 것 같아 실력이 떨어지는 수하들을 보냈던 것이네. 그러나 여장한 그에게는 또 다른 적들이 있네. 내가 마인들의 출현을 막는 방법을 찾을 때까지만 지켜주게나. 어쨌거나 그는 마인들을 막을 수 있는 최후의 보루니까 말이야."

"대충은 알아들었네. 내 긍정적으로 생각해 보지."

"고맙네, 황 대장."

"그리고 아까 물었던 군자의 내공에 대해서도 알고 싶은데 말이야."

"간단히 말하자면 마인들을 제압할 수 있는 유일무이한 무공이라고 할 수 있지. 현실성이 전혀 없는 무공이기에 지금으로서는 아무런 의미도 없지."

"그렇군."

황조령은 불행 중 다행이라는 심정이었다. 마인들을 막을 수 있는 유일무이한 무공을 성취했기 때문이다. 이에 대해 황조령은 여주승에게 말하지 않았다. 예전에 당한 것이 있기에 그를 끝까지 믿어야 할지 의심스러웠던 것이다.

"차 한 잔 더 할 텐가?"

여주승이 찻주전자를 들며 물었다.

"그러지."

황조령의 찻잔이 채워지고 다시 대화가 이어졌다. 무림의 판도를 결정짓는 거국적인 것이 아닌 극히 개인적인 내용이었다.

"누님에게 듣자 하니 혼사를 위해 사천으로 간다면서?"

"그렇게 됐네."

"이거 축해해야 할지 말려야 할지 모르겠군."

"혼담의 대상이 비독문이기 때문인가?"

"뭐, 그런 면도 조금 있고……."

혼담의 대상이 결정적인 이유는 아닌 모양이었다.

"나는 말일세, 뭐 하러 장가를 가야 하는지 그 이유를 모르겠네. 얌전한 것도 한때, 시간이 지나면 이리 해라 저리 해라 잔소리만 늘어놓을 게 뻔하지 않은가? 게다가 나를 꼭 닮은 자식 놈은 생각만 해도 끔찍하단 말이지. 언젠가 나를 밟고 무림의 정점에 오르려 할 것이 불을 보듯 훤하단 말이지."

"배부른 소리 하는군."

황조령은 곱지 않은 음성으로 대꾸했다. 그도 그럴 것이, 여주승은 장가를 못 가는 것이 아니라 안 가는 것이었다. 혼기 찬 딸이 있는 집안에서는 어떻게 하던 여주승과 연을 맺으러 혈안이었던 것이다. 백 번이나 퇴짜를 맞은 누구와 달리 백 번이나 혼담을 퇴짜 놓았던 것이다.

"그리 기분 나쁘게 듣지 말게나. 나는 진심을 말하는 것일세. 특히나 우리 같은 사람들은 여자를 멀리하는 게 무림의 평화를 위한 일이라네."

"여자들과 무림의 평화가 무슨 상관인가?"

여주승은 한 치의 망설임도 없이 대답했다.

"무림 역사의 크고 작은 분쟁 중 구 할 가까이가 여자 때문이라네. 진양교의 모용관 또한 그 시발점은 애첩 때문이었지. 그녀가 무림맹 고수와 눈이 맞았고, 이에 격분한 모용관은 그를 포함한 모든 식솔들과 그가 몸담고 있던 문파까지 작살내면서 전쟁의 서막이 올랐지. 그 이전에는 여인네들의 질투 대문에 정파와 사파 간의 피비린내 나는 참극이 발생했고, 그 밖에도 열거할 것은 널리고 널렸다네."

"수검이 같은 놈……."

"응? 방금 뭐라고 했나?"

황조령이 혼잣말하듯 중얼거렸기에 여주승이 정확히 듣지 못한 것이다.

"아닐세. 맹주님은 어찌 지내시나?"

황조령은 재빨리 화제를 돌렸다.

"눈코 뜰 새 없이 매우 바쁘시다네. 내 혼사 자리를 찾는 것에 더해 자네까지 챙기고 계시니 말이야. 괜찮은 처자가 있다고 소문난 집안이라는 집안은 모두 들쑤시고 다니시지. 요즘은 우리 누님이 무림맹의 맹주인지 억척스런 중매쟁이인지 헛갈릴 정도라네."

"그러게 장가를 가면 될 것 아닌가? 나처럼 여자가 없는 것도 아니고."

"자네까지 그런 소리 하지 말게나. 요즘은 수발을 드는 하녀들까지 왜 장가를 가지 않느냐 압박을 하고 있다네. 그런 소리를 들을 때마다 괜히 짜증이 나는데, 그렇다고 불경하다며 목을 칠 수도 없는 노릇이고. 아, 얼마 전에는 동네 아낙들이 모여서 내가 남자 구실을 못해서 장가를 못 가는 것이라고 수군거리는데……"

울분을 토하던 여주승이 갑자기 말을 중단했다. 인상을 쓰고 있는 황조령을 본 것이다. 그가 무슨 말실수를 한 것이 아니라 동변상련의 처지를 절실히 느꼈기 때문이다.

"우리 다른 이야기를 하세나."

"그러는 게 좋겠지? 모친께서는 무고하신가?"

여주승도 얼른 대화의 내용을 바꿨다. 그 둘은 성격이 달라 서로 상반된 길을 걷고 있었지만 똑같은 고민거리로 애를 먹고 있는 공통점이 있었다.

늦은 밤. 황조령이 객점 안으로 들어섰다. 예상보다 여주승과의 대화가 길어진 것이다. 계단을 오르는 황조령은 수검이 세상 모르고 잠들어 있다고 생각했다. 평소의 그라면 왜 이리 늦게 들어오나 걱정하며 마중을 나왔을 터다.

그러나 이층 계단 올라 숙소가 있는 방으로 향하면서 황조령은 자신의 예감이 틀렸음을 직감했다. 수검이 마중을 나오지 않았던 다른 경우가 있었던 것이다.

"또 술판을 벌인 모양이군."

"푸하하하~!"

거나하게 취한 수검의 웃음소리가 들려왔다. 원체 붙임성이 좋은 수검인지라 누구와도 금방 술친구가 될 수 있었다.

끼이익…….

황조령이 문을 열고 들어서 말했다.

"이놈아, 너무 과음하지……."

술판이 벌어진 현장을 목격한 황조령은 굳은 표정이 되었다. 수검의 술동무가 뜻밖의 인물이었던 것이다.

"딸꾹! 황 대장님 오셨습니까?"

취기에 얼굴이 붉어진 소정명이 황조령을 보고 반색했다. 다른 사람은 없었다. 왁자지껄 웃고 떠들며 술판을 벌인 것은 그 둘이 분명했다.

'이건 또 무슨 경우지?'

수검은 소정명을 극도로 싫어했고 소정명 또한 마찬가지였다. 견원지간처럼 앙숙인 그 둘이 왜 이러고 있는 것인가? 분위기를 보아서는 절대 기분 나빠 마신 술이 아니었다. 수검과 소정명은 매우 기분 좋게 취해 있었다.
"어이구! 황 대장님 오셨습니까? 죄송합니다! 제가 마중을 나갔어야 하는 건데……."
수검은 만취된 상태나 다름없었다. 휘청거리며 황조령에게 다가오다가 걸음이 꼬여 넘어질 뻔했다. 그런 그를 소정명이 재빨리 부축해 주었다.
"수검 동생, 많이 취했구먼!"
'동생?'
충격은 여기서 끝나지 않았다.
"고맙습니다, 화담 형님."
아마도 호형호제하기로 의기투합한 모양이다. 저녁 식사 때까지도 서로 못 잡아먹어서 으르렁거렸던 그들이 왜 갑자기 친해졌는지 황조령은 도저히 알 길이 없었다.

第七章
누구를 위한 동행인가

황조령의 마차는 수풀이 우거지고 인적이 뜸한 산길을 지나고 있었다. 마차에는 황조령 혼자 타고 있었고 소정명은 말을 모는 수검과 함께 나란히 걸었다. 그 둘이 화기애애하게 주고받는 대화를 통해 왜 급작스럽게 친해지게 되었는지 황조령은 짐작할 수 있었다.

"푸하하하! 그러니까 옛날부터 무림신녀님과 형님은 성격이 정반대였다는 거 아닙니까?"

"그렇지, 그렇지. 나는 지기 싫어하고 갖고 싶은 것은 무슨 짓을 하더라도 손에 넣고 말았는데 누이는 정반대였어. 천성적으로 욕심이 없고 베풀기를 좋아했지."

"그 때문에 형님은 어디서 주워온 자식이 아니냐고 어머니께 물었다고요?"

"부모님도 누이와 비슷한 성품이었거든. 어린 나이에 곰곰이 생각해 보니 그런 결론이 나오더라고."

"푸하하하! 어머니께서 얼마나 황당해하셨을까요. 그나저나 무림신녀님께서 우리 황 대장님을 마음에 두고 계시다는 게 사실입니까?"

"당연히 사실이지! 얼마 전에 누이를 몰래 만나고 왔는데, 의술에만 빠져 있던 누이가 남자에게 관심을 갖는 건 처음이었어. 황 대장님은 예전에 어떤 무림인이었냐, 성품은 어떤 것 같으냐 물어보는데, 나도 깜짝 놀랐다니까."

"풉! 정말이지요, 정말이지요?"

수검은 좋아 죽었다. 수검이 바라는 황조령의 배필 일 순위가 바로 무림신녀였던 것이다.

"어쨌거나 황 대장님은 우리 누이의 생명을 구해준 은인 아닌가? 정의롭고 군자다운 성품이 누이의 마음을 사로잡은 것이지. 게다가 우리 누이는 요즘 여자들처럼 외모 같은 것은 따지지 않는다네. 사람 그 자체를 보거든."

"그야말로 천생연분이군요! 황 대장님도 바로 그런 배필을 찾아야 합니다."

"사실 나는 황 대장님의 혼사행을 막고 싶네. 왜냐하면 부질없는 짓이거든. 황 대장님의 얼굴 상처는 모용관의 한 서린 독기 때문이라네. 세상 어떤 여자도 감당할 수 없는 독기를 내뿜고 있지. 이를 견딜 수 있는 여인은 만독불침의 신체밖에 없다네. 바로 우리 누이처럼 말이지."

박장대소하며 맞장구를 칠 줄 알았던 수검의 행동이 이상했다. 뭔가 이상한 듯 고개를 갸웃하며 반문했다.
"꼭 그렇지만은 않은 것 같은데요. 예전에도 황 대장님의 상처를 보고도 아무렇지도 않은 여인이 한 명 있었습니다. 그녀는 만독불침은커녕 무림인도 아니었지요."
풍류각의 초희를 말하는 것이다. 그녀는 황조령의 상처를 보듬어준 최초의 여인이었다.
"뭐, 세상에는 별별 희한한 일이 다 있으니까……."
소정명은 아무렇지도 않게 그 일을 받아넘겼다.
"그래도 만에 하나 있을 법한 인연보다는 눈앞에 있는 확실한 인연에 집중해야지. 남자나 여자나 적당한 혼기라는 게 있으니 말이야."
"맞습니다. 지금도 많이 지났습니다. 그래서 저도 눈앞에 있는 확실한 인연을 맺어주고 싶은 겁니다."
"한데 이 일을 어찌하나……. 황 대장님과 누이가 맺어지기 위해서는 아주 중대한 문제가 남아 있다네."
소정명이 심각한 표정을 짓자 수검이 조심스레 물었다.
"어떤 중대한 문제입니까?"
"혼사라는 것이 집안과 집안의 결합 아닌가. 부모님이 돌아가신 지금은 장자인 나의 허락이 반드시 있어야 한다네."
"예에~?"
"뭘 그리 황당한 표정인가? 어젯밤에도 말했듯 나야 당연히 쌍수를 들고 찬성이지!"
그제야 수검의 표정이 밝아졌다.
"이제 그만 좀 놀리십시오. 정말 심각한 문제인 줄 알고 심장이 벌렁거렸지 않습니까?"

"천생연분은 주변 상황이 만들기도 하지. 나는 무림맹에 쫓기는 신세고 저번처럼 누이가 또 위험해질 수도 있는데 이를 막아줄 수 있는 이가 몇이나 되겠나. 지금 누이에게 꼭 필요한 사람은 황 대장님 같은 분이라네."

"매우 지당하신 말씀입니다. 그런데 만약 황 대장님과 무림신녀님이 부부의 연을 맺게 되면 말이지요, 처남 매부 사이가 되는데요. 화담 형님 때문에 황 대장님이 불이익을 받는 일은 없겠지요?"

"내 맹세하는데 절대 그런 일은 없을 것이야. 내 이번에 계획한 일만 끝내면 강호를 떠나 은거할 생각이다. 누이의 행복을 위해서라도 다시 강호에 발 디딜 일은 없을 것이야."

"탁월하신 결정입니다. 그리고 나중에 말입니다, 어디로 은거할지 저한테만 살짝 귀띔해 주십시오. 엄청 귀한 술을 가지로 한번 찾아뵙겠습니다."

"그렇다면 말일세, 예쁜 기녀들도 함께 데려오게나. 무림맹의 눈을 피해 은거하면서 여자들을 데리고 갈 수는 없지 않은가? 참고로 내가 여자 보는 눈 높은 건 알지?"

"그러면요, 그러면요. 여부가 있겠습니까요. 천하의 명기와 함께 꼭 가겠습니다요. 큭큭큭큭……"

"그래, 그래. 수검 아우는 참 호인이구먼……"

수검과 소정명이 무척이나 음흉한 웃음을 짓고 있는 그때였다. 불청객의 기척을 감지한 수검과 소정명의 얼굴에서 동시에 웃음기가 사라졌다.

"화담 형님의 적일까요, 황 대장님을 노리는 것들일까요?"
"아무래도 난지 싶은데."
소정명은 확신하는 음성으로 대답했다.
"이렇듯 여장을 하지 않았습니까? 전문가인 제가 봐도 완벽합니다."
"그러니 문제지."
"예?"
"그런 게 있으니 잠시 물러나 있어라."
수검은 소정명의 말을 따랐다. 마차를 멈추고 황조령의 곁으로 다가갔다.
"변장한 화담 형님을 노리는 적들이 있는가 봅니다."
황조령은 예상하고 있었다는 듯 고개를 끄덕였다.
"우리는 상관치 말고 지켜보도록 하자꾸나."
"화담 형님과 함께하면 한시도 조용할 날이 없군요. 그러나 걱정 마십시오."
"뭘 말이냐?"
"무림신녀님은 화담 형님과 정반대랍니다."
"……."
황조령은 정말 할 말이 없었다. 수검의 머릿속에는 황조령의 혼사에 대한 생각뿐이었다. 이를 위해서는 적과도 호형호제할 정도다. 장하다고 칭찬해야 할지, 제발 그러지 말라고 만류해야 할지 막막하기만 했다.
"왔습니다, 황 대장님."
비장한 각오가 느껴지는 한 떼의 무리가 등장했다. 소정명의 말대로 그에게 원한이 있는 게 분명했다. 무리를 선도하는 중년인이 여장한 소정명을 보자마자 독설을 퍼부었다.

"이 요망한 년! 내 하나밖에 없는 아들을 그리 만들고 무사할 성싶더냐! 네년의 피와 살을 가져다가 비참히 죽은 아들 묘에 뿌릴 것이다!"

엄청난 살기를 내뿜는 중년인과 달리 여장한 소정명은 여유를 잃지 않았다.

"이게 누구신가요? 해남파의 조문학 장로님 아니신지요. 아드님 때문에 상심이 크실 텐데 여기는 웬일이시지요?"

누구도 남자로 의심 못할 간드러지는 음성이었다. 무심해 보이는 그의 태도는 조문학을 폭발하게 만들었다.

"정녕 내가 무슨 일로 왔는지 모르더냐! 내 아들 해명이가 누구 때문에 죽었는데? 네년의 간교한 혓바닥에 속아 시신도 못 추릴 정도로 비참하게 죽었단 말이다!"

"입은 삐뚤어졌어도 말은 바로 하셔야지요. 내가 속인 게 아니라 당신의 아들이 간절히 매달렸어요. 해남파의 일인자 자리를 노리는 아버지의 기대에 부응하는 아들이 되고 싶다고, 그리 위험한 무공이라고 몇 번이나 경고했는데도 꼭 배우고 싶다고 하더라고요. 도대체 왜 그랬을까요?"

조문학은 대답을 못하고 주먹 쥔 손을 부들부들 떨었다.

"왜 대답을 못하시지요? 이번 참극은 아버지의 욕심이 부른 당연한 결과가 아닌지요?"

"요망한 년, 주둥이 닥치거라!"

발검과 동시에 조문학이 뛰어들었다. 소정명은 어렵지 않게 조문학의 분노에 찬 검을 막아냈다.

차앙!

"이런 실력으로 해남파의 최고 자리를 노리셨나요? 아들이나 아비나 주제도 모르고 설치는 것은 똑같네요."

"발칙한 년!"

창창창창창창~!

조문학의 사나운 공격을 받아내는 소정명의 무공은 본래의 것이 아니었다. 나풀거리는 여인들의 옷차림에 어울리는 화려하고 유연한 검법이었고, 무기 또한 연검이 아닌 단검을 사용했다.

"저리 사악한 년에게는 강호의 법도가 필요없다. 해남파의 제자들은 장로님을 도와 해명 도련님의 원수를 갚는다!"

"존명!"

해남파 제자들이 합세하여 소정명을 압박했다. 인원수에서 턱없이 불리하고 다른 무공을 사용해야 했지만 실력만큼은 여전했다. 노도처럼 밀려드는 해남파의 공세를 완벽하게 막아낸 것이다. 이를 유심히 지켜보던 수검이 눈이 번뜩였다.

"황 대장님, 화담 형님의 손을 보십시오."

"역시 그렇군."

그의 손톱이 검은색으로 변했다. 기이한 무공을 펴뜨렸던 미지의 여인이 바로 소정명이었던 것이다.

"이거 점점 불안해지는데요. 화담 형님은 대체 뭔 짓을 꾸미고 다녔던 겁니까?"

"모르는 게 나을성싶다. 알아봐야 골치만 더 아프지."

"하~ 이거 정말 미치겠는데요? 누구를 응원해야 할지도 모르겠습니다. 강호의 법도나 자식 잃은 아비의 슬픔을 생각하면 해남파가 이겼으면 좋겠고, 창자 무림신녀님과 맺을 연을 생각하면 화담 형님이 무사했으면 좋겠고 말입니다."

"너무 신경 쓰지 말거라. 싸움의 승패는 이미 결정 난 것 같구나."

황조령의 말이 끝나기도 전이었다.

"커억……."

악에 받쳐 소정명을 몰아치던 해남파의 제자가 갑자기 자신의 목을 움켜잡았다. 한껏 벌린 입을 보아 숨 쉬기가 어려운 모양이었다. 처음에는 한 명이었지만 그 수가 기하급수적으로 증가했다. 그리고는 결국 조문학을 제외한 모든 해남문의 제자들이 동시다발적으로 쓰러지는 사태로까지 이어졌다.

"네… 이년……."

조문학도 멀쩡한 것은 아니었다. 수하들과 똑같은 증상을 느꼈지만 복수의 집념으로 참아내는 것이었다.

"도, 독을 쓴 것이냐……."

"이제야 눈치채셨습니까? 그러니 해남파가 강호의 주류에 속하지 못하고 변두리에 머무는 것이지요. 무림의 싸움 방식은 더욱 복잡하고 다양해지는데, 해남파는 여전히 예전의 고지식한 싸움 방법을 버리지 못하니 말이에요."

"악독한 계집. 내 아들을 죽게 한 것도 모자라… 이제는 본 문까지 모독하는 것이냐……."

"모독을 당할 만하니까 모독하는 것이지요. 이 많은 인원을 끌고 와 계집 하나도 당해내지 못하니 말이에요. 그러고도 남해(南海) 일대를 장악하고 있는 최강의 문파라고 자부할 수 있는지요?"

"네… 이년!"

조문학은 숨 막히는 고통을 참아내며 덤벼들었다. 그러나 독에 중독된 이상 그 어떠한 집념과 의지로도 이를 극복할 수 없었다.

"쿨럭~!"

조문학은 칼 한번 휘두르지 못하고 피를 토하며 쓰러졌다.

"네… 이년! 바, 반드시 네년의 숨통을 끊어놓고 말겠다. 비참히 죽어간 해명이를 위해서도… 네년만은 반드시 내 손으로……."

조문학은 다시 일어서려는 의지를 불태웠다. 그러나 조금이나마 말을 듣는 것은 그의 입뿐이었다. 몸을 움직이려 할수록 극심한 고통이 밀려왔지만 조문학은 포기하지 않았다. 자식을 잃은 슬픔이 얼마나 비통한지 짐작할 수 있는 장면이었다.

소정명은 그런 조문학을 비릿한 시선으로 내려다보고 있었다. 조문학이 발버둥치는 모습을 즐기는 듯한 느낌마저 들었던 것이다.

인상을 찌푸린 황조령이 수검에게 말했다.

"가서 해독약을 받아오너라."

"예?"

당황한 수검이 변명을 늘어놓았다.

"조, 조금 어렵지 않나 싶은데요. 술자리에서 듣게 된 말인데요, 화담 형님이 저리 비릿하게 웃는 것은 매우 화가 났다는 의미랍니다. 게다가 이번에는 황 대장님의 옛 수하들도 아니지 않습니까?"

"너와 화담 공자는 호형호제하는 사이가 아니더냐? 재주껏 받아다가 저들을 치료해 주어라. 끝까지 싫다고 한다면 내가 나설 것이다."

"아, 알겠습니다요."

수검은 황급히 소정명을 향해 다가갔다. 그리고는 어르고 달래고 싹싹 빌며 애걸복걸까지 하기에 이르렀다. 장시간에 걸친 수검의 설득 끝에 결국 해독약을 얻어냈고, 중독된 해남파의 제자들을 치료할 수 있었다.

추적추적 비가 내렸다.

우울한 하늘만큼이나 마차를 타고 있는 황조령의 표정은 굳어 있었다. 속된 말로 삐뚤어질 대로 삐뚤어진 소정명과 계속 동행을 해야 하는지에 대한 심각한 고민에 빠진 것이다.

무림맹을 제외한 다른 문파의 습격은 계속 이어졌다. 그 대부분, 아니, 전부가 소정명의 과거 악행 때문이었다. 그런데도 반성은커녕 외려 피해 입은 자들을 비아냥거리고 인격적인 모독까지 일삼았다. 때문에 황조령은 몇 번이나 소정명의 버릇을 고쳐주고 싶은 충동을 느꼈던 것이다.

무림의 안위를 위해서는 참고 견뎌야 했다. 그러나 그 인내심이 언제까지 지속될지 황조령 자신도 알 수 없었다.

짜증나는 빗줄기는 계속 이어졌다. 황조령의 마차가 울퉁불통한 숲길을 벗어나 평탄한 길로 진입할 때였다.
 비틀비틀…….
 초췌한 모습으로 다가오는 사내가 있었다. 한쪽 팔이 없는 그를 본 순간 황조령의 눈에 이채가 번뜩였다.
 "으음!"
 황조령도 잘 아는 인물이었다. 진가장의 무림대회, 흡성대법을 사용했던 양철수다. 그의 허전한 한쪽 팔은 황조령이 어쩔 수 없이 베어야 했다. 이에 앙심을 품고 찾아온 것인가? 아니다. 그의 눈에 황조령은 들어오지도 않았다. 여장한 소정명을 보자마자 털썩 무릎을 꿇었다.
 "낭자, 살려주시오. 제발 좀 살려주시오."
 양철수는 소정명의 치맛자락을 붙잡고 매달렸다. 소정명은 다른 사람들과 똑같이 무심한 시선으로 내려다볼 뿐이었다. 어느새 황조령 곁으로 다가온 수검이 말했다.
 "저놈만은 별로 안쓰럽게 느껴지지 않습니다. 또 어떤 여자를 차지하려 기이한 무공을 얻으려는 거겠지요."
 "그렇다고 보기에는 너무 간절해 보이는데?"
 "저놈을 모릅니까? 마음에 드는 여자를 차기하기 위해서는 뭐든 할 놈입니다."
 양철수는 눈물까지 흘리며 애원했다.
 "낭자, 제발……. 사내대장부가 이렇듯 부탁하지 않소이까. 다시는 무공을 할 수 없어도 상관없으니 제발 목숨만 부지할 수 있는 방법을 알려주시오."
 "멍청한 놈……."

벌레 보듯 그를 내려다보던 소정명이 마침내 입을 열었다.
"그런 방법이 있다면 진작 가르쳐 줬겠지. 무공 비급을 팔기 전에 분명 말하지 않았나? 돌이킬 수 없는 위험이 따를 수도 있다고 말이야."
"하, 하지만 그 위험은 만에 하나 발생하는 일이라고 하지 않았소이까?"
"그 만의 하나에 네놈이 걸린 것이지. 네놈의 얼굴처럼 매우 재수없게도 말이야."
"나, 낭자, 어떤 모욕이라도 달게 받겠소. 돈을 달라면 돈을 주고, 벌레처럼 기어 다니라면 기어 다니고, 낭자의 발바닥을 핥으라면 기꺼이 그러겠소. 제발 목숨을 부지할 수 있는 방법을 알려주시오."
양철수는 자존심이고 뭐고 없었다. 정말로 진흙범벅인 소정명의 가죽신을 혀로 닦아냈다.
"정성은 갸륵하다만 정말 방법이 없어. 이제 신도 깨끗해졌으니 내 눈 앞에서 사라져 조용히 죽어줬으면 하는데?"
"크윽! 내 이리 비굴함을 무릅쓰고 간절히 애원하는데 너무 매정한 것 아니오."
"누가 그러하고 했더냐?"
"이 사악한 계집! 나 혼자 곱게 죽을 성싶더냐? 지옥 가는 길에 네년을 길동무 삼을 것이다!"
양철수의 태도가 돌변했다. 품에 숨겨놓은 비수를 뽑아 들고 소정명을 위협했다. 너 죽고 나 죽자는 이판사판의 절박함을 느껴졌지만 소정명에게 통할 리 만무했다.

"그리 흥분하면 안 될 텐데? 네 몸에 있는 통제되지 않은 진기가 들끓어… 그다음은 말 안 해도 알지?"

"아, 안 돼. 제발 살려주시오. 나는 그렇게 비참히 죽을 순 없소. 아, 아직 장가도 못 갔고, 집안의 대도 이어야 하는데……. 제발, 제발 부탁이오. 목숨이라도 연명할 수 있는 방법을 알려주시오."

"버리지 같은 놈……."

소정명은 한쪽 발을 들어 간절히 애원하는 양철수의 얼굴을 땅에 처박았다. 그리고는 뒤통수를 밟은 발을 비비적거리며 말을 이어갔다.

"평생을 안하무인을 살았던 네놈의 목숨이 그리 아깝더냐. 네놈도 사내대장부라면 죽을 때만이라도 좀 의젓한 모습을 보여라. 또한 마지막으로 경고하는데, 다시는 내 길을 막지 마라. 그랬다가 무공의 부작용이 아니라 내 손에 죽을 것이다. 알아들었느냐?"

"크윽……."

양철수는 비통한 신음을 토하며 고개를 끄덕였다. 그제야 소정명은 양철수이 머리에 있던 발을 치웠다.

"가시지요, 황 대장님. 갑자기 나타난 버러지 때문에 잠시 지체되었습니다. 정 꼴 보기 싫으시면 이놈을 절단 내어 치워 버리겠습니다."

"아니네. 그냥 가지."

황조령의 마차는 땅바닥에 엎어져 흐느껴 우는 양철수를 피해 지나갔다. 돌부처가 된 듯 여전히 움직이지 않는 그를 흘깃 쳐다보며 수검이 말했다.

"괴이한 무공 때문에 불치병이라도 걸린 걸까요?"

"글쎄다. 자신의 몸에 맞지 않는 기운 때문에 육신에 이상이 생기고 가끔은 심마에 빠지는 경우가 있기는 한데, 양철수의 상태를 보아서는 멀쩡한 것 같구나."

"제가 보기에도 그런 것 같습니다. 저놈 엄살이야 유명하지 않습니까?"

"그렇지 않아도 골치 아픈 일이 많은데, 저놈까지 신경 쓰기는 싫구나."

"알겠습……. 화, 황 대장님!"

갑자기 수검이 다급한 음성으로 불렀다.

"왜 그러느냐?"

"양철수 놈의 상태가 이상합니다."

"이상하다니?"

황조령이 양철수를 향해 고개를 돌렸다.

"으음!"

황조령의 눈에 이채가 번뜩였다. 정말 양철수의 상태가 심상치 않았다. 경련을 일으키던 그의 몸이 점점 부풀어 오르기 시작한 것이다.

"저것은……."

군자의 내공 때문에 폭발하는 상황과 흡사했다. 아니나 다를까, 한껏 부풀어 오른 양철수의 몸이 폭발 직전까지 다다른 것이다. 그런데 황조령은 이해할 수 없었다.

참혹한 폭발은 황조령의 내공과 충돌할 때 발생했다. 오늘 황조령과 양철수는 접촉이 전혀 없었던 것이다.

"크악~ 나, 낭자······."

양철수는 소정명을 향해 구원의 손길을 뻗었다. 소정명이 싸늘한 웃음을 지으며 외면하는 순간이었다.

"크아악~ 아, 아, 아 안 돼~!"

퍼퍼퍼펑~!

양철수의 처절한 외침 소리와 함께 그의 몸이 폭발을 일으켰다. 뼈와 살이 산산이 분해되었고 주위는 온통 붉은 피로 물들었다. 눈살을 찡그린 황조령이 소정명에게 물었다.

"이게 어찌 된 일이지?"

"무엇을 말입니까?"

소정명이 뻔뻔한 얼굴로 반문했다.

"이자는 나도 알고 있는 인물이다. 흡성대법과 비슷한 괴이한 무공을 썼었지. 어떤 무공의 부작용인지는 몰라도 사람의 몸이 절로 폭발하는 경우는 없다."

"예정된 시간이 다 되었을 뿐입니다."

"말장난할 기분 아니다. 어째서 저자가 폭발을 일으킨 것인가? 사실대로 말하지 않으면 진짜로 가만두지 않을 것이다."

"욕심으로 가득 찬 인간들의 말로지요. 제가 강호에 뿌린 무공 비급은 완벽하지 않습니다. 각 무공 비급마다 특별한 제약이 있는데 이를 어기면 폭발을 일으키게 되지요. 또한 아무에게도 말하지 않은 중요한 사실이 있는데··· 특별한 제약과는 상관없이 일정 시간이 지나면 폭발을 일으키고 맙니다. 바로 저놈처럼 말이지요."

"하면 자네가 뿌린 무공 비급을 배운 사람들은 모두 죽게 된다는 것인가?"

소정명은 아무런 죄책감도 없이 고개를 끄덕였다.

"자네는 내 생각보다 훨씬 잔인한 인물이로군."

"인과응보라고 생각합니다. 남들은 평생 노력해도 도달하지 못할 무공 경지를 별다른 노력 없이 얻으려 했으니 말입니다. 저는 그들에게 선택의 기회를 제공한 것뿐입니다."

"그 입 다물지 못하겠나?"

"사실대로 말하라 하지 않으셨습니까?"

"몰라서 묻는 것인가!"

황조령이 마차에서 뛰어내렸다. 그리고는 번개 같은 속도로 소정명을 덮쳤다. 이는 간교하고 눈치 빠른 소정명도 예측하지 못한 일이었다. 순간적으로 당황한 소정명은 기이한 신법으로 황조령의 공격 범위에서 벗어나려 했다. 그러나 상대는 전장의 지배자라 불리던 황조령이었다.

"무슨 짓입니까!"

다급하여 단검까지 휘두른 소정명의 반항은 수포로 돌아갔다. 황조령은 절묘한 동작으로 그의 공간을 침범했다. 그리고는 소정명의 나풀거리는 소매를 붙잡아 움직임을 봉쇄하며 진심장을 휘둘렀다.

그야말로 전광석화 같은 동작의 연속이었다. 그 누구도 피해낼 것이라는 엄두가 나지 않은 공격이었지만 소정명은 호락호락 당하지 않았다.

"제가 그리 만만하십니까!"

탁!

소정명은 맨손으로 황조령의 진심장을 붙잡았다. 그리고는 상대를 얕잡아보는 듯한 특유의 비웃음을 지어 보이는 순간이었다.

스릉.

"......!"

번뜩이는 칼날이 진심장에서 빠져나왔다. 양손을 봉쇄당한 소정명은 어찌할 수가 없었다. 처음으로 죽음의 공포를 경험한 소정명은 두 눈만 부릅뜰 뿐이었는데…….

척!

진심장에서 빠져나온 검은 마른침이 넘어가는 소정명의 목젖 바로 앞에서 멈췄다.

"똑바로 듣게, 화담 공자. 나는 자네의 오만방자한 모습을 감내할 만큼 참을성이 많은 사람이 아니네. 게다가 언제라도 자네의 목숨을 끊을 수 있을 정도의 실력도 가지고 있지. 또다시 도를 넘는 짓거리를 내 앞에서 했다가는 이 검끝이 자네의 목줄을 파고들 것이야. 똑바로 알아들었나, 화담 공자?"

소정명은 최소한의 움직임으로 고개를 끄덕였다. 까닥했다가는 목에 상처가 날 수 있기 때문이었다.

"사내대장부의 말은 중천금보다 귀하고 그만한 책임이 따른다네. 자네도 이를 잊지 말게나."

황조령은 소정명이 거듭 끄덕이는 것을 확인하고 목에 겨눈 검을 거뒀다. 피를 보지는 않았지만 소정명의 자존심에 큰 상처를 받을 만한 일이었다. 자기 멋대로인 그의 성격에 황조령과의 동행을 깰 법도 하건만 소정명은 그러지 않았다. 그는 흐트러진 복장을 추스른 다음 곧바로 황조령의 마차를 뒤따랐다.

    *   *   *

 북적이는 도심의 장터.
 황조령은 수검을 동반하지 않고 저잣거리를 지났다. 산보라도 하듯 유유자적하게 가판대에 진열된 물건을 찬찬히 살펴보며 걸었다. 여인들의 장신구를 파는 점포를 지나 목기(木器)가 진열된 가판을 지나칠 때였다.
 "황 대장님?"
 "진원인가?"
 나이 든 점원으로 변장한 진원이 짧게 고개를 끄덕였다. 황조령은 목기를 살펴보는 척하며 대화를 이어갔다.
 "성과는 좀 있나? 화담 공자가 마인들을 풀어놓는 것에 대해서 말이야."
 "그게 좀……."
 진원은 부정적으로 고개를 흔들었다. 남들이 보면 가격 흥정을 하는 것처럼 보였다.
 "제발 서둘러 줬으면 좋겠군. 더 이상 그놈과 동행하는 것이 힘들어서 말이야."
 "황 대장님의 고충은 충분히 이해합니다. 저희도 최선을 다하고 있으니 조금만 더 고생해 주십시오."
 "알았으니 여 군사를 만나게 해주게나."

"소인을 따라오시지요."

황조령은 눈짓하는 진원을 따라 가게 안으로 들어갔다. 진원은 서둘러 변장을 풀고 황조령과 함께 뒷문으로 빠져나왔다. 그들이 향한 곳은 번화가에 위치한 기루였다. 진원의 안내를 받아 여주승이 있는 방으로 들어선 황조령은 인상부터 찌푸렸다. 발바닥에 땀나도록 돌아다녀도 모자랄 시기에 여주승이 대낮부터 술판을 벌였기 때문이다.

"오! 자네 왔는가?"

여주승이 반색하며 손을 들었다. 황조령은 불편한 심기를 드러내며 물었다.

"지금 뭐 하는 짓인가?"

"보면 모르나? 술과 기생들을 벗 삼아 우울한 심경을 달래고 있다네."

"……."

"그리 노려보지만 말고 앉게나. 그렇지 않아도 자네에게 전할 말이 있었네."

황조령은 흥분을 가라앉히고 자리했다. 여주승이 술과 여자로 고민을 잊으려는 인물은 아닐 것이라 판단한 것이다. 여주승은 기녀들을 모두 내보낸 다음 입을 열었다.

"상황이 급박하게 돌아가고 있네. 마인들의 출현이 임박했다는 보고가 있었다네."

"하면 서둘러 손을 써야지 왜 이러고 있는 것인가?"

"그래서 내가 여기 있지 않은가. 이상한 일이 벌어지고 있다고 보고된 곳이 바로 이곳이네. 기녀 둘이 연달아 피가 빨려 죽은 사건이 발생했지. 이를 확인하기 위해 무림맹의 여고수를 기녀로 잠입시켰지."

"해서 건진 것이 있나?"

여주승은 씁쓸한 표정으로 대답했다.

"전혀. 며칠 지나자 않아 그녀가 세 번째 희생자가 되고 말았지. 뭐, 따지고 보면 전혀 성과가 없는 것은 아니지. 어떤 놈이 마인인지는 모르겠지만, 이곳과 연관 있는 인물이라 확신하게 되었으니 말이야. 기녀든 손님이든 잡일을 거드는 하인이든 철저히 조사하고 있는 중이라네."

"나도 도울까?"

"그럴 필요없다네. 이 분야의 최고의 수하들을 데려왔으니 말이야. 게다가 자네는 집중해야 할 일을 따로 있지 않은가? 해서 자네에게 전할 말이 있다고 한 것이네."

"대체 무슨 일인가?"

황조령은 불안감이 느껴지는 음성으로 물었다. 아무것도 아닌 일 때문에 직접 말을 전 할 리는 없기 때문이다.

"북방문(北方門)이 움직이기 시작했다네."

"뭐라?"

황조령이 깜짝 놀라 반문했다. 그도 그럴 것이, 북방문은 강호를 벗어난 북방 지역을 장악한, 단일 문파로서는 최대의 수를 자랑했다. 모용관조차 함부로 건들지 못했고 무림맹의 통제에서 벗어난 세력이었다.

"화담 공자 그자는 대체 얼마나 미친 것인가? 강호의 일에 관여치 않는 북방문에게 무슨 짓을 한 것이냔 말일세."

"북방문주에게는 특히나 아끼는 애첩이 있었다네."

"주연이란 여인 말인가?"

황조령도 북방문에 대해선 잘 알고 있었다. 진양교와의 대전 때 도움을 청하기 위해 북방문을 방문한 적이 있었다. 그때 북방문주 곁에 착 달라붙어 있던 여인을 떠올린 것이다.

"그녀는 점점 늙어가는 것에 초조함을 느꼈네. 주름 진 얼굴이 되면 북방문주가 자신을 찾지 않을 것이라는 불안감 빠진 것이지."

"그래서?"

"젊음을 유지할 수 있는 무공이 있다는 소문을 듣고 혹하게 되었다네. 최악의 선택이었지."

"그 뒤는 안 들어도 뻔하군."

"이것은 화담의 실수라고도 볼 수 있지. 다른 사람을 시켜 구한 것이라 화담도 그녀가 북방문주의 애첩인지는 몰랐을 것이야."

"해서 나보고 어쩌라는 것인가? 북방문은 혼자서 감당할 수 있는 상대가 아니라네. 이는 자네도 잘 알지 않은가?"

"내가 나서게 되면 대대적인 전쟁이 일어난다네. 북방문주의 성격 잘 알지 않은가? 강호의 일에 관여치 않는다는 금기를 깨고 대대적인 인원을 동원했다네. 지금 그의 분노를 달래줄 수 있는 사람은 자네밖에 없어. 북방문주와는 남다른 친분이 있지 않은가?"

"예전에 딱 한 번 봤을 뿐이네. 위기에 처한 무림맹을 도와달라고 부탁했지만 거절당했지."

"그야 강호의 일에 관여치 않겠다는 북방문의 정책 때문이었지. 개인적으로 북방문주가 자네를 무척이나 좋게 보았다고 하던데?"

"마음이 통하는 사람이기는 했네. 그러나 개인적인 친분 때문에 복수를 포기할 인물은 아니라네."

"그래도 최선을 다해보게나. 마인의 출현과 북방문의 강호 출도……. 그 둘 다 강호에 미칠 파장은 엄청나다네."

황조령이 조용히 한숨짓는 그때였다. 여주승과 황조령은 동시에 굳은 표정이 되었다. 밖에서 벌어지는 소란스러운 기척은 느낀 것이다.

여주승이 방문 밖을 향해 말했다.

"진원, 무슨 일이냐?"

"방금 급보가 도착했습니다. 저잣거리에 마인으로 추정되는 인물이 출현했다고 합니다."

"뭣이라!"

벌떡 일어서는 여주승을 따라 황조령도 몸을 일으켰다. 최악에 가까웠다. 우려했던 마인의 출현이 사람들이 붐비는 저잣거리에서 발생한 것이다. 여주승과 황조령은 누가 먼저라 할 것 없이 방문을 박차고 나갔다.

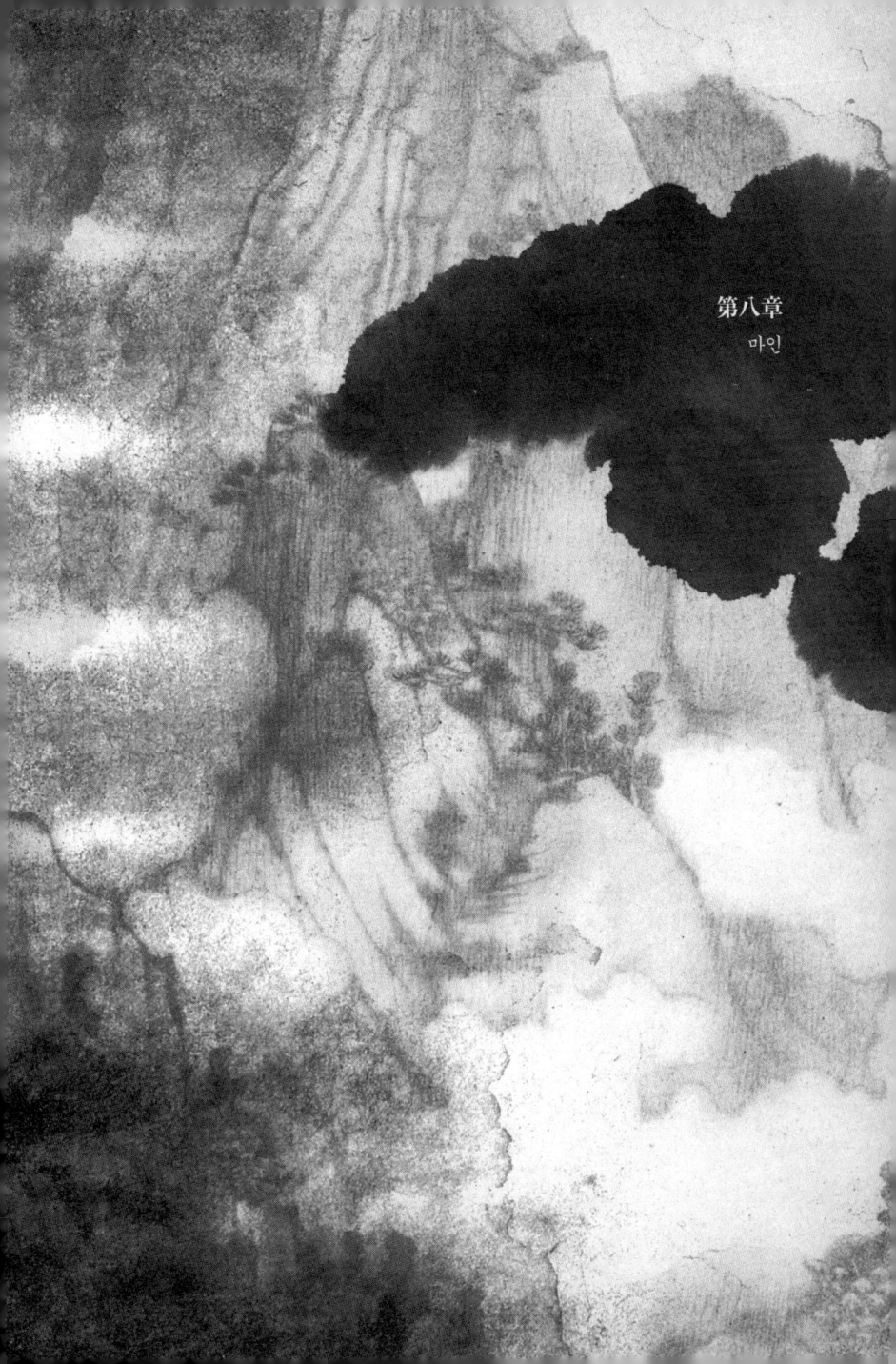

第八章
마인

가뜩이나 사람들이 붐비는 저잣거리.
 호기심에 모여든 군중들 때문에 도심지 주변은 인산인해를 이루었다.
 "제가 길을 열겠습니다."
 진원이 앞장서서 저잣거리로 향하는 길을 뚫었다. 앞쪽에서 터지는 군중들의 탄성으로 어떻게 돌아가는 상황인지 대충 짐작할 수 있었다.
 와장창창~!
 "워메, 웨메, 저런 저런……."
 누군가 마인과 맞서 싸우는 모양이었다. 그러나 용감히 덤볐던 이가 유리한 상황은 아닌 듯했다.
 "저것이 사람이여, 괴물이여? 칼도 들지 않잖아?"

"아차나 귀신 아니야? 저 입에 묻은 피를 보라고!"

진원은 열심히 길을 뚫었고, 관군들이 막아선 경계선에 도달할 수 있었다.

"길을 열라!"

진원이 신분을 확인할 수 있는 증표를 관군에게 보여주었다. 무림맹의 일원임을 나타내는 금속 패였다. 이를 확인한 관군은 곧장 길을 열어주었다.

황조령은 여주승과 함께 마인이 날뛰고 있는 현장으로 들어섰다. 주변은 그야말로 아수라장이었다. 건물 대부분이 박살 나고 성한 것이 없었다. 한쪽 편에는 관군들이 수습한 시체들이 보였다. 아녀자와 관군, 그리고 무림인처럼 보이는 사내들도 있었는데 그 수는 스물에 달했다.

시신의 상태 또한 최악이었다. 팔다리가 뽑히고 목이 완전히 돌아갔으며 목 주변을 심하게 물어 뜯겨 훼손된 공통적인 상처가 있었다.

시선을 돌린 황조령은 마인으로 추정되는 인물을 바라보았다. 이십대 중반의 호리호리한 사내였는데, 피범벅이 된 광인의 모습이었다. 그의 입에는 사람들을 물어뜯은 핏기 가득한 살점이 너덜너덜 붙어 있었고, 산발된 머리 사이로 드러나는 눈빛에는 광기만이 가득했다. 그리고 폭주하는 마인과 당당히 맞서 싸우는 이는 바로 수검이었다.

"이 자식이 정말……! 그래, 누가 이기나 한번 해보자!"

수검이 쌍검을 휘두르며 돌진했다. 마인은 무기가 없는 맨손이었다. 수검이 손쉽게 이길 것 같았지만 결과는 그렇지 못했다.

깡깡깡깡깡!

마인의 몸에서 쇳소리가 났다. 수호검이라는 천하의 명검조차 상처를 내지 못한 것이다.

"뭐, 이런 놈이 다 있어?"

수검은 어이없음을 넘어 황당하다는 반응을 보였다. 검을 타고 전해지는 느낌, 정말 쇳덩이를 후려치는 통증이 밀려왔던 것이다.

"크아아!"

야수의 울부짖음과 비슷한 괴성과 함께 마인의 반격이 시작되었다. 상승의 권법은 아니었지만 팔을 휘두르는 속도 자체가 문제였다. 쌍검을 사용하는 수검이 막아내기 벅찰 정도였다. 힘에서도 덩치 큰 수검이 밀렸다. 충돌이 벌어질 때마다 수검의 몸은 점점 뒤로 밀려났다.

"진짜 뭐 이런 놈이 다 있어?"

수검은 울화통이 터지기 일보 직전이었다. 마구잡이로 살생을 범하는 미친놈을 보고는 만사 제쳐두고 뛰어들었다. 멋지게 악인을 해치우는 장면을 만천하에 보여주고 싶었는데 점점 자신의 꼴이 우스워지고 있었다.

아무리 생각해도 수검은 이해할 수가 없었다. 칼도 통하지 않고 인간의 능력을 초월한 움직임에 힘까지 엄청났다. 이런 괴물 같은 인간이 존재할 수 있다는 것인가?

시간의 흐를수록 수검의 패색은 짙어졌다. 그러나 수검이 황조령을 닮은 점이 있다면 끝까지 포기를 모른다는 것이었다.

깡깡깡깡깡깡~!

위태롭게 밀리는 상황에서도 수검은 전세를 역전시킬 방도를 모색했다. 그리고 깨달은 놈의 약점은 공격 방법과 행동이 매우 단순하다는 것이었다. 머리를 쓰지 않고 본능적으로 움직이는 것 같았다.

"그렇다면……."

수검은 모험을 감행하기로 결정했다.

까앙~!

형편없이 몸이 밀리는 순간, 수검은 재빨리 몸을 돌렸다. 힘에 부쳐 결국은 도망치는 것으로 보였지만 수검의 계산된 행동이었다. 도망치는 자신을 잡기 위해 놈이 무방비로 달려들 것이라 예측했고, 수검의 예상은 적중했다.

"걸렸구나!"

수검은 한쪽 검을 버리며 다시 방향을 바꿨다. 양손으로 움켜잡은 수호검에 온 힘을 집중하기 위함이었다.

"뒈져 버려~!"

우렁찬 고함 소리와 함께 수검이 회심의 일격을 가했다. 검기가 맺힌 수호검의 검끝이 단련을 해도 효과가 없다는 마인의 목을 행했는데…….

까아앙~!

수검의 공격은 적중했다. 정확히 마인의 목 중앙을 찔렀지만 엄청난 쇳소리와 함께 수호검이 휘는 현상이 발생했다.

"뭐야, 대체……."

수검은 완전히 넋이 나갔다. 광기가 지배하는 마인에게는 어떠한 공격도 통하지 않았던 것이다.
"크크크크……."
 마인은 목에 닿은 수호검의 날카로운 검날을 맨손으로 움켜쥐었다. 수검이 빼내려 안간힘을 썼지만 소용없었다. 마인의 육체적 능력은 턱없이 막강했다. 그가 손을 올리자 검 손잡이를 쥐고 버티던 수검의 몸이 허공으로 떠오를 정도였다. 마인은 직각으로 팔을 치켜들었고, 수검은 하늘에서 마인을 내려다보는 기이한 장면까지 연출되었다.
"누구냐… 넌?"
 하도 기가 막혔던지 수검이 물었다. 대답은 없었다.
"크크크크크……."
 괴이한 웃음을 발하던 마인은 그대로 수검을 던져 버렸다. 저잣거리를 날아가는 수검의 한 맺힌 절규가 울러 퍼졌다.
"세상에~ 뭐 이런 놈이 다 있냐고~!"
 와장창창~!
 수검의 몸이 이층 건물을 뚫고 사라졌다. 큰 부상이 우려되는 상황이었지만 황조령은 눈도 깜짝하지 않았다. 그 정도로 치명상을 입을 수검이 아님을 잘 알고 있었다.
 황조령 옆에서 수검과 마인을 지켜보던 여주승이 혼잣말하듯 물었다.
"다행히 마인은 한 놈뿐인 모양이군."
 황조령은 가볍게 고개를 끄덕였다.
"이런 기회를 간단히 날려 버릴 수는 없지."
 여주승과 황조령의 무공 실력은 따로 언급할 필요가 없었다.

현 무림의 양대 산맥이며, 그들이 함께 나선다면 아무리 괴물 같은 마인이라도 금방 처리할 수 있었다. 만일에 있을 참극에 대비하여 마인에 대한 정보를 더 수집하겠다는 의미였다.

"크크크크……."

마인이 군중들을 향해 광기 어린 웃음을 흘렸다. 먹잇감을 발견한 야수의 눈빛이었다. 그제야 군중들은 자신들이 얼마나 위험한 상황에 노출되어 있는지 깨달았다. 광기가 철철 넘치는 사내는 그냥 미친놈이 아니라 살생의 욕구를 참지 못하는 완전 미친놈이었던 것이다.

"크크크……."

마인이 다가오자 군중들은 우르르 물러났다. 앞자리가 명당이 아니었다. 가장 먼저 죽을 수 있는 가장 위험한 자리였던 것이다. 마인과의 거리가 점점 가까워지자 앞자리의 군중들은 큰 혼란에 빠졌다.

"에이, 씨발! 뒤로 좀 물러서라고!"

"제발 비키라고! 안 비키면 밟고 지나간다!"

공포는 사람의 이성을 마비시킨다. 서로 먼저 도망치려는 아비규환의 사태가 벌어지는 엄청난 희생이 발생할 수 있었다.

광기를 흘리며 나오는 마인을 보며 여주승이 말했다.

"유일, 마종오."

그들은 무림맹의 군사를 보호하는 호법으로 절정고수에 버금가는 실력자들이었다.

"마인의 진로를 차단하고 놈을 제압하라."

"존명!"

"존명!"

군중들에 섞여 있던 유일과 마종오가 뛰어나왔다. 그들은 비호처럼 날아서 야차처럼 다가오는 마인에게 일격을 날렸다.

깡, 깡~!

쇳소리와 함께 마인이 멀찌감치 날아갔다. 유일과 마종오가 펼친 협공의 위력은 실로 가공할 만했다. 얼굴과 가슴을 동시에 가격당한 마인은 상점 건물 앞에 심어진 아름드리나무에 부딪쳐서야 멈출 수 있었다. 그 충격이 얼마나 강했던지 땅에 박힌 뿌리가 뽑히면서 아름드리나무가 뒤로 넘어갔다.

쿠앙~!

아름드리나무가 쓰러지는 소리가 울려 퍼지며 혼란에 빠졌던 군중들이 안정을 찾았다. 유일과 마종오라면 피에 굶주린 야차를 이길 수 있다는 믿음이 생긴 것이다.

유일과 마종오는 파상적으로 마인을 몰아쳤고, 황조령과 여주승은 이를 유심히 관찰했다.

"황 대장, 자네가 보기에는 어떤가? 금강불괴의 신체가 정말 가능하다고 보는가 말일세."

"내 눈으로 보고 있으니 어찌하겠는가. 완벽한 금강불괴의 신체인지는 모르겠지만 도검불침(刀劍不侵)의 경지는 확실한 것 같네."

"예상대로 골치 아픈 존재로군. 그러면 다른 것을 한번 시험해 봐야지. 진원."

"예, 군사님."

여주승은 부복하며 대답하는 진원에게 명했다.

"지금 몇 종류의 독을 가지고 있는가?"

"대략 서른 가지 종류입니다."

"모두 사용해 보아라."

"존명!"

진원도 마인과의 싸움에 합세했다. 그의 임무는 마인에게 어떤 독이 통하는 것인지 알아내는 것이었다. 그 결과는 얼마 지나지 않아 밝혀졌다.

"죄송합니다, 군사님. 어떠한 독도 놈에게는 통하지 않습니다. 시간을 주신다면 다른 독을 구해서 사용해 보겠습니다."

"됐다. 그 정도면 충분하다."

진원을 물린 여주승은 더욱 답답한 표정이 되었다.

"금강불괴의 근접한 신체에 만독불침이라……. 이거 예상보다 더 골치 아픈 존재로군."

"말도 안 되는 체력 또한 문제라네. 수검과 결전을 치르고 유일과 마종오의 협공을 당하면서도 지친 기색이 없네."

마인의 사나운 기세는 여전했다. 상처 입은 맹수처럼 날뛰는 기세는 처음 볼 때와 똑같았다. 그리고 호랑이도 제 말 하면 온다고, 이층 건물을 뚫고 날아갔던 수검이 씩씩거리며 돌아왔다.

"내 이놈의 자식을……."

양팔까지 걷어붙이고 바싹 독이 오른 모습이었다. 이판사판의 심정으로 끝장을 보려 했지만 치열한 사투가 벌어지고 있었다.

"어떤 놈이 감히 남의 먹이에……."

발끈하던 수검이 황조령을 발견했다.

"황 대장님?"
"이쪽으로 오너라."
"예……."
수검은 미련을 떨치고 황조령 곁으로 다가갔다.
"다친 곳은 없느냐?"
"보, 보셨습니까?"
수검은 당황했다. 마인에게 당해 볼썽사납게 날아가는 모습을 들켰는지 우려했던 것이다. 황조령이 고개를 끄덕이자 수검은 푹 고개를 떨어뜨리며 대답했다.
"괜찮습니다요."
"그리 의기소침할 것 없다. 도검이 통하지 않는 상대이니 너로서도 어찌할 수 없었을 것이다."
수검은 황조령의 말이 위로가 되지 않는 모습이었다.
"요즘은 제가 어찌할 수 없는 상대가 너무나 많습니다."
비슷한 나이에 절정고수에 오른 소정명도 그렇고, 최근의 수검은 너무 강한 상대들과의 만남이 잦았다. 기운 없는 표정의 수검을 보며 여주승이 말했다.
"이놈이 그때 그놈이군. 검을 찬 모습이 무척이나 어색해 보였는데 이제는 제법 봐줄 만하군."
그렇지 않아도 심기가 불편한 수검이었다. 인상을 구긴 수검이 못마땅한 음성으로 대꾸했다.
"당신은 누군데 이놈 저놈 하는 것이오?"
"험, 험……."
황조령이 헛기침을 하며 끼어들었다.

"수검아, 예의를 차리고 제대로 인사 올리어라. 이분은 무림맹의 여주승 군사니라."

"허걱~!"

너무 놀란 수검이 괴이한 탄성을 터뜨렸다. 현 무림을 쥐락펴락하는 최고 실세이며, 황조령과는 좋은 인연에서 악연으로 굴곡된 개인사가 있었다. 최근 자주 만나게 되는 어쩔 수 없는 상대 중에서도 단연 최강이라 할 수 있었다.

"무, 무례를 용서해 주십시오. 황 대장님을 모시고 있는 수검이라 합니다."

"아까 대결을 지켜봤는데 훌륭하더구나. 특히나 절대로 물러서지 않는 그 두둑한 배짱이 마음에 드는구나. 이런 인재를 내가 왜 진작 몰라봤을꼬?"

"별 과찬의 말씀······."

쑥스러운 표정으로 머리를 긁적이던 수검은 아차 싶었다. 무림 최고의 실세를 떠나 존경에 마지않는 황조령의 적이나 다름없는 존재다.

"모든 것이 황 대장님의 은공입니다. 소인은 절대 황 대장님을 배신하는 일이 없을 겁니다."

"내가 뭐라 했느냐?"

"뭐··· 그렇다는 의미지요."

뚱한 표정을 짓는 수검에게 황조령이 물었다.

"괜한 소리는 그만두고, 화담 공자는 어디 있느냐? 내가 없는 동안 무엇을 하는지 잘 감시하라 하지 않았더냐."

"숙소에서 자고 있을 겁니다."

"자고 있다고? 확실한 것이냐?"

"글쎄요. 요 앞에 있는 객잔에서 반주 삼아 한잔 걸치고 나오는데, 갑자기 저 미친놈이 뛰쳐나와 무고한 행인들을 뜯어 먹고 있었습니다. 같이 잡자고 했는데 화담 형님은 귀찮다고 하더군요. 혼자서 잘해보라며 손을 흔들며 떠났습니다. 한숨 푹 자야겠다고 하면서 말입니다."

"혹시 화담 공자가 저 마인과 접촉한 적은 없더냐?"

"저 미친놈이요? 없는 것 같은데요. 화담 형님과 저는 계속 객점 안에 있었습니다."

"알았다. 너는 먼저 숙소로 돌아가 화담 공자가 정말 자고 있는지 확인해 보아라."

"예, 알겠습니다."

수검이 사라지자 여주승이 기다렸다는 듯 물었다.

"방금 화담에게 형님이라고 했나?"

"원체 붙임성이 좋은 놈이네. 마음에 맞는 사람이면 누구나 형, 동생 하는 사이가 된다네. 뭐 가끔은 마음에 맞지 않더라도 특별한 목적에 부합하면 호형호제하는 경우도 있다네."

"특별한 목적이라니?"

"그런 게 있네."

황조령은 재빨리 말을 돌렸다. 고개를 갸웃하는 여주승은 뭔가 숨긴다고 짐작했다. 그러나 그에게는 딴 곳에 신경 쓸 여력이 남아 있지 않았다. 여주승은 마인과 수하들이 대결을 벌이는 곳으로 시선을 돌렸다.

팽팽하던 균형은 깨졌다. 도검불침이면 뭐 하겠는가. 진짜 쇳덩이와 바위도 끊임없이 떨어지는 물방울에 구멍이 생기는 법이다. 환상적인 조합을 보이는 유일과 마종오가 일방적으로 마인을 몰아치고 있었다.

"유일과 마종오가 합친 실력이라야 마인 하나를 제압할 수 있겠군. 다행인지 불행인지 모르겠군."

황조령이 여주승의 말을 받았다.

"화담 공자가 몇 명의 마인을 풀어놓느냐에 달려 있겠지. 수검도 상당한 경지의 실력이었지만 역부족이었다네. 유일과 마종오처럼 절정고수에 근접한 실력자들이 부족한 것도 문제로 작용할 것이고 말이야."

"마인들을 유인하여 각개격파하는 방법을 생각해 봐야겠군. 가공할 만한 신체 능력을 지녔지만 머리는 떨어지는 것 같으니 말이야."

"나도 그 수를 생각해 봤는데… 화담 공자가 이들을 조종할 수 있다면 아무 소용도 없겠지. 마인들을 흩어지게 하여 전력이 분산되는 행동은 하지 않을 테니까. 그들이 한데 모여 있는 것으로도 엄청난 공포를 줄 수 있는데 말이야."

짜증 섞인 욕이 여주승의 입에서 튀어나왔다.

"젠장, 그놈의 화담이 어찌할 것인가에 따라 모든 게 결정된다는 것인가. 정말 짜증나 죽겠네. 천성적으로 나는 남들에게 끌려다니는 것은 질색인데. 특히나 화담 그놈에게는 말이야."

동병상련의 심정을 느낀 황조령이 쓴웃음을 지어 보이는 순간이었다.

"황 대장님! 조심하십시오!"

유일의 다급한 외침이 들렸다. 유일과 마종오의 파상공세에 맥을 못 추던 마인이 갑자기 공격 목표를 바꾼 것이다. 다리 저는 황조령이 만만한 상대라고 판단했겠지만 진짜 조심해야 할 것은 마인이었다. 상대를 골라도 완전히 잘못 골랐다.
"카아악~!"
마인은 악귀 같은 괴성을 지르며 달려들었다. 군중들은 어찌 하나 발까지 동동 굴렀지만 이 또한 쓸데없는 기우였다. 지척까지 다다른 마인이 양손을 뻗어 덮치는 순간, 황조령은 슬쩍 진심장을 내밀었다.
툭.
마인의 턱밑에 닿는가 싶은 정도의 힘이었다. 그러나 사납게 달려들던 마인의 몸이 붕 허공으로 떠올랐다가 큰대자로 머리와 등이 동시에 땅바닥에 처박혔다.
쿠앙~!
지축이 흔들리는 엄청난 충격이 느껴졌다. 가슴 졸이던 군중들뿐만 아니라 마인 또한 어리둥절한 표정이었다.
화악!
곧바로 몸을 일으킨 마인이 다시 덤벼들었다. 그러나 결과는 변하지 않았다. 별 힘도 실리지 않은 진심장에 맞아 쓰러지고, 넘어지고, 자빠지기를 반복했다.
황조령은 상대의 힘을 역이용한 무공을 펼친 것이다. 이를 알 리 없는 마인은 더욱 사납게 덤벼들었고, 그만큼의 충격을 고스란히 되돌려 받아야 했다. 초인간적인 신체 능력에 비해 지능은 떨어졌지만 완전 바보는 아니었다.

몇십 번이나 패대기를 당한 마인은 황조령이 결코 만만한 상대가 아님을 깨달았다. 두려움이라는 것이 느껴질 만큼 매우 위험한 적이었던 것이다.

화악!

마인은 다시 공격 목표를 바꿨다. 하지만 이번에도 불쌍할 정도로 운이 없는 선택이었다. 하필이면 무림맹의 총군사인 여주승을 향해 방향을 바꾼 것이다.

"카아오~!"

마인은 날카로운 이빨을 드러내며 달려들었다. 뒷짐을 지고 이를 바라보던 여주승이 고개를 저었다.

"쯧쯧쯧, 역시나 멍청한 놈이라니까……."

여주승의 움직임은 바람이었다. 어느 순간 사라졌다 돌풍이 되어 나타났다.

스캉!

푸악!

발검과 동시에 여주승의 검이 마인의 왼쪽 눈을 관통했다.

"크아아아악~!"

검은 피가 사방으로 퍼지고 마인은 고통에 찬 소리로 울부짖었다. 잔인함에 무덤덤한 것은 예전과 변함이 없었다.

"눈깔은 금강불괴가 아닌 모양이군."

여주승은 더욱 깊숙이 검을 박아 넣었다.

치치치치칙~!

생살에 인두질을 하는 것처럼 듣기 거북한 소리와 함께 매캐한 냄새가 진동했다. 엄청난 내력을 쏟아 붓고 있다는 증거였다. 여주승은 더욱 진기를 불어넣을 수 있었지만 그의 검이 견디지 못했다.

챙르랑!

여주승이 검이 두 동강 나고 말았다. 그는 반밖에 남지 않은 검을 보며 중얼거렸다.

"이놈들을 상대하려면 여분의 검이 많이 필요하겠군."

그건 차후의 일이다. 지금 당장의 여주승은 무방비 상태나 다름없었다. 마인 역시 자신에게 기회가 찾아왔음을 직감했다.

"크크크크크……"

고통에 찬 울부짖음은 기괴한 웃음으로 바뀌었다. 게다가 여주승은 손을 뻗으면 바로 닿을 거리에 있었다.

"크아악!"

마인은 지체없이 오른손을 휘둘렀다. 엄청난 파괴력은 물론 길게 튀어나온 손톱은 칼날보다 더 날카로워 보였다. 쇳덩이까지 찢어놓을 기세였지만 여주승의 몸에 닿지 못했다. 손가락 하나 들어갈 사이를 두고 멈춰 버린 것이다.

"……?"

마인도 그 이유를 모르는 듯했다. 몇 번이나 반복하여 손을 뻗었지만 그 사이 공간은 좁혀지지 않았다.

"머리가 나쁘면 몸이 고생이지……"

여주승은 서 있는 곳에서 움직이지 않고 말했다.

"네놈의 몸은 천잠사(天蠶絲)로 묶여 있다. 아무리 발버둥 쳐도 소용없단 말이지."

천잠사는 절대 끊어지지 않는 무림기보다. 그러나 마인은 천잠사가 무엇인지 모르는 듯 계속 팔을 휘둘렀다. 보통 사람이라면 천잠사가 살을 뚫고 들어갔을 것이다. 금강불괴에 가까운 신체라서 움직임을 봉쇄하는 역할을 했다.

"네놈의 몸뚱이가 얼마나 단단한지 시험해 봐야겠다."

여주승은 주먹을 불끈 쥐고는 공력을 실었다. 그의 무공 중에서 큰 파괴력을 자랑하는 파천권(破天拳), 내공을 불어넣는 시간이 길어 실전에서 쓰기는 어려웠지만 마인이 묶여 있는 상태라면 가능했다. 더불어 마인의 몸이 얼마나 단단한지 직접 가늠할 수 있는 기회인 것이다.

"단단한 바위를 박살 내고, 아름드리나무를 통째로 부숴 버리고, 뭔가 보여주기를 바라는 군상들 때문에 배운 것인데… 이렇게 도움이 될 줄이야!"

불끈 쥔 주먹이 달궈진 쇠처럼 뻘겋게 변하는 순간, 여주승은 지체없이 주먹을 내질렀다.

쿠아앙~!

폭발과도 같은 타격 소리가 발생했다. 마인의 몸은 엄청난 충격을 동반하며 땅바닥에 부딪쳤다가 다시 튀어 올랐다. 파천권의 파괴력이 얼마나 대단한지 보여주는 장면이었다. 축 늘어진 마인의 몸은 몇 번이나 땅에 부딪치고 튀어 올랐다가를 반복하다가 큰대자로 뻗어 버렸다.

군중들은 벌린 입을 다물지 못했다. 이만한 충격을 받고도 일어난다면 정말 말도 안 되는 일이다. 여주승 역시 똑같은 생각이었다.

"예전보다 파괴력이 더 좋아졌는데?"

여주승은 잘 마무리됐다는 듯 농까지 했다. 그러나 곧바로 상상하기도 힘든 그 말도 안 되는 일이 벌어졌다.
꿈틀!
"뭐, 뭐야! 방금 움직인 거 아니야?"
"그럴 리가……."
착각이 아니었다. 경련을 일으키며 꿈틀거리던 마인이 몸을 일으키기 시작했다. 온몸의 뼈가 다 부러진 듯 무릎이 반대쪽으로 꺾이고, 허리 역시 기괴하게 양쪽으로 심하게 기울어지기를 반복했다. 저런 상태로 어찌 일어설 수 있을까 군중들은 내심 안도했다. 그러나 갓 태어난 송아지마냥 엉거주춤 위태롭게 보이던 마인은 확 상체를 들어 올리며 바로 섰다.
"뭐야, 저건……. 진짜 야차 아니야……."
"크크크크크."
완전히 기가 질린 군중들을 향해 마인이 다가왔다. 멀쩡한 걸음걸이였고 야차 같은 광기도 다시 살아났다. 여주승은 자신이 주먹을 매만지며 엄살을 피웠다.
"이를 어쩐다. 저런 놈을 계속 상대했다간 내 주먹이 남아나질 않겠는데……."
그러면서 슬쩍 황조령을 바라보았다. 마무리를 대신 지어달라는 의미였다.
절룩절룩.
황조령이 마인을 향해 다가갔다. 다리를 심하게 절기에 걷는 속도가 매우 느리게 보였는데…….
후앙~!

어느 순간 황조령은 마인의 등 뒤에 있었다. 당황한 빛의 마인이 뒤돌아보려 하자 진심장이 손잡이로 놈의 다리를 걸어 넘어뜨렸다.

쿵~!

마인이 땅바닥에 쓰러지는 것과 동시에 황조령이 진심장에서 검을 빼 들었다.

스룽……

발검 소리의 여운이 다 가시기도 전에 황조령은 마인의 복부에 검을 꽂았다. 그러나 다시 튕겨져 나올 것이라는 게 지배적인 예상이다. 신속하기는 했지만 파괴력은 없어 보였다. 여주승의 엄청난 공격에도 놈은 아무도 상처도 없이 일어섰기 때문이다.

푸악!

군중들의 부정적인 생각을 비웃기라도 하듯 황조령의 검은 마인의 배를 꿰뚫었다.

"커억!"

괴성이 터지는 마인의 입에서는 피가 뿜어졌고 군중들은 경악했다. 마인이 여주승의 파천권에 맞고도 멀쩡히 일어섰을 때보다 더욱 놀라는 표정이었다.

여주승 역시 상당한 충격을 받은 모양이었다. 마인의 배에 박힌 검을 회수하고 다가오는 황조령을 신기한 듯 바라보았다.

"어떻게 한 것인가?"

여주승이 궁금증을 참지 못하고 물었다. 조금은 경계하는 분위기도 느낄 수 있었다. 황조령이 그동안 경천동지할 무공을 대성한 것이 아닌가 하는 추측이었다. 무심한 얼굴의 황조령은 진심장에 검을 넣으며 대답했다.

"특별한 무공을 쓴 것은 아니네. 자세히 보니 놈의 배에 미세하게 벌어진 틈이 있었네. 아마도 자네의 파천권을 맞고 생긴 것이겠지. 난 그 사이를 정확히 찔렀을 뿐이네."

"그렇다면 다행이군. 아니, 내 말뜻은 마인들이 완벽한 금강불괴가 아니라 다행이라는 것이네. 오해하지는 말게나."

황조령은 말없이 여주승을 바라보았다.

"왜? 괜한 변명 같아서 더욱 의심이 드는 건가?"

"신기해서 그런다네. 상대가 오해하든 말든 신경 쓰지 않던 자네가 아니던가? 그런 말을 하는 것 자체가 의아하군."

"뭐 염치가 없다고 해야 할까……. 강호를 떠난 자네에게 너무 무리한 부탁을 한 것 같아서 말일세."

"무리한 부탁인 것은 사실이네. 전혀 뜻이 맞지 않는 화담 공자와 함께 다녀야 하는 심정을 아는가? 하루 속히 마인들의 문제를 해결하여 나 좀 구해주게나."

"노력하고 있네."

황조령은 허탈한 웃음을 지으며 숙소로 향했다. 그가 노력이나 최선을 다한다는 식의 말을 한다는 것은 별다른 소득이 없다는 것이나 마찬가지였기 때문이다.

황조령의 숙소.

수검은 방 안으로 들어가지 않고 문밖에서 서성거렸다. 소정명을 철저히 감시하라는 명을 받았기 때문이다.

"하~ 쪽팔려서……."

마인에게 당했던 순간이 떠오른 모양이다. 고개를 푹 숙인 수검이 긴 장탄식을 터뜨렸다.

"정말로 그게 사람이야?"

수검은 당최 이해할 수 없었다. 힘에서는 누구에게도 지지 않는다고 자부하는 그였다. 혼신의 힘을 다해 찔렀는데 상처조차 입히지 못한 경우는 처음이었던 것이다.

"도대체 어떤 외공을 익힌 것이지?"

의문만 커가는 그때 이층으로 향하는 발소리가 들렸다. 지팡이 짚는 소리가 섞인 것으로 보아 황조령이 분명했다.

"오셨습니까? 한데 그 미친놈은 어찌 되었습니까?"

"잘 처리했다. 화담 공자는 어떻더냐?"

"계속 잠만 자고 있습니다."

"흠……."

잠시 생각에 잠겼던 황조령이 발길을 옮겼다. 자신의 방이 아닌 소정명이 있는 쪽이었다.

"들어가도 되겠는가?"

대답은 즉시 들려왔다.

"물론이지요. 들어오시지요."

한시의 방심도 허용치 않는 무림고수에게는 그리 이상한 일이 아니었다. 방문을 열고 들어선 황조령이 물었다.

"피곤한 모양이군."

소정명은 부스스한 머리를 긁적대며 대답했다.

"제가 낮술에 좀 약합니다."

"오늘 낮 저잣거리에서 무슨 일이 벌어졌는지 아는가?"

"수검 아우가 어느 미친놈이 설친다고 하더군요."

"그놈과 정녕 아무런 연관도 없는 것인가?"

긁적이던 손을 멈춘 소정명이 생뚱맞은 표정으로 물었다.

"대체 무슨 소리를 하고 계십니까? 제가 저잣거리에 날뛰는 놈을 어찌 알겠습니까?"

"그 말이 확실하길 바라네."

황조령은 짧게 말하고 방을 나섰다. 만약 그 말이 거짓일 경우엔 어떤 사태가 벌어질지 황조령의 살벌한 분위기로 확실히 알 수 있었다. 끝까지 무슨 소린지 모르겠다는 반응을 보이던 소정명의 표정은 황조령의 기척이 완전히 사라진 다음에야 달라졌다.

'볼수록 오싹해 죽겠네. 황 대장을 끌어들인 것이 큰 화가 될 수도 있겠는데······.'

혼잣말로 중얼거리던 소정명이 고개를 저었다.

'아니지, 아니야. 큰 장해물이 될 수 있는 요소는 한꺼번에 없애 버리는 것이 낫지.'

결심을 굳힌 소정명은 다시 침대에 누웠다. 그러나 이내 그는 벌떡 상체를 일으켰다.

"너무 위험해! 아무리 내 계획이 완벽해도 무적신검 황 대장이란 변수는 제거하는 게 최선이야. 소문보다 더 엄청난 인물이잖아? 지나친 욕심이야말로 화의 근본이지."

소정명은 생각을 굳힌 듯 고개를 천천히 끄덕였다. 그러나 얼마 못 가서 고개를 세차게 젓는 그였다.

"이런 배포로 어찌 천하를 파멸시키는 계획을 실행한단 말인가! 언젠가 부딪칠 적이라면 이번 기회에 확실히 끝장내 버린다. 바로 그게 나 화담다운 짓이지. 아무렴!"

그러나 이 역시 잠시뿐이었다.

"크아~ 아무리 나다워도 황 대장만큼은 좀……."

소정명의 고민은 밤늦게까지 이어졌다. 한번 결단을 내리면 하늘이 두 쪽 나도 밀어붙이고 말았던 그에겐 정말로 낯선 경험이었다.

* * *

황조령과 소정명의 불편한 동행은 계속되었다.

소정명의 버릇없는 행동 때문에 약간의 마찰이 있었지만 큰 분란은 없었다. 사소한 것은 황조령이 그냥 무시했고 도를 넘어설 때에는 눈살을 찌푸렸다. 그러면 소정명이 이내 그 행동을 중단했다. 시간이 지나면서 둘 사이의 규칙이 잡혀가는 듯했다.

그러나 번화한 도로를 벗어나기 직전, 양 갈래의 길을 두고 심한 언쟁이 벌어졌다.

"도대체 왜 이쪽으로 가지 않겠다는 것인가?"

"그쪽은 사천으로 향하는 길이 아니지 않습니까? 황 대장님의 혼사행에 폐를 끼치고 싶지 않습니다."

"폐라고? 언제부터 자네가 나를 챙겼는지는 모르겠군. 그리고 이쪽으로 가도 사천에 갈수 있다네. 약간 돌아가는 것일 뿐이지."

"그러니까 왜 돌아가느냐는 말입니다. 언제는 늦었다며 막무가내로 길을 결정하지 않았습니까?"

"그때는 그때고! 수검이와 둘이 다닐 때는 경치가 좋은 곳이 있으면 돌아가고, 물 좋고 공기 좋은 곳이 있으면 쉬어가기도 했단 말일세."

별것도 아닌 것에 황조령이 목숨(?) 거는 이유는 따로 있었다. 소정명이 주장하는 길에는 북방문이 진을 치고 있다는 정보 때문이었다. 북방문주의 성격이라면 소정명은 죽은 목숨이나 다름없었다.

"무슨 말을 하든 상관없습니다. 저는 반드시 이쪽으로 가야겠습니다."

소정명은 막무가내에 고집불통이었다. 황조령은 어쩔 수 없이 사실대로 말해야 했다.

"그 길에는 북방문이 진을 치고 있다네. 자네가 북방문주에게 무슨 짓을 했는지 확인할 필요는 없겠지?"

"흠……."

소정명은 잠시 말문이 막힌 듯했다. 그러나 황조령이 원하는 방향으로 흘러가지는 않았다.

"역시 죄를 짓고는 편히 살 수가 없군요. 해서 큰맘먹고 결정한 것인데… 이번 기회에 북방문주님에 대해 속죄를 해야 할 듯 싶습니다."

"뭐라?"

황조령은 제대로 짜증이 났다. 소정명 때문에 더 이상 골치 썩고 싶은 마음이 사라진 것이다.
"그러면 자네 마음대로 하게나! 수검아, 가자꾸나!"
황조령은 지체없이 몸을 돌렸다. 그리고는 어쩔 줄 모르고 서 있는 수검을 향해 소리쳤다.
"뭐 하느냐! 빨리 오지 않고!"
"아, 예~!"
수검은 깜짝 놀라서 달려갔다. 대인 중에 대인이라는 황조령이 이처럼 화를 내는 경우는 드물었던 것이다.
"마차에 오르시지요."
수검은 황급히 마차를 몰았다. 서둘러 갈림길을 떠나며 수검은 소정명의 눈치를 살폈다. 황조령의 태도는 너무도 완고했다. 소정명이 못 이기는 척 고집을 꺾으면 좋으련만 그러지 않았다.
"그동안 감사했습니다."
소정명은 작별을 고하고 자신의 길로 갔다. 죽음이 기다리는 길이다. 수검은 억지로라도 만류하고 싶었지만 그러지 못했다. 황조령이 이를 허락할 분위기가 절대 아니었기 때문이다.
달그락달그락.
덜컹덜컹.
수검이 넌지시 말을 꺼낸 것은 울퉁불퉁한 길을 지날 때였다. 수검 특유의 간적접인 표현이었다.
"화담 형님은 말이지요, 생김새만 여자 같은 게 아니라 하는 행동도 가끔 여자 같단 말입니다."

"……."

황조령은 아무런 반응도 보이지 않았지만 수검은 계속해서 말을 이었다.

"한데 말입니다. 이를 극복해야만 연애라는 것을 할 수 있단 말이지요. 연애 경험이 전무하신 황 대장님께서는 결코 이해를 못할 것입니다."

드디어 황조령의 반응이 있었다.

"대체 무슨 소리를 하는 것이냐? 화담 공자의 막무가내의 대책 없는 행동과 남녀 간의 교제가 무슨 상관이란 말이더냐?"

"그러니까, 이를테면 말이지요, 만약 황 대장님이 연애를 하게 되시면 말입니다. 이처럼 어처구니없고 상식에서 벗어난 상황을 반드시 접하시게 될 것입니다. 언제는 사내답고 거친 모습이 좋다고 하더니, 왜 그리 밥을 게걸스럽게 먹느냐, 키 좀 줄일 수 없느냐, 숨 쉬는 소리가 너무 큰 거 아니냐는 등, 말도 안 되는 이유로 삐치고 사랑하니까 헤어지자는 결정타를 날리게 됩니다."

황당한 사례가 이어졌지만 황조령은 수검의 말을 막지 않았다. 엄청난 진심이 느껴졌기 때문이다.

"여기서 주의할 점이 있습니다. 열 받는다고 똑같이 맞받아치면 진짜 끝입니다. 대꾸할 가치도 없다고 그냥 무시해 버려도 역시나 끝장나는 것이지요. 여인네의 마음이 상하지 않게 대처하는 기술이 필요합니다."

"무슨 말인지 대충은 알아듣겠다. 한데 지금의 상황에서 그런 말을 하는 이유가 무엇이더냐?"

"이것은 기회입니다. 황 대장님의 성격상 진짜 여인들을 상대로 그 기술을 습득하는 것은 무리 아닙니까. 그런 면에서 본다면 화담 형님이야말로 아주 좋은 연습 상대라 할 수 있습니다요."

"싫다."

황조령은 단칼에 거절했다. 수검은 순간적으로 당황했지만 포기하지 않았다.

"다, 다시 한 번 생각해 보심이 어떠신지요? 그 기술을 익히지 않으시면 원만한 연애 생활이……."

"싫다고 하지 않았더냐? 평생 혼자 산다고 해도 다시는 그 인간과 엮이고 싶은 마음이 없다."

"물론 화담 형님이 조금 심하기는 했습니다. 아무리 대책없는 여자도 진짜 죽을 짓은 하지 않거든요."

"……!"

순간 황조령이 두 눈이 부릅떠졌다. 매우 중요한 사실을 간과했음을 깨달은 것이다.

"제 생각에는 말이지요, 아마도 화담 형님은 갈림길에서 멀지 않은 곳에 있을 겁니다. 황 대장님이 돌아오시길 기다리면서 말이지요. 어느 정도 자존심을 지켜주면서 데려오는 기술이 필요……."

"그만하고 어서 말머리를 돌려라!"

갑자기 황조령은 다급한 음성으로 명했다. 예상치 못한 반응인지라 수검은 혼란스러웠다.

"어, 어디로 말머리를 돌릴까요?"
"화담 공자가 있을 만한 곳으로 말이다. 서둘러라!"
"예, 알겠습니다요."
 수검은 거칠게 말고삐를 끌어당겨 마차의 방향을 바꿨다. 조금 헷갈리는 상황이긴 했지만 목적은 이룬 것이다.

第九章
북방문

황조령의 마차는 최대한 속도를 내어 갈림길에 도착했다. 소정명이 근방에 있을 것이라는 수검의 예측은 틀렸다. 시선이 닿는 어디에도 그의 모습은 보이지 않았다. 경공까지 펼쳐 주변을 살피고 돌아온 수검이 심각한 표정으로 말했다.

"이거… 난감한데요."

수검의 손에는 화사한 여인의 옷이 들려 있었다. 소정명이 여장을 위해 입었던 것이다.

"화담 형님이 진짜 죽을 짓을 하는 모양입니다."

여장을 했다면 일말의 가능성은 있었다. 그러나 화담 공자 모습 그대로 북방문주를 만난다면 완벽히 죽은 목숨이었다. 불같은 성격의 북방문주는 자비나 용서하고는 매우 거리가 먼 인물이기 때문이다.

푸른 하늘 아래 부채꼴 모양의 언덕.

 바삭한 바위와 건조한 흙, 풀 한 포기조차 볼 수 없는 황량한 언덕이 짙은 녹음으로 물들었다. 북방문을 상징하는 녹색 깃발이 언덕 전체를 뒤덮은 것이다.

 단일 문파로는 최대의 인원을 자랑하는 북방문. 그 위용은 변방의 작은 왕과도 비견될 만했다. 이에 더하여 분위기까지 좋지 않았다. 중앙에 위치한 천막에 앉아 있는 북방문주부터 허드렛일에 동원된 잡부까지 북방문 진영 전체가 숨 막히는 살기로 가득했던 것이다.

 엄청난 위험을 느낀 사람들은 아예 사천행을 포기하거나 우회로를 선택했는데, 단 한 명만이 북방문이 진을 치고 있는 언덕길을 올랐다.

 화담 공자 소정명이었다. 그는 아무렇지도 않게 살벌한 표정으로 노려보는 북방문도들 사이를 지났다. 담대하게 보이려는 허세가 아니었다. 적개심으로 불타는 북방문의 집중된 시선을 전혀 의식하지 않았다. 소정명의 담이 얼마나 큰지 그를 노려보는 북방문도들이 내심 궁금증을 느낄 정도였다.

 뒷짐까지 지고 유유자적 걷던 소정명은 북방문주와 마주 볼 수 있는 위치에서 멈춰 섰다.

 "오랜만에 뵙겠습니다, 북방문주님."

 소정명은 포권을 취하며 인사했다. 반가움이 묻어나는 음성이었지만 북방문주의 반응은 예상대로였다.

 "오랜만이라고? 이 찢어 죽여도 시원치 않은 놈! 네놈의 그

뻔뻔함은 길이 두고 무림 역사에 기록될 것이다."
 "칭찬으로 들어도 되겠습니까?"
 북방문주 용태강(龍太康)은 최대한 자신의 감정을 억누르며 대답했다.
 "간사하고 비열하고 이기적이고 냉혹한 것도 칭찬을 받아야 한다면 당연히 그렇겠지."
 단칼에 죽여서는 용태강의 쌓인 분노가 풀리지 않았다. 천천히, 그리고 잔혹하게 그를 죽이기 위한 노력이었다. 이를 모르는 것인지 소정명은 용태강에 대한 도발을 서슴지 않았다.
 "그런 면에서라면 북방문주님께서도 자자손손 칭송을 받아야 마땅하지 않겠습니까?"
 "뭐라?"
 "모용관이 강호를 짓밟았을 때 북방문은 어떤 입장이었습니까? 강호의 일에는 관여치 않는다는 문파의 규약을 내세워 수수방관하지 않았습니까? 한데 계집 하나 죽었다고 이 많은 인원을 끌고 오셨단 말입니까?"
 "네 이놈! 어느 안전이라고 주둥이를 함부로 놀리느냐!"
 북방문도들의 분통이 먼저 터졌다. 당장이라도 난도질을 해댈 기세였으나 용태강이 손을 들어 제지했다.
 "네놈의 간교함은 예전부터 알고 있었다. 그런 말장난으로 네놈의 죽음에 어떤 의미를 부여하고 싶다면 포기하는 게 좋을 것이다. 본 문의 규약은 문도들의 안위에 달려 있다. 만약 모용관 그놈이 본 문의 제자를 해하였다면 나는 주저없이 출정을 명했을 것이다."

"그 말씀 또한 이해할 수 없군요. 저는 북방문의 제자를 해한 기억이 없습니다만."

"연이는 내가 가장 총애했던 여인이다. 나에게는 본 문의 제자 그 이상의 존재였지. 그런 연이가 네놈은 간교한 속임수에 빠져 죽었다. 그것도 바로 내 눈앞에서 말이다. 시신조차 수습할 수 없을 정도로 참혹한 죽음이었다. 그렇게 만든 네놈을 내 용서할 것 같은가? 그녀의 마지막보다 더욱 비참하게, 활활 타오르는 내 분노가 잦아들 수 있도록 천천히 고통스럽게 네놈을 죽여줄 것이다. 이를 위하여 네놈의 역겨운 면상과 비겁한 변명을 듣고도 참을 수 있는 것이다."

이를 악물고 말하는 용태강의 입술 사이로 피가 흘렀다. 그가 얼마나 큰 분노를 참고 있는지 알 수 있는 장면이었지만 소정명은 도발을 멈추지 않았다.

"그녀의 원수를 갚기 위해서라면 완전히 잘못 찾아오셨습니다. 그녀가 비참한 죽음을 선택할 수밖에 없게 만든 원흉은 따로 있으니 말입니다."

"나를 자극하여 편히 죽겠다는 의도가 뻔히 보이는구나. 좋다. 시간은 많으니 어떤 헛소리를 하는지 들어나 보자. 연이가 비참한 죽음을 선택하게 만들었던 그 원흉이 누구라는 말이더냐?"

"그건 바로 북방문주 당신입니다!"

용태강의 반응은 의외로 담담했다.

"연이의 죽음이 나 때문이라고? 네놈의 대답은 어찌 내 예상에서 한 치도 벗어나지 않는 것이냐?"

"내가 헛소리를 하는 것 같습니까? 천만의 말씀입니다. 주연 아가씨를 만나 금단의 무공비급을 넘긴 것은 사실입니다. 그러나 세간에 알려진 것처럼 젊음을 회복할 수 있다는 속임수를 썼다는 소문은 거짓입니다. 그녀가 진정으로 원한 것은 세상에서 가장 비참한 죽음! 그것도 자신을 배반한 북방문주님 눈앞에서 직접 보여주는 것이었습니다."

"뭐, 뭐라……?"

용태강의 눈 주위가 심하게 꿈틀거렸다. 생각지도 못한 소정명의 대답에 상당히 충격을 받은 반응이었다.

"가장 총애하던 여인이라면서 왜 그녀를 멀리하고 다른 여인들을 찾으셨습니까? 주연 아가씨는 언제 쫓겨날지 모른다는 심한 불안감에 떨어야 했습니다."

"연이는 아팠다. 매사에 신경질적으로 행동하고 작은 일에도 화를 내기 일쑤였다. 나는 연이의 상태가 나아지기를 기다렸던 것뿐이다. 네놈이야말로 심약해진 그녀를 이용하여 엄청난 금전적인 득을 취하려 하지 않았더냐!"

"제가 아무리 돈을 좋아한다고 해도 죽을 것이 뻔한 짓을 하겠습니까? 북방문주님이야 말로 그녀를 방치하여 더 이상 헤어나오지 못할 정도로 심한 좌절감에 빠뜨렸습니다. 그러고도 그녀만을 사랑했다 말씀하시다니 참으로 가소롭기 짝이 없군요."

"머시라? 네 이놈~!"

이를 악물고 참았던 용태강의 분이 폭발하고 말았다. 벌떡 자리에서 일어선 그는 핏발 선 눈으로 소리쳤다.

"정녕 독사 같은 혀를 가진 놈이로다! 그 위험은 모용관을 훨씬 능가하여 강호를 엄청난 파국으로 몰고 갈 것이다! 내 사사로운 감정을 접고 네놈을 곧바로 응징하여 강호의 평화를 지킬 것이다!"

"후후, 과연 그럴 수 있을까요?"

"……!"

용태강은 순간적으로 당황했다. 소정명의 태도가 너무도 당당했기 때문이다. 아무리 배포가 큰 자라도 죽음 직전에 이는 불가능했다. 특히나 권모술수에 탁월한 화담이라는 존재라서 더욱 그러했다.

그 시간 황조령의 마차는 북방문이 진을 치고 있는 언덕 밑에 도착했다. 황조령은 마차에서 내리자마자 언덕을 향해 올랐다.

"황 대장님, 도대체 무슨 일입니까?"

수상한 분위기를 직감한 수검이 물었다. 소정명을 구하기 위해 서두르는 것은 아닌 듯했다.

"화담의 진짜 노림수가 무엇인지 알겠다."

"노림수라니요?"

"마인 말이다."

"마, 마인이라뇨?"

총총걸음으로 황조령의 뒤를 따르던 수검이 바싹 얼굴을 들이대며 반문했다.

"너도 경험하지 않았더냐. 저잣거리에서 무고한 사람들을 해치던 놈 말이다."

"아! 그 대책없이 미친놈 말입니까? 한데 그 미친놈과 화담 형님이 무슨 관계가 있습니까?"

"마인을 만들고 조종하는 인물이 바로 화담 공자다."
"예?!"
수검은 비명에 가까운 소리를 질렀다. 소정명이 상당히 독특한 인물인 줄은 알고 있었지만 그 정도로 엄청난 짓을 벌였다는 게 믿기지 않는 반응이었다.

"무림맹에서도 이를 조사하고 있었다. 그 엄청난 인원과 막강한 정보력을 동원했어도 아무런 소득이 없었다는 것은 무림맹의 영향권에서 벗어난 곳에 마인들이 있었다고 볼 수 있지 않겠느냐?"

"화담 형님이 북방문주를 만나는 것은 미련하게 죽을 짓을 하는 것이 아니라……."

"그렇다. 북방문 진영에 숨겨놓은 마인들을 풀어놓을 생각이다. 이를 한시라도 빨리 북방문주에게 알려야 한다."

그러나 갈 길 바쁜 황조령의 행보를 막는 이들이 있었다.

"멈춰라!"

물샐틈없는 경비를 서고 있는 북방문도들이었다. 수검이 나서며 대꾸했다.

"어서 길을 열어라! 북방문주님께 긴히 전할 말이 있다! 시급을 다투는 매우 중요한 일이다!"

"썩 돌아가라! 그 누구도 언덕 안으로 들이지 말라는 문주님의 엄명이 계셨다!"

수검은 경비병과 말싸움할 시간이 없었다.

"우리가 할 일이 없어 여기에 온 줄 아느냐! 여기 계신 분이 바로 무적신검 황 대장님이시다!"

"화, 황 대장!"

그들 역시 황조령은 명성은 잘 알고 있었다. 그러나 대부분의 강호인들과 마찬가지로 정말 소문의 무적신검 황 대장인지 반신반의하는 눈치였다.

"어허! 황 대장님께서는 북방문주님을 직접 뵌 적이 있다. 진짜 무적신검 황 대장님이 맞는지는 북방문주님께 데려가면 알 것 아니더냐!"

북방문도들도 수검의 말이 일리 있다 판단했다. 잠시 눈빛을 주고받은 그들은 수검과 황조령에 대한 경계를 유지하며 언덕 위로 향했다.

언덕 꼭대기에선 북방문주와 소정명의 팽팽한 대치 상태가 계속 이어지고 있었다. 북방문주가 소정명의 진정한 저의가 무엇인지 의심하고 있는 그때, 아래쪽에서 전령의 외침이 들려왔다.

"문주님, 무적신검 황조령이라는 자가 문주님을 뵙기를 청합니다!"

"무적신검 황 대장!"

깜짝 놀란 용태강이 시선을 돌렸다. 시종일관 여유를 잃지 않던 소정명도 구겨진 표정으로 고개를 돌렸다. 정말 반갑지 않은 싸늘한 시선이었다.

"오랜만에 뵙습니다, 북방문주님."

황조령의 모습이 예전과 많이 변했지만 용태강은 단번에 그를 알아보았다.

"어서 오시오, 황 대장님. 평상시라면 기쁜 마음으로 맞았을 텐데, 지금은 상황이 좋지 않군요."

"그 때문에 온 것입니다. 화담 공자에 대한 포위를 풀고 군사를 뒤로 물리십시오."

용태강은 어이없다는 표정으로 반문했다.

"나보고 연이에 대한 복수를 포기하라는 것이오?"

"그게 아닙니다, 북방문주님. 화담 공자는 지금 속임수를 쓰고 있습니다. 서둘러 군사를 물리고 이상 증세를 보였던 이들을 따로 격리해야 합니다."

"대체 무슨 소리를 하고 있는 것이오?"

"화담 공자는 문주님의 수하들 속에 마인이라는 괴물을 섞어 놓았습니다. 그놈들이 풀리게 되면 감당할 수 없는 피해를 입게 됩니다."

"마인이라니요? 황 대장, 본 문은 그러한 요물과는 전혀 상관이 없소이다."

"물론 북방문이 의도적으로 관여한 것은 아닙니다. 우선은 저를 믿으시고 이상 증세를 보였던 수하들을 솎아내십시오. 부탁드립니다, 문주님."

"어허, 이게 대체 무슨 경우란 말이오? 내가 이해를 해야 수하들에게 명을 내릴 것 아니겠소?"

어찌나 답답했던지 사건의 주모자인 소정명이 나섰다.

"이런 멍청한 인간 같으니! 그리 말귀가 어두우니 주연 아가씨가 극단의 선택을 한 것 아니겠는가?"

"뭐라!"

"뭐라 뭐라 앵무새처럼 지껄이지 말고 지금부터 어떤 일이 벌어지는지 똑똑히 보아라. 마인들이여, 인간의 탈을 벗고 파괴자의 모습으로 깨어나라!"

소정명의 외침이 끝나는 순간 숨 막히는 정적이 감돌았다. 도대체 어떤 사태가 벌어질 것인가? 긴장감과 호기심이 극에 달한 그때였다.

"크아악!"

처절한 비명 소리가 울려 퍼졌다. 일제히 비명 소리가 들린 쪽으로 시선이 모아졌다.

"저, 저런!"

용태강은 자신의 눈을 믿을 수 없었다. 야차의 모습으로 돌변한 수하가 동료의 목을 물어뜯는 게 아닌가!

"뭣들 하느냐! 어서 저 미친놈을 주살하라!"

"안 됩니다."

황조령이 급히 만류했다.

"마인들의 무력은 상상 이상입니다. 우선은 후퇴하여 방어진을 구축해야 합니다."

"황 대장은 본 문의 능력을 무시하는 것이오? 어떠한 상황에서도 후퇴란 있을 수 없소이다! 여봐라! 내 명을 못 들었는가? 당장 저 미친놈을 박살 내 버려라!"

"존명!"

용태강은 황조령의 충고를 무시했다. 그리고 벌어진 결과는 참혹했다.

"크아악!"

"끄아~!"

마인들은 사방에서 출몰했다. 한솥밥을 먹던 동료들이 갑자기 돌변하여 공격하니 그 당혹감은 이루 말할 수 없었다. 더욱이 마인으로 변한 그들의 능력은 대단했다.

깡깡깡깡깡깡!

주변에 있던 북방문도들이 병장기를 휘둘렀지만 통하지 않았다. 북방문의 내로라하는 고수들이 혼신의 힘을 다해 검을 휘둘러도 상처 하나 입히지 못했던 것이다.

"금, 금, 금강불괴!"

당혹한 용태강의 입에서 튀어나온 말이었다. 이에 혼란은 더욱 가중되었다. 전설로만 내려오는 극강의 신체 능력, 정말로 금강불괴가 현신했다면 무적이라는 의미였던 것이다. 점점 악화되는 상황을 보고 있던 수검의 입에서 불만이 터졌다.

"북방문주의 대한 소문을 많이 들었는데, 위기관리 능력은 조금 아닌 듯싶습니다. 괜한 소리를 하여 수하들의 사기만 떨어뜨려 놓지 않았습니까?"

"지금은 누구의 잘잘못을 논할 때가 아니다. 마인으로 인한 피해를 최대한 줄이는 것이 관건이다."

"하지만 방법이 없지 않습니까? 북방문주는 황 대장님의 조언을 들으려고 하지도 않고, 그의 수하들은 합심하여 대항하기는커녕 서로가 서로를 의심하는 상황입니다."

이것이 가장 큰 문제였다. 옆에 있던 동료가 언제 마인으로 변할지 모르니 벌어진 일이었다.

"수검이 너는 언제라도 뛰어들 수 있는 상태를 유지해라. 내가 신호하면 지체없이 움직여야 한다."

"어찌하실 생각이십니까?"

"화담 공자를 친다."

"예? 아무래도 그건……."

수검은 상당히 부정적인 반응을 보였다. 그도 그럴 것이, 오십에 가까운 마인들이 출현했는데, 그중 열 놈이 소정명을 보호하고 있었던 것이다. 마인의 엄청난 능력을 직접 경험했던 그로서는 망설일 수밖에 없었다.

"이 세상에 완벽한 것이 어디 있겠느냐? 그리 생각하는 것 자체가 틈이 될 수도 있는 것이다. 우리는 그 틈이 생기기를 기다린다."

"알겠습니다."

수검은 공격 태세에 접어들며 돌아가는 상황을 주시했다. 치열한 공방전이 아니었다. 사방에서 들려오는 아비규환의 절규는 일방적인 학살이었다. 비참하게 죽어가는 수하들을 지켜보는 용태강의 분노는 극에 다다랐다.

"화담, 네 이놈! 야차와 다름없는 마물을 만들다니, 이러고도 네가 사람이라 할 수 있더냐!"

"자신의 잘못도 모르고 남만 탓하는 꼴이라니……. 이 모든 게 북방문주 그대가 자초한 일임은 왜 모르실까?"

"뭐라!"

"이 많은 수의 마인을 들키지 않고 만드는 게 쉬운 것 같소이까? 주연 아가씨의 도움이 없었다면 불가능했다! 비참한 죽음의 대가로 나를 돕기는 했지만 그대가 만류한다면 언제라도 포기하려 했지! 그런데 당신은 그녀가 무슨 일을 하는지 전혀 관심이 없었어! 이 모든 것은 그대의 무관심이 만들어낸 결과란 말이다!"

"찢어진 입이라고 잘도 지껄이는구나! 네놈의 목과 심장을 연이의 영전에 바쳐 비참한 죽음의 원한을 풀어줄 것이다!"

"아니 됩니다, 문주님!"

소정명을 향해 뛰어들려는 용태강을 측근들이 만류했다.

"마인들은 너무도 위험한 존재입니다. 혼란에 빠진 수하들을 뒤로 물려 방어진을 구축하는 것이 시급합니다."

"뭐라! 연이의 원수를 앞에 두고 후퇴하란 말이더냐?"

"지금은 주연 아가씨의 복수를 논할 때가 아닙니다. 북방문 제자들의 생존이 달려 있는 문제입니다."

용태강이 망설이는 순간에도 피해는 점점 더 늘어났다. 북방문 진영 곳곳에서 출연한 마인의 수는 근 백에 이르렀고, 그 주변으로 참혹하게 죽어간 북방문도들의 시신이 쌓여갔다. 누구보다도 자존심이 강한 그였지만 어쩔 수 없는 상황이었다.

"후퇴를… 명하여라."

용태강은 참담한 심정으로 말했다. 곧바로 측근들이 혼란에 빠진 수하들에게 이를 전파했다.

"즉각 싸움을 멈추고 후퇴하라! 문주님의 명이시다! 백인장들은 신속히 수하들을 통솔하여 언덕 너머 아래에서 방어진을 구축하라!"

"문주님의 명이 떨어졌다! 퇴각하라! 모두 퇴각하라!"

언덕 전체를 뒤덮었던 북방문도들은 썰물처럼 빠져나갔다. 녹색의 깃발로 넘실거렸던 황량한 언덕은 핏물을 뒤집어쓴 듯 붉게 물들어 있었다. 소름 돋도록 괴기스러운 장면이었지만 소정명의 입가에는 환한 웃음이 번졌다.
"후후후후, 머리수만 믿고 설치는 놈들, 이 강호가 얼마나 험한 곳인 줄 똑똑히 가르쳐주마. 마인들이여, 저 벌레 같은 놈들을 쫓아가 밟아버려라!"
소정명은 자비를 베풀지 않았다. 그의 조정을 받는 마인들은 허둥지둥 도망치는 북방문도들을 끝까지 추격하여 주살했다.
"푸하하하! 죽여라, 죽여! 모두 죽여라! 이제 강호는 내 것이나 다름없다! 푸하하하!"
환희에 찬 표정의 소정명이 앙천대소를 터뜨리는 그때, 황조령이 움직이기 시작했다.
"수검아, 지금이다!"
"네!"
황조령이 질풍처럼 달려들었다. 한쪽 다리를 절기는 했지만 속도에는 전혀 지장을 주지 못했다. 이를 아는지 모르는지 소정명은 환희에 찬 웃음을 멈추지 않았다. 그를 겹겹이 호위하고 있는 마인들을 믿는 것이다. 그 어떤 강호의 고수도 극강의 신체 능력을 지닌 열 명의 마인을 이길 수 없다는 자신감. 그러나 황조령은 그 완벽한 자신감을 빈틈이라 여기고 파고들었다.
"크아~!"
한 놈이 손을 뻗어 황조령을 잡으려 했다. 시뻘건 핏물이 든 길고 날카로운 손톱이 무기였고, 인간의 뼈 정도는 가볍게 으스러뜨릴 수 있는 악력을 가지고 있었다. 황조령은 정면으로 놈을 상대하지 않았다.

스윽.

진심장의 손잡이를 갈고리처럼 사용하여 놈의 발을 걸었다. 그리고는 엄청난 마인의 힘을 역이용하여 뒤쪽으로 넘겨 버렸다.

쿵~!

큰대자로 떨어진 놈은 수검의 몫이었다.

"이놈의 새끼!"

수검은 양손으로 잡은 수호검을 번쩍 치켜들었다. 날을 빼지 않은 검집째였다. 도검이 통하지 않기에 멀리 날려 버리는 것이었다.

"꺼져 버려~!"

후웅.

까앙~!

힘에서라면 누구에게도 지지 않는다고 자부하는 수검이었다. 제대로 가격당한 마인은 한참이나 허공에 뜬 채 날아갔다.

"좋았어!"

수검이 기뻐할 사이도 없이 또 한 놈이 떨어졌다.

"이번에는 더 멀리!"

까앙~!

황조령과 수검은 환상의 호흡을 자랑하며 소정명을 호위하고 있는 마인들을 차례차례 떼어냈다. 관건은 시간이었다. 도검불침의 신체인지라 수검의 일격은 별다른 충격을 주지 못했다. 멀리 날았던 마인들이 다시 일어서서 돌아올 때까지 소정명을 제압해야 했던 것이다.

툭, 툭.

부드러움이 강인함을 눌렀다. 내공도 실리지 않은 진심장의 움직임에 가공할 만한 힘을 자랑하는 마인들이 속수무책으로 고꾸라졌다. 그 짧은 시간, 열 명의 마인 중에서 둘밖에 남지 않게 되자 소정명은 당혹감에 휩싸였다.

"대체 저 인간은……."

그 또한 적수를 찾기 힘들다는 절정고수였지만 황조령의 진심장법 앞에서는 작아질 수밖에 없었다. 예측이 불가능한 진심장법의 움직임은 상대의 장점을 무력화시키고 교묘하게 약점을 파고들었다. 상대는 자신이 뭘 하는지도 모르는 사이에 무릎을 꿇게 되는 것이다.

툭.

까앙~!

철석같이 믿었던 마인들이 이제 한 놈밖에 남지 않았다. 차례차례 날아갔던 마인들이 속속 돌아오고 있지만 이에 안도할 수는 없었다. 그들이 도달하는 시간보다 황조령과 맞서야 하는 상황이 빨랐다.

사삭!

황조령은 마지막 한 놈을 그냥 지나쳤다. 마인은 재빨리 황조령을 잡으려 뒤돌아서며 손을 뻗었지만 멍청한 짓이었다. 바로 뒤를 따르는 수검을 간과한 것이다.

"어딜!"

까앙~!

수검은 있는 힘껏 마인의 머리통을 후려쳤다. 휘각, 고개가 돌아간 마인은 데굴데굴 굴러서 멀어졌고, 황조령은 일대일로 소정명과 맞설 수 있었다.

후웅.

황조령은 곧바로 공격을 감행했다. 소정명의 목을 노린 찌르기였다. 막강한 내력도 느껴지지 않고 단순한 공격처럼 보였지만 소정명은 맞설 엄두를 내지 못했다. 그 뒤로 이어지는 연속 공격에 속수무책으로 당했던 기억이 떠올랐다. 피하는 것이 상책이었다.

사사사삭.

소정명은 자신이 알고 있는 최고의 신법을 펼쳤다. 엄청난 내공 소모를 감수하며 현란한 움직임을 보였지만 한쪽 다리가 불편한 황조령을 떼어낼 수 없었다.

"어, 어느새!"

서슬 퍼런 진심장의 검끝이 소정명의 심장을 노리고 들어왔다. 이를 막았다가는 황조령의 다른 손에 있는 진심장에 가격당할 상황이었다.

"젠장!"

위기를 모면하기 위해 소정명은 땅바닥을 굴러야 했다. 무림인이 왈패들의 싸움질처럼 땅에 구른다는 것은 참으로 수치스러운 일이었다.

"무슨 이유로 내 일을 방해하는 것이오!"

흙먼지를 뒤집어쓰고 몸을 일으킨 소정명이 따져 물었다. 황조령은 파상적인 공세를 멈추지 않고 대답했다.

"정녕 몰라서 묻는 것인가? 마인과 아무런 관련이 없다고 부인하던 사실을 벌써 잊었단 말이더냐? 당장 북방문에 대한 학살을 중단해라!"

"싫습니다. 이는 북방문과 나의 개인적인 원한입니다. 황 대장님께서는 끼어들 명분이 없습니다."

소정명은 황조령의 위협적인 공격을 피하며 반박했다. 그러나 시간이 지날수록 실력 차이는 극명해졌다. 목이 달아나고 심장을 뚫릴 뻔한 위기 상황이 계속 반복되었다.

마인들의 도움은 생각지도 않는 게 나았다. 한 번의 실수로 생사가 결정되는 상황에서는 오히려 그들의 존재가 방해가 될 수 있기 때문이었다. 소정명은 더 이상 마인들이 접근하지 못하게 막고서 홀로 황조령을 상대해야 했다.

"당장 멈추지 않으면 죽음만이 기다릴 뿐이다. 그 실력으로 언제까지 내 공격을 피할 수 있을 것 같은가?"

"죄송하지만 황 대장님은 절대 저를 죽일 수 없습니다. 제가 죽으면 마인들이 폭주합니다. 강호의 무림문파는 물론 아무런 힘도 없는 서민들까지 공격하게 됩니다. 그 피해가 얼마나 심각할지 상상할 수도 없으실 겁니다."

"지금 그따위 위협이 내게 통할 것 같은가! 네놈의 숨통을 끊고 폭주하는 마인들을 이 세상 끝까지 쫓아가 모두 척살할 것이다."

"혼사행은 어찌시고요? 장가 한번 가지 못하고 마인들을 찾는 데 평생을 보내실 작정이십니까?"

"그건 네가 걱정할 바가 아니다. 우선은 네놈의 숨통부터 끊어놓을 것이다."

"정말 고지식하기 짝이 없군요. 그러니까 여자가 붙지 않는 겁니다."

"네놈이야말로 교묘하고 간사하기 짝이 없구나. 그러니까 무림맹의 여 군사에게도 배반을 당한 것이다."

"방금 큰 실수를 저지르셨습니다. 여주승, 그 인간에 대해서는 절대 입에 담으면 안 됩니다."

"네놈은 마인을 불러낸 순간, 돌이킬 수 없는 실수를 저지른 것이다. 수많은 인명을 해친 악업을 감당해야 할 것이다."

"이제 유치한 말장난은 끝내도록 하지요. 둘 중 하나가 죽어야 한다면 그건 황 대장님이 될 것입니다."

소정명의 분위기가 달라졌다. 뒤쪽으로 몸을 날려 멈춰 선 소정명의 얼굴에 싸늘한 기운이 감돌았다. 분위기만 바뀐 것이 아니다. 그의 신체에도 변화가 생기기 시작했다.

어깨가 좁아지고, 확실히 있었던 울대가 사라지고, 가슴이 커지며, 허리는 들어가고, 하체의 골반 굴곡은 더욱 선명해졌다. 뒤로 묶은 머리까지 풀어헤치자 수검의 비명이 터졌다.

"마, 말도 안 돼~! 여, 여, 여자? 화담 형님이 진짜 여자였습니까!"

소정명은 수검에겐 신경 쓰지 않았다. 그녀는 화사한 미소를 지어 보이며 황조령을 바라보았다.

"이것이 제 본모습입니다. 남자로 변한 상태에서는 황 대장님을 이길 수 없으니 어쩔 수 없지요. 많이 놀라셨나요?"

"……."

황조령은 아무런 대답도 하지 않았다. 호기심 가득한 눈으로 그녀를 바라볼 뿐이었다. 성별을 바꾸는 무공이 존재한다는 것이 신기한 모양이었다.

"어머나! 진짜 많이 놀라신 모양이네. 아무 말도 못하시니 말이에요."

소정명의 빈정거리는 말이 끝남과 동시에 수검이 소리쳤다.

"이제야 깨달았습니다! 화담 형님, 아니, 화담 누님이 왜 여주 승 군사를 못 잡아먹어서 안달인지 말입니다. 이건 강호의 패권을 차지하려는 음모와 배신이 아니라 남녀 관계의 문제입니다. 여 군사가 화담 누님을 찼기에 앙심을 품은 게 틀림없습니다."

확실하다 생각한 수검이 계속 말을 이었다.

"제가 저번에 말하지 않았습니까. 강호에서 벌어졌던 대재앙의 원인 대부분은 남녀 간의 애증 관계 때문이라고 말입니다. 이 또한 그런 경우라 할 수 있습니다."

스스로 대견하다 여기던 수검의 얼굴에 이채가 번뜩였다. 반드시 해결해야 하는 궁금증을 느낀 것이다.

"아니 그럼 무림신녀님과 누님은 남매가 아닌 자매였습니까? 무림맹의 정보통이 잘못 알고 있었던 거지요. 확실히 그런 겁니까? 제발 말 좀 해주십시오, 화담 누님!"

수검은 그녀의 대답을 듣지 못했다. 그의 외침이 끝남과 동시에 소정명이 공격을 감행한 것이다.

파파파팟!

그녀의 움직임을 따라 진한 흙먼지 솟아났다. 대기의 변화까지 생겨 휘몰아치는 바람이 그녀를 보호했다. 본모습으로 돌아온 그녀의 내공이 얼마나 대단한지 알 수 있는 장면이었지만 황조령은 흔들림이 없었다. 그는 특유의 무표정으로 그녀를 바라보았다.
 파르르르.
 그녀의 무기인 연검을 뽑아 들 때까지 아무런 움직임도 보이지 않았다.
 "황 대장! 죽어줘야겠어!"
 팔랑팔랑팔랑~
 소정명이 내뻗은 연검이 사나운 뱀처럼 휘어들어오자 비로소 황조령이 검을 휘둘렀다. 격검의 순간 청명한 쇳소리가 아닌 감기는 소리가 났다.
 착!
 연검은 살아 있는 뱀처럼 황조령의 검을 타고 올랐다. 구불구불 똬리를 틀 듯 올라가니 별다른 위협은 되지 못했다. 황조령의 검이 훨씬 더 길기 때문이었는데 믿지 못할 일이 벌어졌다. 소정명의 검신이 늘어났던 것이다. 착시현상이 아니었다. 고무줄처럼 늘어난 연검의 검끝은 먹이를 집어삼키려는 뱀처럼 황조령의 손목으로 향했다.
 창!
 황조령은 반대편 손에 있던 진심장으로 이를 막았다.
 "쳇!"
 아까운 반응을 보인 소정명은 재빨리 연검을 거둬들이고 재차 공격을 감행했다. 정확한 방향을 예측하지 못하게 흔들리고, 검의 길이까지 자유자재로 늘어나니 무척 까다로운 상대였다.
 창창창창창창…….

순식간에 수십 합을 주고받았다. 본모습으로 돌아온 이후 소정명은 백중세를 유지할 수 있었다. 그러나 한번 구겨진 그녀의 인상은 좀처럼 펴지지 않았다.
 '왠지 손해나는 느낌인데…….'
 소정명은 화려하고 현란한 공격을 펼치는 반면 황조령은 군더더기를 뺀 꼭 필요한 움직임만 보였다. 느낌만 그런 게 아니라 합을 거듭할수록 그녀의 손해였다.
 엄청난 내공의 소모도 그렇고, 현란한 연검의 움직임을 제어하기 위해 쌓여가는 정신적 피로감도 그렇고, 신체적으로나 정신적으로 먼저 지칠 수밖에 없었다. 모험이라도 감행하여 빨리 승부를 결정짓고 싶었지만 이도 여의치 않았다.
 '황 대장에게 약점이란 없는 것인가!'
 소정명은 상대의 약점을 간파하는 데 탁월한 능력을 가지고 있었다. 그 어떤 절정고수도 십 합 내에 치명적인 약점을 찾아낼 수 있었던 것이다. 그런데 예외가 있었으니 바로 황조령이었다.
 '매 합마다 다른 사람을 상대하는 것 같아!'
 약점은커녕 황조령의 특징을 간파하기도 힘들었다. 아무리 기를 써도 백중세 그 이상은 힘들었던 것이다.
 '이런 식이라면…….'
 정공법이 최선이었다. 상대의 특징이나 약점을 간파하려 애쓰지 않고 자신이 가장 자신있는 무공으로 몰아붙이는 것이다. 간단하지만 쉬운 건 아니었다. 상대의 무공 경지를 알 수 없으니 전력을 다해 승부를 봐야 했다.

"이것만은 여주승 그 썩을 놈을 위해서 아껴두려 했는데……."

소정명은 지그시 입술을 깨물었다. 그녀의 최종적인 목표 여주승에 대한 복수심으로 연마했던 비장의 무공을 쓰기로 결심한 것이다.

소정명이 서 있는 발밑에서 광채가 번졌다. 황량한 언덕의 눈 위에 그녀 홀로 서 있는 것 같은 분위기였다. 발밑에서 시작된 새하얀 빛은 점점 위로 올라가 그녀의 몸을 보호하듯 감쌌다. 머리에서 발끝까지 하얀 빛으로 뒤덮인 순간, 그녀가 움직였다.

"……!"

황조령의 눈이 번쩍 뜨일 만큼 엄청난 속도였다.

차앙~!

황조령의 반응이 조금이라도 늦었다면 소정명이 휘두른 검에 반 토막이 났을 위기였다.

씨익, 자신감 넘치는 미소를 지어 보인 소정명의 파상적인 공세가 이어졌다.

창창창창창창!

그녀는 움직임만 빨라진 게 아니었다. 검에 실린 파괴력 또한 몇 배는 증가했다. 그녀의 공격을 막아내는 황조령의 검이 밀릴 정도였다. 상대의 힘을 역이용하는 진심장법조차 통하지 않았던 것이다.

'십이성 위력의 백화파환공(白樺波環攻)은 내 예상 이상이다. 이러고도 패하면 말도 안 되는 거지!'

이는 곧 승리에 대한 확신이기도 했다. 무림지존의 위치까지 올랐던 황조령을 제압하는 건 엄청난 일이었다. 그러나 마냥 기뻐할 수는 없는 노릇이었다. 그에 따른 희생을 감수해야 했기 때문이다.

그녀가 사용하는 백화파환공은 그야말로 비장의 무기, 대결이 끝나면 서 있을 힘도 남아 있지 않을 것이다. 어쩌면 의식을 잃고 쓰러질지도 몰랐다. 매우 위험스러운 일이었지만 선택의 여지가 없는 상황이었다.

창창창창창!

소정명은 더욱 거세게 황조령을 몰아붙였다. 대결을 빨리 끝낼수록 조금이라도 내공의 소모를 줄일 수 있었다. 휘청거리는 황조령의 모습을 보면 승리의 순간이 멀지 않았다. 그러나 승리의 확신이 강해질수록 왠지 모를 불안감도 커졌다. 이는 무림인의 직감이라 할 수 있었다.

그녀는 애써 이를 부인했다. 이성적으로 판단하면 절대로 질 수 없었다. 무적신검 황 대장이라는 엄청난 대어인지라 느껴지는 불안감이라 치부했다.

"황 대장님과의 악연도 이것으로 끝이네요!"

소정명의 자신감은 충만했다. 최고로 끌어올린 내공과 절호의 기회에서 펼치는 회심의 일격, 중심을 잃은 황조령이 늦지 않게 막는다 해도 소용없다. 막강한 힘으로 밀어붙여 그의 심장을 꿰뚫을 수 있다고 판단했다.

쩌엉~!

그러나 격검의 순간, 소정명은 뭔가 잘못됐음을 깨달았다. 감당할 수 없는 거대한 장벽에 막힌 것 같았다. 힘으로 밀어붙이기는커녕 몸이 굳어지는 위압감을 느꼈다. 괜한 불안감이 아니었다. 황조령의 검에서 사나운 파도와 같은 기운이 폭사되었고, 이는 곧 대규모의 폭발로 이어졌다.

콰콰콰콰콰쾅~!

황량한 언덕 전체가 들썩였고 거대한 모래폭풍이 주변에 있는 모든 것을 날려 버렸다. 마인들은 사나운 기운에 휩쓸려 허공을 배회했지만 수검은 무사했다.

"내 이럴 줄 알았지!"

수검은 땅바닥에 납작 엎드려 있었다. 황조령이 무림맹을 떠난 이후 쭉 함께했던 그다. 소정명이 회심을 일격을 가하는 순간, 어떤 사태가 벌어질지 짐작하고 있었던 것이다.

사납게 소용돌이치던 기운이 잠잠해지면서 허공으로 빨려 올라갔던 마인들이 떨어졌다.

쿵쿵쿵쿵쿵!

"워메, 워메……."

수검은 하늘에서 떨어지는 마인들을 피하며 폭발의 근원지로 다가갔다. 승패는 결정되었다. 엉망인 모습의 소정명은 땅바닥에 털썩 주저앉아 있었고, 황조령은 가녀린 그녀의 목에 검끝을 겨누며 물었다.

"결정해라. 북방문을 공격하고 있는 마인들을 물릴 것인가, 아니면 이대로 생을 마감할 것인가."

차분한 음성이었지만 그 의지는 확실했다. 거부의 의사를 보인다면 망설임없이 그녀의 목을 꿰뚫을 것이다.

"제가 졌습니다."

소정명은 질렸다는 듯 고개를 저으며 대답했다.
"말은 필요없으니 행동으로 보여라."
삐이이익~!
소정명은 길게 여운 지는 휘파람을 불었다. 그리고 잠시 후 언덕을 넘어 북방문도를 공격했던 마인들이 돌아왔다. 온몸이 피와 살점으로 범벅된 괴기스런 모습이었다. 그 수가 백에 다다르니 대책없이 용감하다는 수검조차도 기가 질릴 정도였다.
"이제 됐습니까?"
소정명이 천천히 몸을 일으키며 물었다. 황조령이 고개를 끄덕이자 그녀는 다짐을 받듯 말했다.
"미리 말해두겠는데, 마인들을 몰살시키라든가 여주승에 대한 복수를 포기하라는 등의 무리한 요구는 받아들이지 않겠습니다."
황조령은 고개를 끄덕였다. 그녀의 고집스런 성격으로 볼 때 죽어도 들어주지 않을 것임을 잘 알고 있었다.
"그럼 한 가지만 묻겠다."
황조령은 소정명의 허락과 상관없이 질문을 했다.
"이 모든 게 수검의 말처럼 여 군사와의 애증 관계 때문에 벌어진 것인가?"
"하! 정말 맞다니까요."
황조령은 답답한 듯 끼어드는 수검을 제지했다. 그녀의 입에서 직접 진실을 듣고 싶었던 것이다.
"그렇다고도 볼 수도 있지요. 자신이 필요할 때는 하늘의 별이라도 따줄 것처럼 잘해주더니, 무림의 패권을 쥐자마자 완전히 달라져서 귀찮아 죽겠다는 반응만 보이더군요. 그리 간악한 인간을 어찌 가만히 둘 수 있겠어요?"

황조령의 대답은 조금 의외였다. 위로가 아닌 염장에 가까운 것이었다.

"나로서는 도저히 이해할 수가 없군. 여 군사가 간웅의 기질이 있기는 하나 그 정도로 속 좁은 인간은 아니다."

"흥! 역시나 가재는 게 편이라고, 같은 남자라고 여주승을 두둔하는 말씀을 하시는군요."

"누구를 두둔하는 게 아니다. 나 역시 그에게 배신을 당했던 처지인지라 두둔할 생각도 없다. 그러나 내가 정말 이해하기 힘든 것은, 그대처럼 똑똑한 여인이 여 군사가 그런 인간인 줄 모르고 만났는가 하는 것이다."

"……!"

"또한 여 군사도 마찬가지. 그대처럼 능력있고 복수심이 강한 여인을 이용하다 버리려 했을까? 그리하면 어떤 사태가 벌어질지 뻔히 예측이 가능한 상황인데? 서로가 어떠한 여자이고 남자인지 알면서도 좋아했던 것 아니던가?"

"……."

소정명의 고개는 점점 아래쪽으로 숙여졌고, 황조령의 질타 섞인 충고는 계속되었다.

"서로 좋아했다가 헤어졌으면 그만이지 왜 그 피해를 강호 전체가 감당해야 한단 말인가. 여 군사는 잊어라. 그보다 더 좋은 남자 만나 행복하게 살면 된다. 이것이 여 군사를 향한 진정한 복수 아니겠는가?"

소정명이 천천히 고개를 들었다. 그리고는 복잡한 시선으로 황조령을 한참을 바라보다가 입을 열었다.

"참으로 어이가 없군요. 남녀 관계가 이성적인 판단으로 정리된다고 생각하십니까? 그러니 아직도 여자가 없지요."

"뭐라……?"

황조령의 인상이 구겨졌다. 그의 예상과는 전혀 다른 반응에 자존심이 상하는 말까지 들은 것이다.

"무공의 대한 조언이라면 모를까, 아직도 총각이신 황 대장님께 남녀 관계에 대한 충고를 들을 생각은 전혀 없습니다."

"그렇다면 무공에 대한 충고를 하지. 여 군사에 대한 복수를 포기해라. 다른 뜻은 아니다. 마지막에 보인 무공은 매우 훌륭했다. 그러나 여 군사를 이기기 위해서는 모자라는 실력이다."

"괜한 걱정이십니다. 저에게는 마인들이 있습니다. 이들의 능력은 황 대장님도 잘 아실 겁니다. 무림맹 전체와 붙는다고 해도 이길 자신이 있습니다."

"그 막강함을 여 군사도 알고 있으니 문제다. 자신을 파멸시킬지도 모를 존재를 그냥 놔 둘 것 같은가? 어떤 짓을 해서든지 마인들을 무력화시킬 것이다."

"그러고 싶어도 방법이 없겠지요. 마인은 제조 과정은 매우 어렵고 까다로우며 엄청난 시간과 노력을 요합니다. 이때 막지 못하고 각성하는 순간 끝입니다. 여기 있는 백에 달하는 마인들은 무적이며 제 말만 듣도록 세뇌되었습니다. 천하의 간웅이라는 여주승도 감당할 수 없을 겁니다."

황조령은 부정적으로 고개를 흔들며 말했다.

"아니, 여 군사는 반드시 방법을 찾아낼 것이다. 어떠한 희생을 치러서라도 말이다. 충분히 그럴 만한 인물이라는 것은 그대도 잘 알고 있지 않는가?"

"……."

소정명이 아무런 대답도 못하는 그때였다.

"하하하하! 역시나 나에 대해서 가장 잘 아는 사람은 무적신검 황 대장이군."

"……!"

"……!"

언덕 꼭대기에서 들려오는 음성에 황조령과 소정명의 눈이 동시에 부릅떠졌다. 전혀 예상치 못한 인물이 등장했기 때문이다. 특히나 소정명의 반응이 극단적이었다.

"여주승… 이 씹어 먹어도 시원치 않을 놈……."

꽉 다문 그녀의 입술은 부들부들 떨렸고, 증오가 철철 넘치는 눈빛으로 고개를 돌렸다.

第十章
애증의 끝

언덕 위의 풍경.

그것은 그저 놀랍다는 표현이 적당했다.

곡선 진 능선을 따라 현 강호의 내로라하는 실세들이 모두 모여 있었다. 그 중심에는 무림맹의 최강 고수들을 거느린 여주승이 서 있었다.

"황 대장, 어서 그 요녀의 목을 치게나."

"방금 뭐라고 했는가?"

황조령은 어이없는 표정으로 반문했다. 그래도 한때는 사랑하던 여인을 아무렇지도 않게 죽이라 종용하는 것이 믿기지 않았다.

"자네도 알다시피 그녀는 마인이라는 괴물을 만들어 엄청난 수의 무림 동도들을 살상했다네. 뿐만 아니라 금단의 무공을 펴뜨려 강호를 큰 혼란에 빠뜨렸던 장본인이기도 하지. 그런 죄인을 어찌 살려둘 수 있단 말인가. 그녀를 처단함으로써 무림 정의의 대업을 세워야 하지 않겠는가?"
"그전에 한 가지 물어볼 것이 있네. 자네와 화담은 각별한 사이가 아니었는가?"
"한때는 그랬지만 지금은 아니지."
순간, 소정명의 얼굴이 참담하게 변했다. 남자에게 배신당한 일반적인 여인처럼 애처롭고 불쌍하게 느껴졌다. 이를 아는지 아니면 알고도 모르는 척하는 것인지 여주승은 비수를 꽂는 말을 계속 이어갔다.
"감당이 불가능한 철없는 행동 때문에 지금은 원수보다 더한 사이가 되고 말았지. 황 대장, 자네도 그 심정이 어떠한지 경험하지 않았나? 멀지 않아 강호를 피로 물들일 여인일세. 망설이지 말고 어서 마무리를 짓게나."
"이 여인을 죽이면 마인들이 폭주할 것인데, 그래도 상관없다는 것인가?"
"그에 대한 대비책은 세워두었지. 이를 위해서 무림의 명망 있는 분들이 오신 것이네. 강호의 평화를 위해 나와 뜻을 함께하기로 해주신 고마우신 분들이지."
그들의 얼굴을 쭉 훑어본 황조령이 한 마디 했다.
"무림첩을 돌린 모양이군."
"마인이 출현했으니 어쩔 수 없지 않은가. 이놈들의 위협은 과거 진양교에 못지않다 할 수 있다네. 자네도 내 뜻에 따라줄 것이라 믿네."

"아직도 내가 이 여인을 죽여주길 바라는군. 그렇다면 묻겠네. 한때라지만 자네가 사랑했던 여인인데, 이렇게 죽여도 일말의 가책도 없는가?"

"물론 옛정을 생각하면 매우 가슴 아픈 일이지. 그러나 무림 정의의 대업을 위해서 개인의 사소한 감정쯤은 접어야 하지 않겠나."

여주승의 가식적인 태도는 황조령의 분노를 샀다.

"여 군사, 어찌 그 입으로 무림 정의를 논하는 것인가! 자네는 내가 생각했던 것보다 훨씬 더 비겁한 인물이군."

"그 대답의 의미는 무엇인가? 우리와 뜻을 달리하고 저 요녀의 편에 서겠다는 것인가?"

수상한 분위기를 감지한 수검이 나섰다.

"황 대장님, 자기들끼리 죽이든 살리든 마음대로 하라고 하고 우리는 빠지는 게 좋겠습니다. 교묘하게 황 대장님과 화담 누님을 엮으려는 모양입니다."

"나도 알고 있다. 그렇기에 여 군사에게 더욱 화가 나고 실망한 것이다."

"어쨌거나 지금은 물러나는 게 상책입니다."

"걱정하지 마라. 나도 더 이상 여 군사의 술수에 말려들지 않을 것이다."

검을 갈무리한 황조령이 미련없이 자리를 뜨려는 그때, 소정명의 앙칼진 음성이 울려 퍼졌다.

"여주승~!"

그녀는 한 맺힌 목소리로 여주승에 대한 저주의 말을 퍼부었다.

"네놈이 그러고도 사람이라 할 수 있단 말이냐! 하늘이 보고 있는데 어찌 그따위 막말을 할 수 있는 거지? 내가 누구 때문에 이렇게 됐는데……. 네놈은 남자로서 최악이다. 한때나마 너를 사랑했던 나를 저주한다. 용서치 않을 것이다. 절대 용서치 않을 것이다. 네놈이 가진 모든 것을 부숴 버리고 말 것이다. 지옥까지 쫓아가서 네놈을 망가뜨리고 또 망가뜨릴 것이다!"

소정명은 참을 수 없는 분노에 눈물까지 흘러내렸다. 황급히 눈물을 훔쳐 낸 그녀는 서릿발 같은 눈빛으로 변했다.

"마인들이여! 그대들의 마지막 목표가 저기에 있다! 닥치는 대로 죽여라! 살아 있는 것은 무엇이든 천 갈래 만 갈래 찢어버려야 한다! 가라~!"

두두두두두!

소정명의 명령이 떨어지자마자 마인군단이 돌진했다. 피로 얼룩진 마인들이 한꺼번에 달려드는 장면은 지옥에서나 볼 수 있는 모습 같았다. 엄청난 위압감에 눌린 무림의 실세들도 바싹 긴장했다. 인간끼리의 전쟁이 아닌, 지옥의 야차들과 싸워야 하는 느낌이었다.

"드디어 시작이군."

여주승만은 흔들림이 없었다. 사납게 달려드는 마인들을 바라보는 그의 입가에 미소가 번질 정도였다.

"막아라!"

"존명!"

뒤쪽에 있던 무림맹도들이 전면으로 나섰다. 전국에서 소집

한 무림맹 최고의 고수들이었다. 그들은 실전을 통해 길러진 최강의 부대였다. 무림맹주의 명이라면 염라대왕의 목도 따올 수 있다는 명성답게 살기등등한 마인들을 보고도 조금의 동요도 없었다.

두두두두두두!

진한 흙먼지를 나부끼며 질풍처럼 달려온 마인군단이 드디어 언덕 정상에 도달했다.

"카오~!"

소름 돋는 마인들의 괴성과 함께 전투가 시작되었다.

빠-빠-빠-빠-빠-빡!

창창창창창창~!

충돌의 순간, 상충된 기운으로 생긴 회오리바람이 언덕 정상을 뒤덮었다. 치솟는 흙먼지 때문에 시야가 확실치 않았지만 얼마나 처절한 대결이 펼쳐지고 있을지 충분히 짐작할 수 있었다.

"크아악~!"

"콰아아~!"

마인의 괴성인지 사람의 비명인지 모를 처참한 소리가 연이어 울려 퍼지고 시뿌연 흙먼지는 붉게 변했다. 아직은 초반인지라 어느 편의 전력이 우세한지 가늠키 힘들었다. 그러나 지형적인 면에서는 무림맹이 절대적으로 유리했다.

퍽!

데굴데굴…….

격렬한 사투를 벌이던 마인들이 차례차례 언덕 위에서 굴러 떨어졌다. 그러나 무림맹은 무리하여 그들을 쫓아가지 않았다.

마인들이 언덕 정상으로 올라오지 못하게 막는 것이 그들의 임무인 모양이었다.

굴러 떨어지는 시간은 짧고 다시 올라오는 데는 상당한 시간이 걸렸다. 어느 정도 시간이 지나자 굴러 떨어진 마인들이 언덕 밑에 쌓이게 되었다. 여주승은 적당한 때를 기다리고 있었는지 측근인 진원에게 물었다.

"준비되었느냐?"

"예, 군사님."

"그렇다면 뭘 꾸물거리느냐. 쏴라."

"하, 하지만……."

진원은 매우 당황한 모습이었다. 이에 여주승은 망설이는 진원의 두 눈을 정면으로 노려보며 말했다.

"명령이다. 쏴라."

"조, 존명……."

진원은 침통한 표정으로 물러났다. 언덕 너머에는 대규모의 화살 부대가 도열하고 있었다. 착잡한 모습의 진원은 화살 부대 중앙에 멈춰 섰다. 잠시 망설이는 기색이 있었으나 이내 마음을 추스르고 말했다.

"준비하라."

척척척척척척.

화살 부대는 일사불란하게 활을 들어 허공을 조준했다. 진원은 곧바로 공격 명령을 내렸다.

"발사하라!"

슝슝슝슝슝슝슝~!

수백 개의 화살이 일시에 활시위를 떠났다. 포물선을 그리며 하늘을 올라간 화살들이 하늘을 뒤덮었다. 곧이어 정점에 도달한 화살들이 무더기로 소정명과 마인들을 향해 쏟아졌다.

팍팍팍팍팍팍팍!

탕탕탕탕탕탕!

빗줄기처럼 쏟아지는 화살을 막아내며 소정명이 소리쳤다.

"이따위 화살 따위로 나와 마인들을 어찌할 것 같더냐! 어림도 없는 수작이다!"

소정명의 말대로 화살 공격은 아무런 효과도 보지 못했다. 그녀에게 쏟아지는 것은 막혔고, 마인들에게 명중한 것들은 모두 튕겨져 나갔다.

불만의 목소리는 수검의 입에서도 튀어나왔다. 그는 황조령 앞에 버티고 서서 쏟아지는 화살 세례를 막고 있었다.

"이거 너무하는 거 아닙니까? 황 대장님이 계신데 무차별적인 공격이라니요? 별로 위력적이진 않지만 그래도 기분 나쁘지 않습니까?"

"……."

"황 대장님?"

아무런 반응이 없자 수검이 고개를 돌렸다. 절대 그럴 리는 없지만 혹시나 하는 마음 때문이었다. 역시나 수검이 놓친 화살에 맞은 것은 아니었다. 그러나 황조령의 얼굴은 화살에 맞은 것보다 더 크게 일그러져 있었다.

"여주승… 끝까지 해보자는 것이로구나."

"예?"

무슨 소린지 몰라 수검이 반문하는 순간이었다.

콰쾅! 콰쾅! 콰콰콰쾅~!

갑자기 사방에서 폭발 소리가 들려왔다. 장대비처럼 쏟아지는 화살들 사이에 폭약을 단 것이 섞여 있는 모양이었다. 한데 그 위력이 심상치 않았다.

콰쾅~!

"카아아악~!"

엄청난 폭발에 금강불괴에 가까운 마인들이 그대로 뻗어버릴 정도였다. 황군의 대포와도 맞먹을 만한 위력이었다. 그러나 화살에 설치할 수 있을 정도의 작은 폭약이 이처럼 엄청난 위력을 낸다는 것은 상상도 못할 일이었다.

"벽력탄이다."

"예에~?"

수검은 비명에 가까운 소리를 냈다. 그도 그럴 것이, 벽력탄은 그 엄청난 위력 때문에 강호에서의 사용이 금해졌다. 이를 여겼을 때에는 무림 공적으로 척살됨은 물론, 황실을 향한 반역으로 간주되었던 것이다.

"여주승이 완전히 미쳤나 봅니다! 어쨌거나 황급히 여기를 벗어나야 합니다!"

"가능할지 모르겠구나. 이 무차별적인 벽력탄 공격은 화담과 마인을 제거함은 물론, 여 군사에게 큰 후환이 될 수 있는 나를 노린 것이기도 하다."

"우와~ 미치겠다~!"

콰콰콰콰콰쾅~!

수검의 외침은 거대한 폭발음에 파묻혔다. 간간이 섞여 떨어지던 벽력탄의 숫자가 늘어나 언덕 아래 전체를 초토화시킬 만큼의 대량 투하가 이루어진 것이다.
 콰쾅! 콰쾅! 콰콰콰쾅~!
 언덕 위의 여주승은 뒷짐을 지고 폭탄이 터지는 광경을 바라보고 있었다. 매캐한 연기 속에 폭탄이 터질 때마다 불꽃이 튀며 파편들이 날아다녔다.
 "군사님."
 진원이 다가와 조용히 그를 불렀다. 이 정도면 되지 않겠느냐는 의미였다. 여주승은 단호한 음성으로 대답했다.
 "계속 쏴라. 마인들은 금강불괴에 가까운 몸을 가지고 있다. 가지고 온 벽력탄을 모두 쏟아 부어라."
 "알겠습니다, 군사님."
 진원이 물러갔다. 그와 동시에 여주승을 향한 시선이 점점 더 따가워졌다. 무림첩을 돌려 초정한 무림 인사는 물론, 자신의 최측근이라 할 수 있는 유일과 마종오까지 잔뜩 굳은 표정이었다.
 "뭐가 불만이더냐?"
 소정명은 유일과 마종 둘을 향해 물었다. 둘은 잠시 눈빛을 교환했고, 마종오가 입을 열었다.
 "저희들은 황 대장님의 안위가 걱정스럽습니다."
 "이런, 무슨 불만인가 했더니······."
 대수롭지 않은 반응을 보이던 여주승이 갑자기 정색을 하고 물었다.

"참으로 실망이구나. 너는 황 대장이 이 정도 폭발에 죽을 것이라 생각했느냐? 진양교의 공세에 멸망 직전까지 몰렸던 무림맹을 다시 살린 인물이 누구더냐? 바로 황 대장이다. 절대 넘을 수 없다고 여기던 모용관을 꺾은 인물이 누구더냐? 바로 무적신검 황 대장이다. 내가 아는 황 대장은 이 정도 폭발에 생을 마감할 인물이 절대 아니다."

여주승은 확신에 찬 음성으로 말했지만 아무도 이를 믿는 사람은 없었다. 지금도 계속 이어지는 가공할 만한 벽력탄의 위력. 진짜로 전설상의 금강불괴 신체가 나타난다고 해도 절대 살아남을 수 없었다. 그 뒤로도 한참이나 계속된 집중 포화는 벽력탄을 모두 소진한 다음에야 끝이 났다.

모락모락 피어오르는 연기.
잿더미로 변한 언덕 아래쪽은 지형까지 변했다. 경사면은 사라지며 원형으로 움푹 파인 분지가 된 것이다. 이 엄청난 폭발 속에 누가, 아니, 어떤 존재가 살아남을 수 있을까? 도검불침의 마인군단도, 그들을 만든 천하의 악녀 소정명도, 불굴의 상징이라 여겨졌던 불세출의 영웅 황조령까지 모두 한꺼번에 사라진 것이다.

그러나 여주승은 신중했다. 어떠한 움직임도 없는 잿더미를 물끄러미 바라보고만 있었다. 대체 얼마나 더 기다려야 한단 말인가? 신중함을 넘어 소심한 것이 아닌지 의심이 드는 그때였다.

꿈틀…….

"……!"

 땅속에 상체가 처박혀 있던 마인이 움직이자 군중들은 경악했다. 잘못 본 게 아닌지 의심하는 이도 있었지만 이는 그들의 바람일 뿐이었다.

 꿈틀꿈틀.

 들썩들썩.

 무림맹 입장에서는 상상하기조차 두려운 일이 벌어졌다. 지형까지 변한 엄청난 폭발에서도 마인들은 살아남았다. 시꺼멓게 탄 채 널브러져 있던 놈들이 몸을 일으키고, 폭발을 피해 땅속에 숨어 있던 놈들은 괴기스럽게 기어 나왔다.

 그 엄청난 양의 벽력탄을 소모하며 처치한 마인의 수는 열 놈 남짓에 지나지 않았다. 더욱 놀라운 것은 소정명도 큰 부상 없이 멀쩡하다는 것이었다. 마인들이 자신들의 몸을 덮어 보호했기에 가능한 일이었다.

 충격과 공포 속에 기대에 찬 눈빛으로 바라보는 이도 있었다. 황조령도 살아 있지 않을까 하는 희망이었다. 그러나 기대는 곧 실망으로 바뀌었다. 마인들과 소정명 외에 다른 생명의 움직임은 없었던 것이다.

 "여주승!"

 소정명은 독기 가득한 눈빛으로 여주승을 불렀다. 한 서린 여인의 집념이 얼마나 무서운지 느껴지는 장면이었다.

 "이번에야말로 네놈의 숨통을 끊어주마. 마인들이여! 눈앞에 있는 모든 것을 쓸어버려라!"

 두두두두두두!

마인군단이 다시 돌진해 왔다. 폭발의 상흔으로 검게 타고 그을린 모습이라 더욱 괴기스러웠다. 그들의 경이로운 생명력에 무림맹 최정예 부대도 긴장감을 감추지 못했다.

"당황하지 마라."

여주승은 대수롭지 않은 듯 말했다.

"저놈들은 무적이 아니다. 폭발 때문에 생긴 상처가 있을 것이다. 그곳을 노리면 쉽게 이길 수 있다. 모두의 무운을 빈다. 돌격 앞으로!"

"우와아아~!"

우레와 같은 함성을 지르며 무림맹 최정예 부대도 진격했다. 이제는 방어가 목적이 아닌, 마인들을 모두 파괴하는 것이었다.

창창창창창창창!

"크악!"

"카아악~!"

두 번째 충돌은 처음보다 더욱 처절했다. 상대를 죽이지 못하면 자신이 죽게 되는 생사의 대결이었다. 초반에는 마인군단이 우세를 보였지만 이내 전세는 역전되었다.

"다른 곳은 공격해도 소용없다! 벌어진 틈을 노려라!"

폭발로 생긴 치명적인 약점 때문이었다. 무림맹 고수들은 아무리 자그만 틈도 공략할 수 있는 정교함을 갖추고 있었다. 그곳은 사람의 몸과 별반 다름이 없었다.

푸욱.

"카아아악!"

몸이 꿰뚫린 마인들의 괴성이 연이어 울려 퍼졌다. 치명적인 약점이 노출된 마인군단은 급속도로 무너졌다. 실전에 능한 무림맹 고수들에게 먹잇감으로 전락한 것이다.

푹푹푹푹.

풀썩풀썩풀썩풀썩.

그 어느 때보다 치열한 사투가 벌어질 것이라 예상했던 대결은 허무할 정도로 빨리 끝났다. 순식간에 전멸한 마인군단. 무림맹 고수들은 마인들의 약점을 찾아낸 여주승의 능력에 감탄했지만 실은 황조령이 알려준 것이나 진배없었다. 마인이 처음 나타났을 때 황조령이 제압했던 방법이다.

마인들을 모두 처리한 무림맹 고수들은 소정명에게 시선을 돌렸다. 마인을 만들어낸 그녀를 처리하면 그들의 임무는 끝이었다. 전열을 가다듬은 무림맹 고수들이 돌진하려는 순간이었다.

"멈춰라."

여주승이 제지하며 나섰다. 언덕 위에서 내려선 그는 고개를 숙여 예를 취하는 수하들을 지나치며 말했다.

"이번 사단의 원흉은 내 손으로 직접 처리할 것이다."

누가 그의 말에 토를 달겠는가. 무림맹 고수들은 멈춰 선 상태에서 움직이지 않았다. 그들이 염려하는 것은 소정명이 도주하지 않을까 하는 것이었는데, 다행히 그녀는 도망칠 기색이 보이지 않았다.

빠드득빠드득.

소정명은 이를 갈며 여유롭게 다가오는 여주승을 노려보았다. 할 수만 있다면 그와 함께 동귀어진하는 극단의 선택을 했을 것이다.
 "눈물이라……. 이제야 자신의 잘못을 뉘우치는 것인가."
 소정명의 눈에서 눈물이 흐르기는 했다. 그러나 참회의 눈물은 아니었다. 여주승이 자기 멋대로, 자기 마음대로 해석한 것이다.
 "내 눈물의 의미는……."
 "그만!"
 여주승은 발끈하는 소정명의 말을 막았다. 강제적인 것이 아니었다. 제발 부탁이니 따라달라는 애원 섞인 표정이었다. 의심스런 반응을 보이던 그녀가 밑져야 본전이라는 식으로 따르자 여주승은 아주 작은 음성으로 말했다.
 "왜 일을 이 지경까지 만든 거야? 정말 내 손에 죽기를 바라는 건 아니겠지? 목숨만은 살려줄 것이니 마인의 제조법을 넘겨줘."
 "호호호, 그럼 그렇지. 나에 대해 미련이 남은 것이 아니라 마인의 제조법을 원하는 것이군."
 여주승은 소정명의 몸을 가리고 등지고 있었다. 때문에 뒤쪽에 있는 사람들은 어떤 상황인지 알 수 없었다.
 "우리는 참 마음이 잘 맞는 동지였지. 그러나 서로를 아껴주고 배려하고 평생을 함께할 수 있는 관계는 아니야. 우린 첫 만남부터 그걸 잘 알고 있었잖아?"
 "적어도 나는 노력이라도 했어. 그런데 네놈은 어떻게 행동했지? 그 잘나신 누님께서 절대 마음에 들지 않을 거라며 날 소개시켜 주지도 않았잖아."

"부탁인데, 이미 지난 이야기는 그만하지. 지금 이 난감한 상황을 어떻게 넘기는지가 중요하잖아?"

여주승은 그때만 생각하면 아직도 머리가 지끈하다는 표정이었다.

"내 조건은 아직도 유효해. 마인의 제조법을 넘겨."

"싫다면?"

"그럼 어쩔 수 없지. 우리의 악연을 내 손으로 직접 끝내는 수밖에……."

"그게 가능할까? 네놈과 나는 꼭 닮은 구석이 있는데, 목적을 위해서라면 수단과 방법을 가리지 않는다는 것이지."

"……!"

여주승은 깜짝 놀랐다. 소정명의 말을 허세라고 생각지 않은 것이다.

"도대체 무슨 꿍꿍이가 있는 거지?"

"오늘 네놈에게 죽어도 잊지 못할 수모를 당했는데, 순순히 가르쳐 줄 것 같아? 약간의 상상력을 자극해 줄까? 이번 놈들의 잔인함을 생각하면 마인들은 귀여운 수준일걸. 네놈이 이룬 모든 것들을 한순간에 무너뜨릴 거란 말이지."

상황이 역전되었다. 이제는 여주승이 부탁하는 처지가 된 것이다

"의기양양한 얼굴을 보니 엄청난 놈을 준비한 것 같군. 가급적 불리한 싸움은 피하고 싶은데, 내게 원하는 게 뭐지?"

"나에게 그리 모진 짓을 할 때는 언제고 이제는 싸우기 싫다고 말하는 뻔뻔함이란……. 좋아, 그렇다면 말해. 여주승이 사

랑했던 여인은 오직 나뿐이고, 우리가 헤어지게 된 것은 모두 네 잘못이고, 한번만 용서해 주면 예전으로 다시 돌아가고 싶다고. 그러면 참혹한 죽음만은 면하게 해주지."

여주승의 대답은 즉각적이었다.

"예전으로 돌아가자……. 죽어도 싫어."

소정명의 반응 또한 즉각적이었다.

"그럼 죽어버려!"

퍼엉!

내력이 실린 장법이었다. 갑작스런 기습 공격이었지만 여주승의 간단한 손동작에 막히고 말았다. 그러나 소정명의 노림수는 따로 있었다. 그녀는 반동을 이용해 뒤쪽으로 몸을 날렸다. 도망치는 것인가! 대기하고 있던 무림맹의 고수들이 그녀를 향해 달려들었다.

소정명은 더 이상 움직이지 않고 품속에서 자그만 막대기를 꺼냈다.

"방금 한 말을 평생 후회하게 해주마!"

삐이이익!

머리를 꿰뚫고 지나가는 듯한 고음의 휘파람이 울러 퍼졌다. 순간적으로 당황한 무림맹 고수들이 멈췄다. 자신의 몸에 무슨 이상이 생겼는지 살폈지만 아무 변화도 없었다. 괜한 걱정이었나 생각하며 다시 움직이려는 그때였다.

팍~!

"……!"

땅속에서 갑자기 손이 나와 그들의 발목을 잡았다. 깜짝 놀란 무림맹 고수들은 자신의 무기로 땅속에서 튀어나온 놈들의 손목을 끊으려 했다.
 팍팍팍팍팍!
 마인처럼 도검불침은 아니었다. 그러나 단단한 나무에 칼질을 하는 것처럼 검날이 박히기 일쑤였다. 그들이 손아귀에서 빠져나오려면 시간이 걸릴 수밖에 없었는데…….
 파팍!
 땅속에서 시체가 튀어나와 무림맹 고수들의 목을 물어뜯었다. 옷차림을 보니 마인에게 죽음을 당한 북방문의 제자들이었다.
 "크아악!"
 무림맹 고수들은 처절한 비명을 질렀다. 발목은 잡히고, 등 뒤에서 악귀처럼 착 달라붙어 있어 떼어낼 수가 없었다. 수적으로도 불리했다. 무더기로 튀어나오는 시체들이 악귀처럼 무림맹 고수들을 덮쳤다. 검으로 베고 찔러도 굴하지 않고 몸을 날려 덮치니 꼼짝 못하고 당하는 상황이었다.
 이쯤 되면 병적으로 위기의식 없다는 여주승도 당황할 수밖에 없었다.
 "뭐, 뭐야? 도대체 무슨 짓을 한 거야?"
 "이번에 만든 마인에게는 특별한 능력이 한 가지 더 있는데 말이야. 그들에 의해 물어 뜯겨 죽은 시체들이 피를 갈구하는 악귀로 변한다는 것이지."
 그녀는 진짜 악귀를 만들어낸 것이다.
 "아직은 놀랄 때가 아니야. 아마도 그 시체가 언덕 너머에는 훨씬 많지?"

화악!

깜짝 놀란 여주승이 고개를 돌리는 순간이었다. 그는 자신의 눈을 믿을 수 없었다.

언덕 위를 가득 메운 악귀 떼, 마인에게 죽음을 당한 북방문 제자들이 일제히 도약하여 무림맹을 덮쳤다. 그 무시무시한 관경은 여주승에게도 충격이었다.

"이제야 좀 후회가 되시나? 그러게 마음을 곱게 써야지. 간 보지 않고 북방문을 구했더라면 좋았잖아. 나도 이 정도나 많은 악귀들이 나타날 줄은 몰랐어. 모두 네놈 덕분이야."

"이 정도까지 일을 벌려놓고 살고 싶은 건 아니겠지?"

스캉!

여주승이 마침내 검을 빼 들었다. 그가 실전에서 검을 뽑아 들면 피의 폭풍이 몰아친다고 알려져 있다. 그러나 소정명에겐 아무런 위협도 되지 않았다.

"네놈 목숨이나 걱정하시지. 악귀들은 네놈의 살점을 모두 뜯어 먹을 때까지 절대 멈추지 않으니까."

사방에서 악귀가 달려들었다. 야수와 같은 민첩함은 웬만한 고수를 능가했다.

서걱서걱!

여주승의 검은 악귀들의 허리를 완전히 끊어놓았다. 어떤 생명이라 해도 상체와 하체가 분리되었다면 그대로 즉사했을 터인데 놈들은 아니었다.

파다다닥.

악귀들은 몸이 분리된 상태에서도 여주승에게 달려들었다. 잘려 나간 손발이 사방에서 파닥거리고, 몸통을 잃은 머리가 쩍하니 입을 벌린 채 굴러다니고……. 여주승은 지옥 한복판에 서 있는 느낌이었다.

서걱서걱서걱서걱.

쉴 새 없이 검을 휘둘러도 소용없었다. 놈들의 가장 무서운 점은 악착같음이었다. 몇 번이나 베고 또 베고, 장법을 사용하여 아무리 멀리 날려 버려도 악귀들은 포기하지 않고 달려들었다.

제아무리 여주승이라도 이를 혼자 감당할 수는 없었다. 내공 소모는 커지고, 분리되어 파닥거리는 악귀들의 신체가 점점 늘어나 움직일 수 있는 공간이 점점 줄어들었기 때문이다.

덥석.

"……!"

마침내 여주승은 발목을 잡히고 말았다. 그러면서 잠시 주춤한 것이 치명적인 실수였다. 이를 놓치지 않고 악귀들이 개 떼처럼 달려들었다.

확확확확확확!

악귀들은 여주승의 양발과 손, 목과 허리, 닥치는 대로 잡고 매달렸다. 온몸을 흔들어 뿌리치려 했지만 소용없었다. 사방에서 악귀들이 달려들어 순식간에 파묻혔다. 턱밑까지 악귀들이 겹겹이 매달려서 꼼짝 못하는 상황. 미친 듯이 달려온 악귀가 여주승의 얼굴을 덮치면서 그의 모습은 완전히 사라졌다.

황량한 언덕 너머에 있는 한적한 숲길.

수검과 황조령은 나란히 걷고 있었다. 무슨 짓을 했는지 머리에서 발끝까지 온통 흙투성이였다.

"황 대장님, 잘 생각하셨습니다. 자기들끼리 찢어 죽이든 삶아 죽이든 맘대로 하게 그냥 두십시오. 우리는 목적은 사천까지 가는 것 아니겠습니까요."

알겠다는 듯 고개를 끄덕인 황조령이 물었다.

"그런데 땅굴 파는 법은 누구에게 배웠느냐? 거침없이 땅을 파고 들어가는 모습이 아주 도가 텄더구나."

"송 노공 어르신께 배웠습니다. 그분은 모든 건통전 건물에 비밀 통로를 만들게 했는데요. 거의 다 제가 팠다고 해도 과언이 아닙니다. 힘 좋고 입이 무거우니 딱이라고 하시더군요. 지금은 내공까지 쓸 수 있으니 그까짓 것 파는 것은 일도 아닙니다."

잔잔한 웃음이 황조령의 입가에 번졌다. 송 노공과 함께 비밀 통로를 이용해 탈출했던 기억이 떠오른 것이다.

"어쨌거나 네 덕분에 귀찮은 일 없이 벗어날 수 있었다. 우선은 물을 찾아 씻기부터 해야겠다."

"그보다도 말입니다. 변상을 받아야 하지 않겠습니까? 벽력탄 세례에 마차가 박살 났으니 말입니다."

"그랬으면 좋으련만……."

황조령이 부정적으로 고개를 흔드는 그때였다.

사사사삭.

인기척이 들렸다. 누군가 빠른 속도로 숲을 가로질러 오고 있었다. 수검은 천천히 검을 뽑았다. 여주승이 보낸 인물인지도 몰랐기 때문이다.

잠시 후, 피범벅이 된 사내가 숲에서 튀어나왔다.

"누구냐!"

척!

수검은 재빨리 검을 겨누며 물었다. 번쩍 손을 들며 멈춰 선 사내는 거친 숨을 몰아쉬며 말했다. 수검의 험악한 분위기 때문인지 완전히 공포에 질린 모습이었다.

"사, 사, 사, 살려주십시오!"

"누가 보냈는지 정체를 밝혀라. 그래야 살려줄지 말지 결정할 것 아니더냐. 여주승이 보냈느냐?"

"그, 그게 아니라 저를 쫓아오는 악귀들로부터 살려달라는 것입니다요."

"악귀?"

수검이 의아한 표정을 짓는 순간, 숲 속에서 뭔가가 튀어나왔다. 인간이라 하기에는 너무도 민첩한 모습이었다.

파팟!

땅에 내려앉은 악귀는 곧바로 솟아올라 피범벅의 사내를 덮쳤다. 괴이한 몰골에 더 수상한 놈을 수검이 그냥 둘 리 없었다.

"뭐야, 이건?"

서각~!

수검은 악귀의 몸뚱이를 일도양단했다. 끝인 줄 알았는데 아니었다. 반쪽이 된 악귀가 수검에게 달려들었다.

"뭐, 뭐여?"

애증의 끝 299

순간적으로 당황한 수검이 검끝으로 머리통을 찍었다.

쩌억!

수박 깨지는 소리와 함께 악귀의 머리가 박살 났다. 그래도 놈이 또 움직이자 수검이 난도질을 해댔다.

"뭐, 이딴 것들이 다 있어!"

아무리 칼질을 해도 놈이 계속 움직이자 육중한 발로 밟고 난리를 치는 그때였다.

"수검아, 숙여라."

수검이 상체를 숙이자마자 또 한 놈의 악귀가 숲 속에서 튀어나왔다. 황조령은 지체없이 검을 빼어 놈의 가슴을 찔렀다.

푸욱!

진심장의 검은 악귀의 몸을 뚫고 들어갔다. 그와 동시에 악귀의 몸은 점점 부풀어 올랐고, 이는 곧 폭발로 이어졌다.

퍼엉~!

그 질긴 생명력을 자랑한 악귀들은 살점조차 찾을 수 없을 정도로 산산이 부서졌다.

"황 대장님, 이게 어떻게 된 것입니까?"

첫 번째 악귀를 아작 내고 돌아온 수검이 물었다. 아무리 실력 차이가 있어도 그렇지 황조령이 너무 쉽게 악귀를 처치했던 것이다. 수검은 힘들게 악귀를 잘근잘근 짓이겨 놨는데도 여전히 꿈틀거리고 있었다.

"이놈들은 금단의 무공을 배운 자들과 비슷한 기운을 가지고 있구나."

"화담 형님, 아니, 누님이 또 흉괴를 벌인 모양이군요."

"글쎄다."

이를 확실히 대답해 줄 사람이 있었다. 검을 갈무리한 황조령이 피범벅인 사내에게 다가갔다.

"어찌 된 일이더냐?"

"무, 무적신검 황 대장님?"

황조령이 누구인지 직감한 사내가 반색했다. 초라한 행색이었지만 의심은 전혀 없었다. 상급 고수들도 쩔쩔매는 악귀를 이리도 간단히 물리칠 수 있는 이가 또 누가 있겠는가? 무적신검 황 대장이라면 전혀 이상하지 않았던 것이다.

"맞다. 내가 바로 무적신검 황 대장이다. 그러니 무슨 일이 벌어졌는지 차분히 말해보아라."

"소인은 금창문의 제자 갈엽(葛葉)이라 합니다. 무림첩을 받은 문주님과 함께 이곳으로 오게 되었습니다. 저는 동료들과 무림 인사님을 호위하는 임무를 맡고 있었는데……."

갈엽은 황조령이 사라진 뒤 황량한 언덕에서 벌어진 참사를 상세히 설명했다. 침착하게 듣고 있던 황조령은 막바지 부분에서 크게 놀랐다.

"뭐라! 여 군사가 죽었다고?"

"악귀 떼가 여 군사님을 덮치는 것을 제 눈으로 똑똑히 보았습니다. 그 상황에서 살아남는다는 것은 결코 불가능합니다."

황조령은 한참이나 말이 없었다. 평생의 숙적이었던 여주승이 그리 허무하게 죽었다는 게 실감이 나지 않은 모습이었다.

"가자꾸나."

황조령이 몸을 일으켰다. 어디로 가려는 건지는 불을 보듯 훤했다. 수검은 쌍검을 모두 뽑아 들었다. 그리고는 아무런 말 없이 악귀들이 점령한 언덕으로 향하는 황조령의 뒤를 따랐다.

처절한 사투가 펼쳐지는 언덕 정상.
진양교의 몰락 이후 독보적인 위치를 지켜왔던 무림맹이 일방적으로 밀리고 있었다.
"버텨라! 버텨야 한다!"
"각자의 유치를 사수하라! 여기서 밀리면 끝장이다!"
"겁내지 마라. 놈들에게도 약점은 있을 것이다."
서로를 격려하며 버티고는 있지만 상황은 극히 좋지 않았다. 지칠 대로 지친 상태에서 악귀들은 끈질기게 몰려왔고, 감히 예상치도 못한 여주승의 죽음으로 사기 또한 최악이었다.
"무림맹의 이름으로 패배란 절대 있을 수 없다."
"아무리 힘들어도 포기하지 마라. 불가능을 가능으로 만드는 것이 바로 무림맹이다!"
다른 문파라면 벌써 괴멸했을 것이다. 유일, 마종오, 진원, 원앙, 경포 등, 진양교와의 싸움에서 경험을 쌓았던 고수들 덕분에 견딜 수 있었다.
그러나 그들도 이 상태가 오래 지속되지 않으리란 것을 잘 알고 있었다. 희망이 없기 때문이었다. 예전에는 아무리 불리한 상황에 처했어도 끝까지 믿고 기다릴 수 있는 존재가 있었다.
백전백승의 신화를 창조한 무적신검 황 대장!
적에게는 염라대왕보다 더한 두려움의 상징이었고, 아군에는 어떠한 어려움도 극복할 수 있다는 희망이었다. 포기하지 않고 끝까지 싸우면 어김없이 나타나서 그들을 구원했던 것이다. 이제는 절대 그럴 일이 없었다.

얼마 지나지 않아 괴멸의 조짐이 나타났다.

악귀들의 집중적인 공격을 당하는 중앙부의 방어가 흔들리기 시작했다. 물이 가득한 둑에 금이 간 것이나 마찬가지였다. 금은 점점 더 크게 벌어지고, 머지않아 와르르 무너질 것이다. 그 전철을 밟듯 중앙부의 방어가 더욱 약화되어 무너지기 직전인 그때였다.

"모두 모두 물럿거라! 무적신검 황 대장님 행차시다!"

쩌렁쩌렁 울리는 외침에 무림맹 전체가 깜짝 놀랐다. 놀리는 것인가? 아니다. 정말로 황조령이 나타났다.

"모두 정신 차려라! 마종오! 서둘러 방어진을 뒤로 물려 재정비하라! 원앙과 경포! 측면 방어진을 좁혀 그 공백을 서둘러 메워라! 진원과 유일! 후방 인원의 삼 할을 전방으로 보내 방어진을 유지하라!"

예전처럼 건장한 모습은 아니었다. 지팡이를 짚고 절룩거리며 다가왔지만, 통솔력과 전술 지휘 능력만은 여전했다. 수장을 잃은 무림맹에겐 천군만마를 얻은 것이나 다름없었다.

"알겠습니다, 황 대장!"

그들은 곧바로 황조령의 지휘에 따랐다. 붕괴될 뻔한 방어진은 다시 견고해졌고, 사기는 하늘을 찌를 듯 충천하여 전투력까지 상승했다.

한 가지 예전과 다른 것은 적들의 반응이었다. 진양교도들은 황조령이 나타났다는 말만 듣고도 혼비백산하여 줄행랑을 놓기에 바빴지만 악귀는 달랐다. 그들에게는 그저 제거 대상이 하나 늘었을 뿐이다.

황조령을 발견한 악귀들이 달려들었다. 언덕 주변을 배회하던 무리까지 합세하여 그 수는 삼십에 달했다. 과연 그 엄청난 숫자를 감당할 수 있을까? 무림맹의 우려는 경탄으로 바뀌었다.

서걱서걱서걱.

황조령의 검법은 예나 지금이나 변함이 없었다. 군더더기 없고 깔끔한 칼질에 악귀들의 몸이 양분되었다. 그러나 이는 검법에 조예가 있는 고수들도 할 수 있었다. 그들의 경탄을 자아낸 것은 바로 다음이었다.

펑펑펑펑!

분리된 악귀들의 신체가 허공에서 폭발을 일으키며 산산이 부서졌다. 우연이나 행운이 아니었다. 황조령은 물밀 듯이 달려드는 악귀들을 허공 속의 재로 만들어 버리며 무림맹으로 다가왔다.

"내가 중앙에 서서 악귀들을 막을 것이다. 수검이 너는 방어진 전체를 살피면서 지원이 필요한 곳을 돕도록 해라."

"맡겨만 주십시오."

황조령과 수검이 합세하면서 무림맹의 방어진은 더욱 견고해졌다. 노도처럼 밀려들었던 악귀들은 공세는 시간이 지날수록 수위가 낮아져 이야기를 나눌 수 있는 여유까지 생겼다.

"진원, 여 군사가 변을 당했다는 것이 사실이더냐?"

"면목없습니다. 군사님을 도우려고 했지만 악귀들에 둘러싸여 어쩔 수 없었습니다."

"믿을 수가 없다. 믿을 수가 없어. 내가 아는 여 군사는 그리 허무하게 갈 사람이 아니다. 어떤 수를 써서든지 제 목숨을 부지할 인물이었지."

"저희들도 큰 충격을 받았습니다. 제아무리 악귀들의 숫자가 많고 악착같다고 해도 군사님께서 그리 당하실 줄은 몰랐습니다. 저희도 아직 믿기지 않습니다."

"그의 주검은 어디 있느냐? 맹주님께 온전한 시신이라도 가져가야 하지 않겠느냐."

"언덕 아래쪽에 화담이라는 계집이 가지고 있습니다."

황조령은 여주승의 상태를 알 수 없었다. 언덕 아래쪽은 악귀들로 득실거렸다. 여주승의 상태를 확인하려면 그놈들을 모두 제거해야 했다.

악귀들과 무림맹의 사투는 해질녘까지 이어졌다.

승패는 한참 전부터 무림맹 쪽으로 기울었다. 그러나 황조령만의 전투 방식이 있었다. 이기는 싸움만 한다는 것! 황조령은 방어 상태를 유지하며 악귀들의 수를 줄였다. 그러면서 완벽한 승리를 거둘 수 있는 때를 기다렸다.

기회는 완벽히 준비하고 기다리는 자의 편, 마침내 그때가 도래했다.

"돌격하라!"

명령을 내린 황조령이 직접 선봉에 섰다. 황조령이 앞장선 무림맹의 제자들은 사나운 파도처럼 밀어붙였다. 수적으로 부족한 악귀들은 무림맹의 상대가 되지 못했다. 특히나 황조령을 향해 덤벼드는 놈들은 줄줄이 허공에서 먼지가 되었다.

치열한 사투 끝에 여주승의 시신이 있는 곳까지 도달한 순간, 모든 이들이 어이없는 표정으로 멈춰 섰다.

"군사님······."

여주승의 죽음은 사실이었다. 더욱 황당한 것은, 그를 그렇게 만든 원흉인 소정명이 싸늘한 주검으로 변한 여주승의 얼굴을 어루만지고 있었다는 것이다.

"이 요망한······."

"멈춰라, 유일."

황조령은 소정명을 처단하려는 유일을 제지했다. 그리고는 자신이 직접 그녀를 향해 다가갔다.

"여 군사의 시신을 넘겨라. 가족이 장례를 치를 수 있도록 무림맹으로 옮길 것이다."

넋 나간 표정으로 여주승의 얼굴을 쓰다듬고 있던 소정명이 잠시 손길을 멈추고 고개를 들었다.

"여 군사님께 손대는 자는 그 누구도 용서치 않을 겁니다."

"휴우우~!"

황조령은 기나긴 한숨을 내쉬었다. 끝까지 골치 아프게 되었다는 표현이다. 그녀의 이중적인 태도를 이해 못하는 바는 아니지만, 이대로 여주승의 시신을 방치할 수는 없는 노릇이었다.

"비켜라, 화담. 그렇지 않으면 강제로라도 빼앗을 것이다."

"그리할 수 있으시다면······."

찰랑!

소정명이 연검을 뽑아 들며 몸을 일으켰다. 표독스럽게 노려보는 눈에서는 절대 빼앗기지 않겠다는 의지가 느껴졌다.

"후회할 짓 하지 마라."

"그건 소녀가 할 말입니다."

더 이상의 대화는 소용없었다. 황조령과 소정명 둘은 누가 먼저라고 할 것 없이 동시에 몸을 날렸다.

푸욱.

승패는 곧바로 결정 났다. 황조령의 검이 그녀의 가슴을 정확히 뚫었다.

"커억……"

소장명의 곱고 가지런한 치아 사이로 붉은 피가 꾸역꾸역 새어 나왔다. 무척이나 고통스러울 것인데 그녀는 애써 미소를 지어 보이려 했다.

"무슨 미련이 남은 것이냐. 가만히 있었다면 이런 고통은 없었을 것을."

황조령은 고통 없는 죽음을 주려고 했다. 그러나 가슴이 뚫리는 순간 살짝 몸을 틀었다. 죽음은 벗어날 수 없었다. 숨이 남아 있을 때까지 엄청난 고통을 느껴야 했던 것이다.

"화, 황 대장님께… 말씀드릴 게 있어서요."

마지막 유언인가? 황조령은 고개를 끄덕였다. 이에 소정명은 엄청난 고통을 참아내며 입을 열었다.

"황 대장님은 평생 혼자 사실 거예요."

"……"

황조령은 완전히 할 말을 잃었다. 무슨 말을 그토록 하려고 애쓰는가 했는데, 죽는 순간까지 악담이었다.

"모용관의 독은… 어떠한 여인도 감당할 수 없지요. 혹시나 풍류각의 초희를 보고 희망을 가지셨다면… 일찌감치 꿈 깨십시오."

"……!"

재림에 위치한 풍류각, 그곳의 기녀인 초희는 황조령의 상처를 보고도 멀쩡했던 최초의 여인이다. 모든 여인이 기겁하는 얼굴 상처에 입맞춤까지 했다.

"그녀는 모용관의 여인이었지요. 익숙한 기운이었기에 아무렇지 않을 수 있었지요. 정인(情人)의 원수를 갚자고 제가 포섭했는데… 결국은 포기하더군요. 미안하지만 황 대장님이 좋아서가 아니에요. 정인이었던 모용관의 마지막 기운이 사라지는 것이 싫었던 거예요."

"말도 안 되는 소리!"

황조령의 여자관계에 민감하게 반응하는 수검이 끼어들었다.

"만독불침의 여인이면 가능하다 하지 않았습니까?"

"호호호! 만독불침의 신체가 그리 흔한 줄 아느냐? 평생을 찾아도 힘들 것이다."

"무림신녀님이 계시지 않습니까?"

"만독불침이 맞기는 하지. 그런데 저번에 네가 물었지. 무림신녀와 나는 남매가 아닌 자매… 남매라고 알고 있는 무림맹의 정보가 틀린 것이 아니냐고? 미안하지만 그 정보는 틀리지 않았다."

"그, 그, 그렇다면 무림신녀님은……."

"신녀가 아니지. 만독불침의 신체가 여자로 태어나는 것은 더더욱 낮은 확률이야. 게다가 여자로 태어난 만독불침의 신체는 오래 살지 못해. 열 살을 넘기기 전에 모두 죽지."
"에이~ 씨!"
수검은 화를 참을 수 없었다. 황조령이 연분을 찾는 것은 기적에 기적이 일어나도 힘들었다. 한마디로 불가능한 일이었던 것이다.
소정명은 다시 황조령에게 시선을 주었다. 서서히 경련을 일으키는 얼굴을 보니 마지막이었다.
"황 대장님, 여자 때문에 골치 썩지 않고 평생 혼자 사는 것도 나쁘지 않을 거예요. 안녕히……."
풀썩.
허물어진 소정명은 여주승을 안고 숨을 거뒀다.

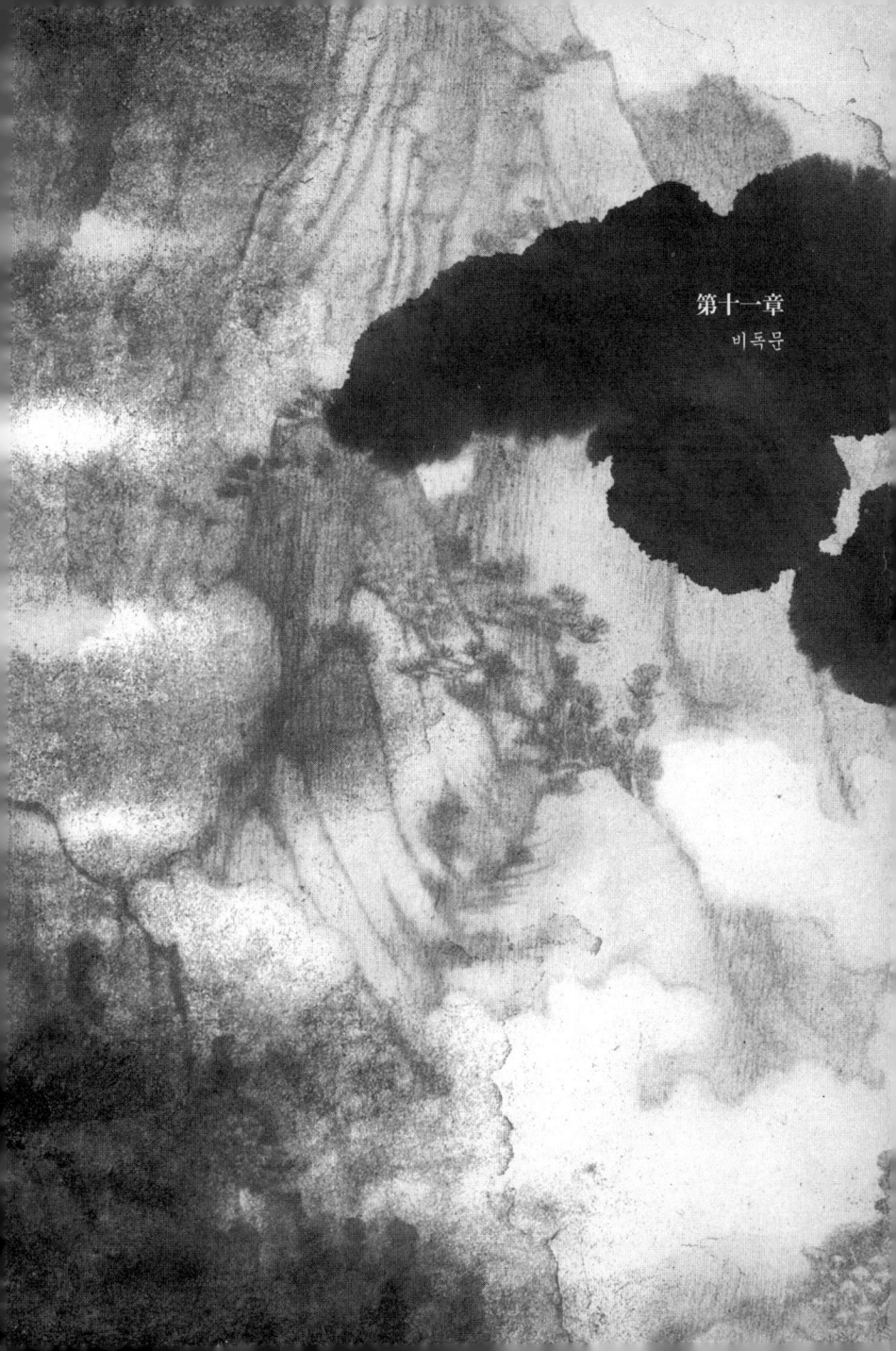

第十一章
비독문

사천 비독문의 분위기는 심각했다.
장남인 백일도가 불만 가득한 표정으로 목청을 높였다.
"아버님, 황 대장을 사위로 맞는 것은 절대 불가합니다! 그가 어떤 인물인지 모르십니까? 사사건건 우리의 행실을 가지고 문제 삼을 겁니다!"
"흠……"
비독문주 백기춘은 확실한 입장을 취하지 않았다. 황조령을 사위로 맞음으로써 얻어지는 득과 실을 고심하고 있었던 것이다. 이에 차남인 백도정의 진정이 이어졌다.
"저도 반대입니다. 다른 놈들이면 개가 짖나 하고 무시하겠지만, 무적신검 황 대장입니다. 우리 말을 듣지 않으면 강제적으로라도 막을 겁니다. 세간의 소문을 들으니 그의 무공실력은 더욱더 진보했다고 합니다. 우리 식구들이 모두 합심한다고 해도 감당이 되겠습니까?"

삼남인 백도광도 거들고 나섰다.

"형님들 말이 맞습니다. 우리 가문에 황 대장은 너무 위험한 인물입니다. 첫째 형님은 더 이상 계집질을 못할 것이고, 둘째 형님과 저는 마음대로 싸우지 못하겠지요. 아버님도 마찬가지입니다. 때로는 손해나는 일을 감수해야 할지도 모릅니다."

자식들의 말을 듣기만 하던 백기춘이 입을 열었다.

"해서 어쩌자는 것이냐? 황 대장과의 혼인은 화연이가 스스로 원하는 것이다."

장남 백일도가 대답했다.

"아버님은 화연이를 너무 오냐오냐 키우셨습니다. 열 살을 넘기기 힘들다는 의원의 말만 듣고 말입니다. 아버님께서 강하게 만류하시면 화연이도 마음을 바꿀 겁니다."

"너희들도 알다시피 내가 그럴 자격이 있겠느냐? 화연이를 키운 것은 너희 어머니다. 오래 살지 못할 것이란 말에 나는 정을 주려 하지 않았지. 너희 어머니는 자신이 죽는 날까지 포기하지 않았다. 화연이만큼은 자신이 좋아해서 선택한 남자에게 시집보내 달라는 마지막 유언을 내 어찌 외면할 수 있단 말이더냐?"

"아버님, 왜 또 어머님 말씀을 하시는 겁니까?"

비독문의 삼형제는 난감한 반응을 보였다. 십 년 전 세상을 떠난 비독문의 안주인은 제멋대로라고 소문난 비독문 자제들의 유일한 약점이었던 것이다. 이에 그들도 똑같은 방법을 썼다.

백기춘이 가장 총애하는 막내를 이용하는 것이다.

"화선아, 네가 아버님께 말 좀 해봐라. 황 대장이 언니의 낭군이 되는 것을 네가 가장 반대하지 않았더냐?"

"기권."

"뭐라?"

예상치 못한 대답에 비독문 삼형제는 황당함을 금할 수 없었다. 그도 그럴 것이, 황조령과 백화연의 혼사가 거론되자 백화선은 극구 반대하며 난리를 쳤고, 가출까지 한 전력이 있었기 때문이다.

"지금 제정신이냐? 무적신검 황 대장이 너의 형부가 된단 말이다. 소마녀라 불리는 네가 바르고 착하게 살 자신이 있는 게냐?"

"욕만 먹는 우리 집안에 변화가 필요할 때도 됐지요."

"지금 제정신이냐?"

"제 뜻은 말씀드렸으니 나가볼게요. 새로운 독을 실험할 게 있어서요."

백화선은 어이없이 바라보는 오빠들의 시선을 외면하며 어두침침한 방을 나섰다. 그녀가 그리 좋아하는 독을 실험하는 것이 아까울 정도로 화창한 날씨였다. 백화선은 오늘 따라 유난히 푸른 하늘을 올려보며 중얼거렸다.

"화담이 벌인 사건도 정리가 됐으니 슬슬 도착할 때가 된 것도 같은데……."

구름 한 점 없이 청명한 가을 하늘.

황조령과 수검은 시원스럽게 뻗은 대로를 걸었다.

"이야~ 드디어 사천이군요. 한 달이면 도착할 거라 생각했는데, 이리 오래 걸릴 줄은 몰랐습니다."

"나도 그렇다. 괜히 나 때문에 이런 저런 사건에 휘말리느라 고생이 많았구나."

"그렇기에 더욱 뿌듯한 것 아니겠습니까?"

"……."

황조령은 그렇지 않은 모양이었다. 마지못해 쓴웃음을 지어 보일 뿐이었다.

"아, 뭐… 화담 누님의 말은 신경 쓰지 마십시오. 세상에는 분명 인연이라는 게 존재합니다."

황조령이 미지근한 반응을 보이자 수검이 목청을 높였다.

"아! 정말입니다요! 그렇지 않으면 제가 왜 지금의 마누라와 혼인을 했겠습니까? 목숨 걸고 예쁜 여자만 찾던 전데 말입니다!"

스윽.

이제야 황조령이 반응을 보이며 수검을 쳐다보았다.

"나도 그게 궁금하구나. 대체 무슨 일이 있었더냐?"

수검의 부인은 절대 미인이라 할 수 없었다. 솔직히 말하면 추녀에 가깝다고 할 수 있었다.

"느낌이 왔기 때문입니다."

"느낌?"

"말로는 상당히 힘든데 말입니다. 뭐라고 할까……. 바로 이 여자였나? 나는 이 여인과 혼사를 치르게 되는구나, 대충 이런 식인데 사람마다 다를 겁니다."
 "흠……."
 황조령은 반신반의하는 모습이었다. 이에 수검은 말을 돌리듯 전방을 가리키며 소리쳤다.
 "저기에 우물이 있군요! 물 좀 얻어먹고 가시지요!"
 "그러자꾸나."
 한참을 걸어왔기에 갈증이 났던 터다. 황조령은 수검이 가리키는 방향으로 발걸음을 서둘렀다. 햇빛을 피할 수 있는 그늘진 곳에 우물이 있었던 것이다.
 버드나무 아래 우물에는 먼저 온 사람들이 있었다. 이십대 중반과 십대 후반으로 보이는 여인들이었다. 그녀들은 황조령과 수검이 다가오는 것을 신경 쓰지 않았다. 그냥 길을 지나치는 것이라 여겼는지 이야기를 나누고 있었다.
 "화연 아씨, 왜 직접 음식 준비를 하세요? 이런 건 저희에게 맡기셔도 됩니다요."
 "황가장은 청빈하여 하인이나 하녀를 둘 형편이 못 된다고 하더구나. 그러니 내가 배워야지."
 "아~ 답답하네요. 왜 고생을 사서 하세요. 화연 아가씨 정도면 며느리 삼겠다는 명문 정파가 줄을 섰습니다."
 "정말 그렇게 생각하느냐?"
 "그, 그게……."
 하녀는 순간적으로 말문이 막혔다. 비독문이 사천에서 손꼽히는 유명 문파이긴 했다. 그러나 명문 정파와 혼사를 맺기에는 치명적인 약점이 있었다. 비독문의 악명 때문에 어떠한 남자도 사위가 되겠다고 나서지 않은 것이다.

"걱정입니다. 황 대장님은 모용관과 대결에서 크게 다쳤다고 하던데요."

"무슨 상관이냐. 무림대전 때 들은 소문처럼 정의롭고 공명한 성품만 변하지 않았다면 나는 괜찮다."

"아무리 그래도……"

하녀는 갑자기 말을 얼버무렸다. 불청객 때문이었다.

우물 앞에 멈춰 선 수검은 잠시 고민했다. 누구에게 물을 달라고 청할 것인가. 이왕이면 다홍치마라고 더 예쁜 여자를 선택했다.

"낭자, 시원한 물 좀 얻어 마실 수 있겠습니까?"

"무엄하다!"

백화연은 발끈하는 하녀를 제지했다. 그리고는 바가지를 들어 물을 퍼서 전해주려 했는데, 능청스러운 수검의 음성이 들렸다.

"나뭇잎 동동 띄워도 상관없습니다."

피식 웃음을 터뜨린 백화연은 수검이 원하는 대로 해주었다. 찰랑찰랑 물이 담긴 바가지에 버드나무 잎까지 띄워 전해주었다.

"고맙습니다."

감사를 표한 수검은 황조령에게 다가갔다.

"드십시오."

"괜찮다. 너 먼저 마셔라."

"예, 그럼……"

수검은 사양치 않고 벌컥벌컥 물을 들이켰다. 원래 찬물에도 위아래가 있는 법이지만, 황조령과 수검 사이에 그 법이 깨진 지는 오래되었다.

"크아~! 정말 시원합니다요."

바가지를 전해 받은 황조령이 물을 들이켜는 그때, 황조령에겐 정말 난감한 상황이 벌어졌다.

후아앙!

갑자기 불어온 바람이 황조령의 얼굴을 스치면서 땀 때문에 느슨해진 붕대가 풀려 버린 것이다. 바가지를 들고 있던 황조령은 제대로 대처할 수 없었고, 징그러운 상처가 적나라하게 드러났다.

"까아아악~!"

하녀의 자지러지는 비명 소리가 울려 퍼졌다. 깜짝 놀란 수검이 이를 수습하려 나섰다. 그러나 서두름은 실수를 낳는 법. 제대로 붕대를 묶지 못하고 낑낑거리는 그때였다.

"그리 거칠게 하다가 상처가 덧나면 큰일이에요. 이것으로 우선 땀부터 닦아내야 해요."

백화연이 스스럼없이 황조령의 얼굴 상처에 마른 수건을 갖다 대는 것이 아닌가! 소리를 지른다든가, 헛구역질을 한다든가, 인상을 찌푸리는 등, 일반적인 여인들이 보이는 반응은 전혀 없었다.

"……!"

"……!"

황조령과 수검은 동시에 깜짝 놀랐다. 모용관의 저주에도 아

비독문 319

무렇지도 않은 여인을 여기서 만날 줄이야! 그러나 별의별 일을 다 겪은 수검은 조심스러웠다. 백화연이 정말 여자가 맞느냐고 하녀에게 물어봤다가 엄청난 눈총 세례를 받고 있었다.

차분히 얼굴 붕대를 묶고 시원하게 물까지 마신 황조령이 빈 바가지를 내밀었다.

"잘 마셨습니다."

"예……"

백화연은 조심스럽게 손을 내밀어 바가지를 잡았다. 그런데 전해주는 시간이 꽤나 걸렸다. 황조령은 바가지를 잡은 손을 놓지 않았고, 백화연 역시 억지로 잡아당기려 하지 않았다. 수검의 표현대로 하면 뭔가 느낌이 온 것 같은 분위기였다.

『혼사행』완결

장영훈 新무협 판타지 소설

절대강호
絶代强虎

보표무적, 일도양단, 마도쟁패, 절대군림에 이은 장영훈의 다섯 번째 강호 이야기.
절대강호(絶代强虎)!!

악의 집합체 사악련에 맞선 정파강호의 상징 신군맹.
신군맹이 키운 비밀병기 십이귀병, 그들 중 최강의 실력을 지닌 적호.

"우리가 세상을 얻기 위해 자식을 죽일 때…
그는 자식을 위해 세상과 싸우고 있어. 웃기지?"

신군맹 후계 자리를 차지하기 위한 대공자와 삼공녀의 치열한 암투 속에서
오직 딸을 지키기 위한 적호의 투쟁이 시작된다.

"맹세컨대, 내 딸을 건드리면…
상상도 할 수 없는 일이 벌어질 거야."

Book Publishing CHUNGEORAM

- 유행이 아닌 자유추구 -
WWW.chungeoram.com

김용희 新무협 판타지 소설

天府天下
천부천하

**강호와 천하를 삼킨 천부(天府).
천부천하를 뒤흔든 게을러빠진 천재가 나타났다!**

어떤 무공이든 한눈에 익힐 수 있는 공전절후한 무위,
좌수(左手) 마두, 우수(右手) 대협으로 펼치는 독창적인 무쌍류,
빼어난 요리 실력과 정도를 아는 횡령(?)까지.
놀라운 재능을 가진 무림의 신성 이무쌍!

**그가 친우(親友) 소운과 자신의 안락함을 위해 강호에 섰다!
가슴 따뜻한 무쌍의 인정 넘치는 이야기.
천부천하(天府天下)!**

Book Publishing CHUNGEORAM

유행이 아닌 자유추구 -
WWW.chungeoram.com

임영기 新무협 판타지 소설

대중원 大中原

천룡(天龍)이 지상으로 내려왔다.
구름과 바람과 영웅들이 모여든다.

운종룡풍종호(雲從龍風從虎).

천룡이 가는 곳에 **구름**이 가고,
범이 가는 곳에 **바람**이 간다.

천룡은 구름과 바람을 일으켜
대중원(大中原)을 호령한다.

Book Publishing CHUNGEORAM

유행이 아닌 자유추구 -
WWW.chungeoram.com

Dragon order of FLAME 폭염의 용제

김재한 판타지 장편 소설

「사이킥 위저드」,「마검전생」의 작가 김재한!
그가 그려내는 새로운 액션 히어로가 찾아온다!

모든 것을 잃고 복수마저 실패했다.
최후의 일격마저 막강한 레드 드래곤 앞에서 무너지고,
죽음을 앞에 둔 그에게 찾아온 또 하나의 기회!

"네 운명에 도박을 걸겠다."

과거에서 다시 눈을 뜬 순간,
머릿속에 레드 드래곤의 영혼이 스며들었을 때,
붉은 화염을 지배하는 용제가 깨어난다!

강철보다 단단한 강체력을 몸에 두른
모든 용족을 다스리는 자, 루그 아스탈!

세상은 그를 '폭염의 용제' 라 부른다!

Book Publishing CHUNGEORAM

유행이 아닌 자유추구 -
WWW.chungeoram.com